ARRECIFE

A marca FSC® é a garantia de que a madeira utilizada na fabricação do papel deste livro provém de florestas que foram gerenciadas de maneira ambientalmente correta, socialmente justa e economicamente viável, além de outras fontes de origem controlada.

JUAN VILLORO

Arrecife

Tradução
Josely Vianna Baptista

COMPANHIA DAS LETRAS

Copyright © 2012 by Juan Villoro Editorial Anagrama S.A.

Grafia atualizada segundo o Acordo Ortográfico da Língua Portuguesa de 1990, que entrou em vigor no Brasil em 2009.

Título original
Arrecife

Capa
Thiago Lacaz

Foto de capa
ImageZoo/ Corbis/ Latinstock

Preparação
Luciana Araujo

Revisão
Carmen T. S. Costa
Jane Pessoa

Dados Internacionais de Catalogação na Publicação (CIP)
(Câmara Brasileira do Livro, SP, Brasil)

Villoro, Juan
    Arrecife / Juan Villoro; tradução Josely Vianna Baptista. —
1ª ed. — São Paulo: Companhia das Letras, 2014.

    Título original: Arrecife
    ISBN 978-85-359-2445-9

    1. Ficção mexicana I. Título.

14-03019   CDD - 863

Índice para catálogo sistemático:
1. Ficção: Literatura mexicana   863

[2014]
Todos os direitos desta edição reservados à
EDITORA SCHWARCZ S.A.
Rua Bandeira Paulista, 702, cj. 32
04532-002 — São Paulo — SP
Telefone: (11) 3707-3500
Fax: (11) 3707-3501
www.companhiadasletras.com.br
www.blogdacompanhia.com.br

Um dia encontrarei uma terra vergonhosamente corrupta, onde crianças morrem por falta de leite, uma terra infeliz, inocente, e gritarei: "Vou ficar até que eu tenha feito deste um bom lugar".

Malcolm Lowry

Passei a primeira parte de minha vida tentando acordar e a segunda tentando dormir.
Pergunto-me se haverá uma terceira parte.

— Vá embora — disse Sandra, mas deixou a porta aberta.

Um reflexo paranoico me fez desconfiar dela. No entanto, minha excitação era mais forte que a necessidade de estar a salvo.

Empurrei a porta.

O apartamento parecia duas vezes maior que o meu. Passei por uma sala de estar, seguindo o barulho da televisão no quarto. Ouvi ofegos. Sandra tinha acesso a um canal pornô?

A última luz da tarde raiava as paredes com um clarão lilás. Virei os olhos para a tela. Sandra tinha sintonizado um programa de cirurgia plástica. Procurei o controle remoto.

— Não desligue! — gritou ela, do banheiro.

Um médico segurava uns implantes com cuidado, como se fossem gelatinas sagradas. Enquanto isso, falava em "naturalidade" e "confiança".

— Você gosta de ver isso? — perguntei, virando-me para a porta.

— É relaxante — respondeu ao sair do banheiro.

Tinha vestido um roupão de banho. O logotipo do La Pirámide — as quatro direções do céu — se destacava sobre seu seio esquerdo.

Um clarão avermelhado saía da tela, cobrindo as paredes. Isso acalmava Sandra? Ela gostava de ver corpos martirizados pelo bisturi depois de passar oito horas na sala onde ensinava uma mistura de ioga e artes marciais.

Observei seus pés, maltratados pelo exercício. O sol, já fraco, ainda servia para incomodar alguém que bebeu cinco vodcas com suco de abacaxi.

— Desligue o ar — pediu Sandra.

Gostei dela ter dito isso. Desligar o ar-condicionado criava um estranho isolamento.

Sandra pôs a mão no cinto do roupão e a deixou ali, como uma especialista em adiamentos.

Acordei de manhã com mais chance de ter de lutar com uma arraia do que de entrar nesse quarto. Mas no meio da tarde alguma coisa mudou. Talvez tenha sido a vodca, talvez uma música horrível que de repente me soou gloriosa: "Feelings".

Já fazia um ano que Sandra e eu nos conhecíamos, mas era a primeira vez que bebíamos juntos. Ela pediu um martíni e ficou reclamando do trabalho. No segundo martíni se lembrou de um emprego pior: durante anos dançara numa jaula, numa discoteca de Kukulcán. No terceiro martíni, disse:

— Me toque com esse dedo.

Meu "dedo" era um coto. Perdi a falangeta com um rojão que explodiu.

— Os mutilados mantêm a sensibilidade dos membros que perdem. Meu pai perdeu a mão na Coreia. Consegue me sentir com esse dedo? — perguntou, aproximando o rosto.

Lembrei-me da primeira cena erótica que me seduziu num filme. Charlton Heston era El Cid e tinha dormido com Sophia Loren. Ao acordar, ela acariciava a testa e o nariz do herói com um dedo esguio. Aquela carícia, aos doze anos, pareceu-me insuperável: o dedo de Sophia deslizava sobre El Cid como se o desenhasse.

Quarenta anos depois uma mulher me pedia que "tocasse" seu rosto com a falange que perdi.

Não havia mais ninguém no Bar Canario. As cadeiras vazias aumentavam nossa intimidade.

— Você me sente? — perguntou.
— Vamos para o seu quarto.
— O que sente?
— Lá em cima eu digo.
— Em cima de mim? — sorriu.

Apoiou-se no encosto da cadeira, roendo a unha, e declamou uma daquelas maçantes sentenças morais que aprendera em sua terra natal, Iowa:

— *Don't shit where you eat.*

Lembrei a ela que não trabalhávamos juntos. *Morávamos* em La Pirámide: o resort representava A Cidade. Estávamos isolados, à margem. Além de nossos limites a vida era rastreada por radares.

O acaso veio em meu auxílio. Juliancito, barman maia de um metro e meio de altura, que preparava drinques montado num banquinho, intuiu que eu queria ouvir várias vezes a mesma música. "Feelings" soou novamente.

Há músicas cujo descaramento sentimental define as emoções inconfessáveis de uma época. O que você sentiu e não teve coragem de dizer se cristaliza ali. O veneno que você repudiou quando era atual retorna como o maravilhoso açúcar dos dias perdidos.

Perdi a conta das vezes que toquei, em meus tempos de baixista de hotel, essa canção melosa. Faltava-me meio dedo e muito talento para ser Jaco Pastorius e eu tinha perdido muitas batalhas em nome do heavy metal; aceitei o repertório de músico de centro noturno como quem repete a tabela periódica dos elementos: tocava "Fellings" com a neutralidade com que um dia memorizei a valência química do cloro.

Naquela tarde, em La Pirámide, essa música veio se vingar. Quando "Feelings" estava na moda, eu ainda podia me arriscar a arruinar minha vida. Talvez tenha sido isso que me chocou: lembrar de mim como de alguém que ainda tem o desastre pela frente.

— É a sua música? — perguntou Sandra.

— Acha isso estranho?

— Não sabia que você era sentimental.

— Não sou sentimental. Também não gosto de suco de abacaxi, mas estou bebendo. Há incômodos que ajudam a acabar com um dia desagradável.

Sandra pediu outro martíni e mostrou interesse por meu dia desagradável.

Descrevi a sonorização do aquário. Meu amigo Mario Müller tinha inventado um trabalho peculiar para mim: musicalizar peixes. Eu punha sensores sob a areia do aquário para transformar os deslocamentos deles em sons. As harmonias relaxavam os hóspedes, mas deixavam os peixes alterados.

Em noites de lua cheia, os peixes ficavam particularmente nervosos. Não adiantava nada pingar na água um calmante, que eles absorviam pelas brânquias.

— Você é psiquiatra de peixes — Sandra exibiu seus enormes dentes brancos.

Não gosto dos dentes blindados das gringas. Mas tem coisas que melhoram com a vodca: o suco de abacaxi, o sorriso de Sandra.

— Seus animais são neuróticos — disse ela —, os meus são apenas animais. No final do dia, o que mais me dói são as bochechas. Sorrir tantas horas é demais.

Fazia vinte anos que Sandra estava no México. Não perdera o sotaque, mas falava espanhol com mais fluência que os funcionários maias e usava mais expressões coloquiais que eu, ex-roqueiro que acabou renegando a contracultura, aquela maneira pomposa de transformar a rebeldia num sistema de queixas mais ou menos rentável. Ao aposentar o baixo elétrico jurei que me suicidaria antes de dizer novamente "neca de pitibiriba".

— Você não pode trabalhar sem sorrir? — perguntei.

— O exercício é uma dor alegre. Ensino ioga ashtanga, kung fu tibetano, *dance contact*. Tudo isso tem uma coisa em comum: a instrutora deve sorrir. O que houve com o seu dedo?

Contei que aos dezesseis anos um rojão triangular explodiu em minha mão. Meu sangue respingou numa garota. Já esqueci o nome dela, mas para Sandra eu a chamei de Rebeca. Ela deixou que o sangue escorresse por suas faces, não se limpou, absorta diante de meu ferimento, diante daquele acidente que era eu. Segurei o rojão para me exibir para ela. Sandra fazia ioga: merecia uma explicação complexa.

A verdade é que no momento da explosão só pensei que o rojão valia uma fortuna: cinco pesos desperdiçados.

— O foguete era tipo *paloma*? — perguntou ela, com seu gosto por expressões vernáculas.

— Era.

— Que bobeira, cara.

Odeio os coloquialismos como só pode odiá-los alguém que os usou até torná-los intravenosos. Não queria ser "bobo" nem "cara" para Sandra, embora aos cinquenta e três anos fosse difícil para mim ser outra coisa para uma mulher de trinta e sete.

— E a perna? — perguntou.

Referia-se à minha manqueira.

— Um carro me atropelou — falei, sem vontade de me estender sobre esse ferimento.

— Antes ou depois da explosão?

— Antes.

— Você já mancava quando seu dedo foi pelos ares? — Os olhos dela brilharam. — Você é sentimental — sentenciou. — Não imaginava isso.

Sandra interpretou minha conduta da seguinte forma: corri o risco de me machucar quando já havia me machucado. Para ela eu não parecia autodestrutivo, mas sentimental. Rebeca fora respingada com meu sangue. Isso explicava "Feelings".

Era insólito falar do passado em La Pirámide. Todos nós estávamos lá porque alguma coisa tinha dado errado em outro lugar. Uma das convenções mais agradáveis do hotel era que ninguém sentisse curiosidade pela vida anterior. Sandra estava quebrando o protocolo; estava interessada no que eu já deixara de ser.

Só então percebi que estávamos paquerando.

— Sente alguma coisa no dedo? — retomou o assunto.

Contou-me que suas sessões começavam com dez "saudações ao sol". O clima no Caribe estava ruim, mas não o suficiente para o meu gosto. O sol sempre era demais para mim. Não disse nada e fiquei ouvindo ela falar de dinâmicas de relaxamento. Disse estar cansada de corpos aperfeiçoados pelo exercício. Meus machucados lhe interessaram como se meu corpo se expressasse em outro idioma, o francês dos ferimentos.

Não respondi à pergunta sobre a sensibilidade de meu dedo. Então ela falou de seu passado. Chegou ao Caribe com dezessete anos, na companhia de um veterano de guerra do Vietnã que acordava com terrores noturnos. Acamparam em praias desertas e fumaram baseado até que ele teve um derrame cerebral:

— Voltou para os Estados Unidos num saco. Ele pensou que ia sair assim de Saigon, não do México.

Sandra ficou no litoral e passou por uma fase que ela chamava de "minha miséria". Conheceu todas as discotecas, usando uma camiseta que dizia *Too drunk to fuck* e que não surtiu grande efeito. Regenerou-se com uma estranha forma de sofrimento, dançando numa jaula. Foi como cumprir uma pena. Por fim, descobriu a sobriedade, o exercício, o dinheiro seguro, a vida nos hotéis. La Pirámide tinha sido seu melhor trabalho.

Sempre pensei que grupos de rock fizessem ioga quando o sucesso os entediava. Sandra usava técnicas de uma complexidade desconhecida para mim: conseguia fazer que os turistas controlassem sua agressividade e que os atores que tinham problemas para estabelecer contato visceral com suas emoções as fingissem.

— Mas você está cansada de sorrir — comentei para lembrá-la de que precisava de um remédio.

Eu gostava de Sandra, mas não tanto quanto a situação que tínhamos criado. Ela aproximou sua mão e "tocou" a parte inexistente de meu dedo.

— Me sente?

— Sim — menti.

— Me toque você — estendeu a palma da mão.

Nosso primeiro contato físico foi essa quiromancia. Percorri a palma de sua mão sem tocá-la. Quase não tinha linhas. Parecia que sua pele tinha acabado de ser feita. Mostrei-lhe minhas palmas, cheias de linhas.

— Suas mãos são como o mapa da capital — disse —; as minhas, como o mapa de Iowa.

Pegou meu dedo e "chupou" a falange que me falta:

— O que sente?

— Vamos para o seu quarto.

Não queria ir para o meu porque os livros conturbavam o ambiente. Em La Pirámide, cidadela onde as camas eram arrumadas com rigor cirúrgico, um quarto como o meu sugeria uma existência esquisita: um roteirista que se afastou para adaptar um romance incompreensível, um leitor maníaco num lugar onde os outros só leem rótulos de bronzeadores, um professor alérgico ao ar livre, um perturbado que espera seu momento.

— Vamos ser razoáveis — disse Sandra.

— Senti uma coisa muito especial — a frase era verdadeira, embora não se referisse a meu dedo.

— Chupei o ar, mas foi uma coisa diferente — admitiu ela.

Pediu a conta e insistiu em pagar. Queria encerrar a despedida de forma generosa: suas notas sussurravam com amabilidade que eu não chegaria a sua cama.

— Gostei de conversar com você — e se levantou.

Eu a segui maquinalmente.

Pegamos o elevador juntos. Seu quarto ficava no quinto andar, o meu no sétimo. Ela só apertou o número 5. Bom sinal. Tentei beijá-la.

— *You better don't* — resistiu.

Gostei que ela me rejeitasse em inglês, seu idioma verdadeiro. Segui-a até o quarto. Foi aí que ela disse: "Vá embora".

Mas deixou a porta aberta.

Agora ela estava na cama, prestes a abrir o cinto do roupão.

— Tenho uma fantasia — disse.

Senti uma felicidade primária, absoluta, imerecida, perfeita. Sandra era uma norte-americana que não queria misturar trabalho com prazer. Mas tinha uma fantasia.

— Aumente o volume da tevê — pediu.

Obedeci, enquanto ela tirava o roupão. Deitou-se de bruços, completamente nua.

— Me toque com seu dedo. Só isso. Não quero mais nada. Tudo bem pra você? Quero que você me sinta.

Às vezes percebo certa eletricidade em meu coto. O tom contratual dela me incomodou, mas eu estava tão excitado que podia sentir os cadarços de meus sapatos.

Dispus-me a "tocá-la" e a ultrapassar o limite. "A tortura da esperança", lembrei. De onde vinha essa frase? Tinha sido dita por um ilustrado do século XVIII, um guru, um biscoito da sorte, um comentarista esportivo?

De uma forma intangível, percorri seu corpo lapidado pelo exercício. Ela abriu um pouco as pernas. Pude ver seus pentelhos eriçados, os lábios vaginais, o botão arroxeado do ânus.

Na tela da tevê, alguém gemia de dor. Abstraindo-se a imagem, era um som erótico. "Ela está louca", pensei. A cena mudou na tela. A pele de Sandra se cobriu de sombras sanguinolentas. Talvez em outro quarto outro casal fizesse a mesma coisa. Talvez estivéssemos fazendo uma coisa normal.

Acariciada pelas imagens e pelo espectro de meu dedo, Sandra respirou de forma ofegante. Sua felicidade era minha tortura.

Estava prestes a interromper a falsa delícia desse rito quando o telefone tocou.

— Atenda você — disse ela.

— Tem certeza?

— Somos adultos, Antonio, você pode estar onde bem entender.

Atendi o telefone.

Era Mario Müller. Reconheceu minha voz.

— Tony?

— Quer falar com a Sandra?

— Não, com você.

Como ele soube que eu estava lá? Pensei numa câmera atrás do espelho. Um segundo bastou para definir minha paranoia: talvez o canal de cirurgias servisse para vigiar os hóspedes.

— Aconteceu uma coisa — Mario falou num tom premente.

— Onde você está?

— No aquário.

Sandra se levantara e vestia o roupão.

— É o Mario — disse a ela —, preciso ir.

— A vida dura mais que o prazer — comentou com rotineira sabedoria, como se recitasse algo lido numa caixa de cereal. — Vai chegar lá depressa, é o bom de não ter tirado a roupa.

Uma garota prática, o que eu menos queria.

Saí depressa. No corredor, me senti enjoado. A vodca me subiu à cabeça como uma decepção adicional. Vi um vaso com uma palmeira-de-leque. Alcancei-o bem a tempo de vomitar.

Me senti melhor, não tanto pelo alívio físico, mas pelo prazer de arruinar as plantas.

Odiei Mario, meu melhor amigo de toda a vida, gerente do La Pirámide, capaz de me tirar do quarto de Sandra para vomitar num corredor.

Os peixes do aquário frequentemente pareciam incomodados. Nadavam em zigue-zague e se chocavam contra o vidro várias vezes. Então, eu desconectava os sensores e apagava as luzes. Na escuridão, percebia os corpos moles, desesperados, fracos, tentando inutilmente transpassar o vidro.

Andei até o clarão do grande aquário. Um tubarão-martelo nadava com parcimônia.

Quatro vultos se recortavam contra o vidro azul-turquesa. Só três estavam de pé. Reconheci Mario Müller, Leopoldo Támez (o chefe de segurança) e o mergulhador Ceballos.

Concentrei-me no corpo deitado no chão de mármore. Mario o iluminava com uma lanterna. Estava numa posição estranha, como se ensaiasse uma braçada. Também tinha um arpão nas costas.

Um silêncio grave dominava o lugar. O silêncio imposto por um cadáver.

Ajoelhei para ver os olhos de Ginger Oldenville. Mesmo morto, conservava a expressão iludida de quem observa uma gaivota.

Não havia sinal de água. Tinham-no matado ali, vestido com a roupa de neoprene.

Levantei-me.

— Sr. Tony! — Ceballos abraçou-me com força.

Sentir cheiro de plástico me fez bem. Me fez bem porque me impediu de pensar. Senti a testa suada de Ceballos em minha nuca. Cheirei o neoprene como um álcool benévolo.

Minhas mãos tremiam. Não queria abrir os olhos. Queria cheirar aquele plástico poderoso que me afastava do mundo.

— Um arpão de três pontas — informou Támez atrás de mim.

— Sei que isso o afeta — me disse Mario.

Ginger era instrutor de mergulho. Em seu tempo livre dispunha cabos sob a areia do aquário. Meus peixes o entediavam, estavam numa água morta para ele, mas me ajudava de boa vontade.

Virei-me para Támez. Ele segurava dois celulares junto a sua caderneta. Escrevia com grande desconforto, fingindo concentração. Todos nós o odiávamos. "Foi ele", pensei. O clarão azul do aquário dava a seu rosto picado de varíola um aspecto de pedra lunar.

Eu simpatizara com Ginger desde o primeiro momento. Seu nome me lembrava um titã da bateria, Ginger Baker, e seu rosto otimista e cheio de sardas, um personagem de *Flipper*, programa preferido da minha infância. Ele também gostava de brincar com os golfinhos. Sua conduta era a de alguém predisposto ao prazer. Se abria uma ostra, ela lhe parecia deliciosa. A temperatura da água sempre lhe agradava. Desconhecia as surpresas amargas, a possibilidade de se decepcionar, a existência de uma alternativa adversa.

Nascera em Detroit, a cidade "motor", mas era difícil imaginá-lo numa rua. De fato, essa era a primeira vez que eu não o via molhado. Sua temporada em La Pirámide transcorrera como um longo entusiasmo de mergulhos sob o sol. Quem poderia ter alguma coisa contra ele?

Támez continuava escrevendo. "Não foi ele", retifiquei. O chefe de segurança desprezava a vida de todo mundo, mas lhe faltava criatividade para essa espécie de violência, um arpão fora da água.

A roupa de mergulho provoca um calor insuportável num espaço fechado. No entanto, Ceballos tiritava.

— Vou me trocar — disse.

Dois funcionários entraram com uma maca. Era o pessoal da administração, com uniforme cor de pistache. Ficaram parados por um momento, na imobilidade causada pela visão de um cadáver.

Mario pediu que se apressassem. Parecia que nunca tinham carregado um morto antes. O rosto de Ginger bateu três vezes no chão.

Aproximei-me de Mario.

— Como você soube onde eu estava? — perguntei.

— Juliancito. Ele viu você saindo do bar com a Sandra. Disse que estavam calibradíssimos. Era o seu quarto ou o dela.

No tom de um péssimo ator que representa um chefe de segurança, Támez disse:

— Vou dar parte no Ministério Público.

Mario desligou a lanterna. Os peixes nadavam ao longe.

Na escuridão, reconstruí mentalmente o rosto de meu amigo. Nós nos conhecíamos desde meninos. Podia imaginar perfeitamente o rosto de quem estuda um formigueiro e pensa que não pode ser picado, o rosto de quem curte os problemas, mas tem medo de ratos, o rosto de quem sabe de quantas toalhas um hotel precisa, mas não sabe onde deixou os óculos, o rosto no qual a curiosidade sempre é mais forte do que os fatos. Conheci-o como Mario, depois como Chico Müller, em algumas ocasiões como *Der Meister*. Foi vocalista de Los Extraditables, o grupo de rock que justificou e destruiu dez anos de nossas vidas.

Um ano antes ele me resgatara de um estúdio onde eu compunha trilhas sonoras de morte para desenhos animados.

— Lembra da casa abandonada? — perguntou de repente.

Começou a chover. La Pirámide tinha um vão no alto, a água caía sobre as plantas do vestíbulo e a cascata artificial servia de principal elemento decorativo.

Mario sugeriu que fôssemos até seu escritório.

La Pirámide era um luxo com goteiras: a impermeabilização falhava, a chuva oblíqua entrava pelas janelas desvidraçadas nos corredores e os aparelhos de ar-condicionado não paravam de pingar. Cheguei ao escritório com o sapato direito molhado.

A escrivaninha mostrava a desordem da qual surgia o controle obsessivo dos demais locais do hotel. Mario pegou uma xícara decorada com o camarão-vermelho de um restaurante de frutos do mar e serviu o uísque de doze anos que tanto apreciava. Estendeu-a para mim. Tinha cheiro de café. Serviu-se no recipiente plástico de um xarope para tosse.

Passou a mão na testa, onde os ossos despontavam como cornos tímidos. Seu cabelo, loiro demais para o litoral, agora só era abundante na nuca e nas têmporas. A pele começava a parecer um pergaminho. Os lábios, finos, feitos para dizer insultos suaves ou elogios desanimados, provaram o uísque sem se molhar. Depois se moveram para dizer:

— Pela casa abandonada e por Ginger! — o primeiro brinde saiu com mais entusiasmo que o segundo.

Esvaziou de um trago o pequeno recipiente e serviu-se outra dose. Queria se anestesiar. "Vão foder com ele", pensei. Talvez ninguém mais estivesse sabendo do crime, mas não é fácil gerenciar o paraíso com um cadáver a bordo.

Tocou a testa novamente. Ainda mantinha a aliança de casamento, algo típico de sua obstinação (fazia sete anos que estava separado). Falou da casa abandonada no bairro onde crescemos, uma mansão dos anos 1930. Em 1970 ou 71, quando entramos lá pela primeira vez, já fazia uns dez anos que estava vazia. A luz elétrica tinha sido cortada, havia goteiras e ladrilhos soltos na varanda.

Ser amigo significava, naquela época, compartilhar o tédio. Nós nos reuníamos por um vago desejo de integração ou para não ficar em nossas casas, onde os aparelhos ainda não tinham se tornado interessantes.

Durante anos me disseram que meu pai tinha morrido ou desaparecido em Tlatelolco, no dia 2 de outubro de 1968. Minha mãe mal falava nele. Ela era uma mulher forte, decidida, e sem escândalo nem histeria caía em depressões que acentuavam de forma negativa sua firmeza. Fazia jornada dupla num instituto e numa clínica para surdos-mudos. Chegava em casa cansada de batalhar para que as pessoas falassem alguma coisa. Não queria ouvir perguntas, e eu parei de fazê-las. Só sabia que a morte de meu pai a afetou menos do que poderia afetar uma outra pessoa, alguém capaz de chorar. Ela não chorava. Nunca chorou. É uma coisa realmente estranha. Será que existe algum registro sobre filhos com mães que nunca choraram? Deve ser um grupo pequeno e confuso. Não gostaria de ver minha mãe chorar, mas me parece inexplicável ela nunca ter chorado.

Meu pai era engenheiro e tudo indica que seus colegas não gostavam dele. "Tinha um gênio tremendo. Além do mais, era um astro do cálculo, isso não se perdoa", dizia minha mãe.

Não me lembro de dramas em minha primeira infância, mas meus pais só se deram bem porque conviveram em silêncio, uma coisa estranha para uma terapeuta da linguagem.

É possível que o rompimento ou o desaparecimento de meu pai, quando eu tinha nove anos, tenha sido um alívio para ela. Será que ele aproveitou o caos da Plaza de las Tres Culturas para libertar minha mãe de sua presença muda? A palavra "Tlatelolco" despontava como o nome secreto de uma separação pactuada.

O movimento estudantil não foi popular em meu bairro nem em minha escola. A hipótese de meu pai ter morrido por essa causa o associava a um mistério delituoso. No entanto, com os anos, o movimento ganhou prestígio e seus protagonistas passaram a ser vistos como vítimas. A partir de então pensei que isso me dava direitos especiais. Quando a campainha do apartamento tocava, eu imaginava um mensageiro do governo chegando com uma televisão em cores porque havia mais um caído em Tlatelolco.

Só uma vez me beneficiei dessa tragédia. De algum modo, o professor de civismo ficou sabendo do desaparecimento de meu pai. Me deu dez sem nenhum mérito. A recompensa me incomodou. Não queria um dez em civismo. Queria que o governo me desse uma televisão.

O que lembro de meu pai? Ele gostava de touros e sabia dançar valsa. Era tão alto que esbarrava no batente das portas, mas não fazia nenhum esgar de dor. Ele se batia como uma mosca bate num vidro. Seu rosto tinha cheiro de Old Spice e seu corpo de detergente. Bastava ele me olhar para eu obedecer. Tinha aquele olhar das pessoas que estouram se não lhes dão atenção. Era especialista em metros. Num golpe de vista sabia que distância nos separava de qualquer edifício e que altura ele tinha. Não usava óculos e odiava sapatos sem cadarços. Não me lembro de mais nada.

Na sala ainda havia uma foto dele. Não parecia um engenheiro nem um militante de 68. Parecia outra coisa que também tinha sido: vendedor de algodão-doce. Sua boca prometia uma doçura que custa pouco.

Sua família tinha uma loja de doces e ele ajudava lá aos domingos. Conheceu minha mãe num parque; quis dar a ela um algodão-doce de presente e ela insistiu em pagar. Esse primeiro desacordo os uniu.

Minha mãe passava o dia no instituto para surdos-mudos e meu pai era um desaparecido. Com o tempo, a hipótese de sua morte perdeu força e me acostumei a imaginá-lo dançando valsas em Chihuahua, sua cidade natal.

Mario Müller tinha seis irmãos, o bastante para que seus pais aceitassem mais um filho. Com eles aprendi que é possível amar de forma distraída, sem dizer nada e sem saber quantas pessoas estão no quarto.

Eu ficava fascinado com o movimento e a desordem perpétua daquela casa. E Mario detestava, decerto por isso virou um hoteleiro, hierarca tirânico de quatrocentos quartos impecáveis.

— Eu me lembro melhor da casa abandonada que da minha — disse na noite em que mataram Ginger, levando o copo plástico aos lábios.

Lembrou com detalhes dos vitrais do saguão que filtravam o sol em losangos lilases e ambarinos e do espelho que cobria metade da sala. Era um erro ir lá porque ficávamos de novo com aquelas caras de treze ou catorze anos, aquelas caras de joão-ninguém, de sujeitos sem história, com pulôveres puídos e rosto sujo. Em todas as fotos que sobrevivem dessa época parece que crescemos em famílias mais pobres que as nossas.

Por que se abandona uma casa enorme, um jardim com duas palmeiras de tronco grosso, um terraço coberto por uma pérgola, uma escada semicircular para que a dona da casa arraste um vestido por vários degraus, um banheiro com mosaicos cor-de-rosa para as meninas ou as ninfas? Que crime, que malefício, que desgraça espetacular explicava aquela mansão vazia?

Meus amigos falavam de zumbis, fantasmas e criminosos para explicar os quartos onde toda palavra soava duas vezes. Em segredo, eu pensava em outra hipótese: o pai tinha ido embora, precipitando a ruína dos demais. Eu me tornara um colecionador de pais que vão embora. Na sala de aula eu sempre sabia quantos colegas não tinham pai.

Com seu cenário grandioso, a casa abandonada nos levou a conceber ideias excessivas. Mario nos alinhou diante do espelho: ao contrário do que nossas caras sugeriam, propôs que formássemos uma banda de rock. Foi a semente de Los Extraditables. Ensaiamos numa sala vazia, antecipando o eco dos bares e dos galpões sem acústica onde tocaríamos dez anos mais tarde.

— Se lembra da Urso Negro? — perguntou Mario. — Sabia que existe uma subcultura gay do urso?

— Não.

— Não conversou com o Ginger sobre isso?

— Não.

— Sobre o que conversavam?

— Sobre peixes, sons, nada. Eu tinha de conversar com ele sobre a subcultura gay do urso?

— Ginger era gay.

— Não sabia.

— Não é de estranhar: você vive numa bolha. Uma bolha dentro do aquário — sorriu de modo triste. — Ginger não gostava de efeminados nem de metrossexuais. Gostava de atletas e dos homens urso, enormes, com pelo em toda parte. Sua fantasia para a velhice era transar com o Papai Noel; um perfeito urso-polar.

— Como sabe disso?

— Ele postou no Facebook. A intimidade se tornou coletiva. Ginger era agradável, talvez até demais. Quem pode matar o namorado do Papai Noel?

Mario olhou para um ponto fixo no chão.

— O que você ia falar da casa abandonada? — perguntei.

— Lembra quando a gente tomou um porre de Urso Negro? Não sei como a gente bebia aquela porcaria.

Uma tarde liquidamos uma garrafa de vodca barata e ouvimos um barulho no andar de cima. Até então não tínhamos nem pensado que mais alguém pudesse entrar ali.

Quisemos sair rápido e na escada do vestíbulo avistamos um colosso, tão bêbado quanto nós. Estava com os cabelos despenteados, uma barba longa e embaraçada, a testa tingida de carvão e infinitas camadas de sujeira. Usava um casaco de foragido, preto, lustroso, e luvas de tricô que deixavam os dedos à mostra. Um fugitivo do frio numa cidade temperada. O mais impressionante não era seu estado de abandono, nem os passos ébrios com os quais tropeçava, mas a braguilha aberta que deixava à mostra uma ereção avermelhada.

Corremos para a cozinha. Os mais ágeis conseguiram sair pela janela. Eu me escondi na despensa e espiei pela porta entreaberta. Mario estava prestes a sair quando o gigante o alcançou. Meu amigo gritou, sem conseguir se safar. As mãos enegrecidas o agarravam.

Saí da despensa. Peguei a garrafa de Urso Negro. Subi na mesa da cozinha, o único móvel remanescente da casa. A madeira rangeu e o vagabundo se virou para mim. Vi seus olhos cinzentos, como figos cristalizados. Vi um olhar que me deixou horrorizado. Levantei a garrafa e a quebrei na testa brilhante de suor. Ele desabou sobre a mesa e largou um dos pés de Mario.

Mesmo morto ou desmaiado, mantinha a ereção.

Saímos pela janela. Já na rua, onde os outros nos esperavam, Mario me deu um abraço que eu nunca esqueci, um abraço calmo, objetivo, como se sobreviver fosse nossa rotina. Não percebi a angústia contida, e talvez a falta de imaginação, que havia nesse gesto de austera camaradagem.

— Às vezes sonho que estou na casa e que o colosso me agarra pelo pé — disse Mario. — Você me salvou, Tony.

— Não sabia o que estava fazendo.

— Você abateu o urso com a garrafa. Você é demais. Foi um bom baixista — acrescentou, sem ilação —, um apoio decisivo para Los Extraditables.

— Não invente: quase acabei com a banda!

— Você estava lá. É isso que importa.

Por que ele estava rememorando isso?

Lembrei-me de um pretendente de mamãe. Ela o apresentou como o "homem de confiança de Carlos Truyet". Truyet era o milionário que desenvolvera Acapulco. Surpreendeu-me que alguém vivesse de ser "homem de confiança". De certa forma, foi o que fui para Mario. Não era estranho eu desempenhar esse papel. O estranho era ele precisar disso.

— O Támez vai falar com você amanhã — soltou de repente. — Não confie nele. Não fui eu que o contratei. A segurança é comandada lá de Londres.

— Não estava pensando em confiar nele.

— Lembra-se de *Meister* Eckhart?

— *O fruto do nada* — pronunciei o título daquele célebre hippie do século XIII. Mario descobriu o livro no Colégio Suíço. Durante anos foi o único que leu. Por isso o chamávamos de *Der Meister*. Uma música de Los Extraditables se chamava "Frutos do nada".

— La Pirámide foi meu maior projeto de rock.

— Calma, Mario, isto aqui é um hotel — eu sabia onde ele queria chegar, queria freá-lo.

Não consegui. Meu amigo continuou.

— Agora os antigos hippies projetam software. O novo êxtase não vem da música e das drogas, mas da tecnologia e do entretenimento. É o LSD mecânico. O Támez não está nem aí para a visão que nós tivemos.

"Visão" é uma palavra grandiloquente para quartos com reservas feitas pela internet.

Era um tédio que Mario se visse como guru *new age*. Eu o conhecia bem demais para achar isso surpreendente. O apelido dele era uma gozação: nós o chamávamos de *Der Meister* por não levá-lo a sério.

Era o momento de me comportar como "homem de confiança":

— Mario, sua "visão" consiste em não deixar nenhum quarto sem xampu.

Ele não respondeu.

— Vai falar com o Gringo? — perguntei.

— Não sei, por enquanto não.

O Gringo Peterson era o sócio majoritário de La Pirámide, que pertencia ao consórcio Atrium, com sede em Londres. Ele fora a Nova York por duas semanas, confiando a operação a Mario, *Der Meister*, gerente com pretensões de visionário que projetara a simbologia de La Pirámide e os programas de entretenimento.

Lá fora continuava chovendo. Lembrei-me de uma noite em que saí para caminhar pelos jardins. Levava uma daquelas sombrinhas enormes do *valet parking*. Num lugar afastado topei com o Peterson, tomando chuva.

— *I'm sobering up* — explicou.

A chuva lhe servia de chuveirada contra a bebedeira. Nunca o vi sem um copo de bourbon ao seu alcance, mas não percebera nele outro efeito alcoólico senão a serena aceitação de um mundo que ele considerava absurdo. Dessa vez parecia perdido, incapaz de encontrar o caminho para o quarto em seu próprio hotel.

A cada duas ou três semanas, o Gringo me procurava para conversar sobre qualquer coisa. Mario não tinha ciúme dele porque isso lhe pareceria um descontrole. Mas sua relação com o dono era tensa, e desconfiava da minha.

Nunca falei com Peterson sobre assuntos de trabalho. Tínhamos travado uma dessas amizades que só podem existir longe de casa, como uma forma de não pensar no calor, na malária ou na selva. A amizade dos deslocados que se resignam a contar histórias. Todo o resto os faz suar.

— Tudo bem com a Sandra? — perguntou Mario, sem interesse.

— Tudo bem nada. Você me tirou de lá.

— Você vai ter outra oportunidade. La Pirámide não é tão grande.

Perguntei-me se Sandra estaria acordada. Com certeza não. Ela dominava seu corpo. Devia dormir um sono saudável, alheia ao problema mais ou menos esquecível que era eu.

Bocejei. Mario Müller me fitou com olhos irritados pelo cansaço.

Tínhamos visto um assassinato e mesmo assim tínhamos vontade de dormir.

Despedimo-nos com um abraço desajeitado.

Avistei uma lagartixa transparente na parede. Tenho um fraco por lagartixas. São uma esplêndida companhia para um viciado. Quando a gente alucina, a presença de um inseto se torna intolerável e quase todas as espécies representam uma ameaça. Mas as lagartixas se movem com graça e brilham no escuro. Eu via o movimento delas como a expressão gráfica de minhas ideias. Naquela época, minhas ideias eram poucas, mas as lagartixas (velozes, azuis, amarelas, verdes) me faziam pensar que eram muitas.

O Gringo Peterson gostava de ouvir relatos de minha condenação alucinógena. Seu melhor amigo morrera no Vietnã, rasgado de cima abaixo por uma baioneta. Na guerra do napalm, caiu num combate corpo a corpo, como um cherokee. Seu segundo melhor amigo voltou de lá viciado em heroína. "Nunca fui a Saigon", dizia o Gringo. Era obcecado por esse assunto. Parte do meu cérebro tinha sido detonado pelas drogas. Ele gostava que eu lhe falasse de alucinações e de noites que eu não recordava direito. E me ouvia como se eu também tivesse vindo do Vietnã.

É difícil relatar o que a gente perdeu, mas ele se conformava em estar perto de alguém que tinha afundado. "Você já saiu", dizia de repente, "isto aqui não é o Nam, é a porra do paraíso."

Era bom ver um magnata desprezando o luxo de seu hotel. Peterson usava camisas em tons claros compradas na Sears. Tinha o cabelo cortado à escovinha. Seus braços musculosos, cobertos de pelos avermelhados, sugeriam exercícios extenuantes. Seu porte tinha um quê do militar que não conseguiu ser. Não o recrutaram por um problema de vista.

Bebia um uísque muito mais barato que o de Mario. Nas sessões de Four Roses ele perguntava detalhes daquela minha vida bandida, com uma curiosidade nobre, alheia à compaixão. Seus melhores amigos tinham tombado. Não era um patriota anticomunista. O vietcongue pouco lhe importava. Simplesmente, sua vida tinha um fundo trágico. Era um sobrevivente.

Nasceu em Wallingford, uma cidadezinha sem graça em meio aos bosques de Vermont. Seu pai era dono de um posto de gasolina. Peterson cresceu enchendo tanques de carros que paravam ali por apenas alguns minutos. Naquela cidadezinha em que ninguém ficava, ele não pensava em ir embora. Lia qualquer coisa na biblioteca pública, ia até a cidade vizinha de Rutland para ir ao cinema ou para comprar mantimentos, nadava no lago de águas frias, que no verão se enchia de mosquitos. Aos dezoito anos se casou com uma vizinha. Era gente feita para permanecer lá, num isolamento austero e suportável.

Peterson tinha dois amigos do peito com quem desmontava motores, bebia cerveja, falava sem parar de beisebol (era o que ele dizia: eu o imaginava num silêncio satisfeito, compartilhando uma amizade sem palavras enquanto um sol denso caía atrás do bosque). Aos dezenove anos teve um filho. Todo seu destino apontava para a imobilidade, a felicidade estática, a reiteração prazerosa. Mas o infortúnio o golpeou duas vezes nos anos seguintes: seu filho se afogou no lago e sua mulher morreu de uma intoxicação, talvez voluntária. Sua vida se transformou em algo que já havia acontecido. O resto, o futuro, não existia.

"Os Estados Unidos sempre lhe oferecem uma guerra para expiar as culpas", disse-me ele. Seus melhores amigos foram para o Vietnã, mas ele foi recusado. "Não queria matar ninguém, queria morrer lá." Ele pronunciou tantas vezes essa frase que, para mim, ela virou uma espécie de canção de Los Extraditables. Nesse ponto de sua ladainha ele tomava um trago para dizer: "Eu queria morrer; tive de me conformar em fazer sucesso".

Na cidadezinha tudo o fazia lembrar da mulher e do filho. Enquanto isso, seus amigos atravessavam uma selva úmida, disparando entre nuvens de maconha, no compasso do Creedence Clearwater Revival.

Peterson abandonou Wallingford, conseguiu um trabalho no Howard Johnson's de Rutland, mostrou um inusitado talento para se movimentar entre pessoas em trânsito, foi contratado pela cadeia Holyday Inn, onde prosperou nas diferentes funções de gerente de bebidas, chefe de pessoal e gerente geral.

Gostava de perguntar sobre meu pai, sobre como eu o imaginava, sobre as razões que atribuía a sua partida (desde a primeira vez que mencionei isso, ele não acreditou na possibilidade de que tivesse sido baleado em Tlatelolco). Ficava intrigado por eu me conformar com esse desaparecimento. A incerteza de não saber lhe parecia pior que a certeza da morte. No entanto, ele não me convencia de que seria tão melhor assim saber de tudo. Vivia ancorado na lembrança do filho que não conseguiu salvar. Lembrava, com uma capacidade desvairada para o detalhe, da corda partida do motor fora da borda na lancha em que percorria o lago, dos minutos em que ficou esperando o motor esfriar para lhe dar um novo nó. Enquanto isso, o rádio de transistores transmitia uma partida dos Red Sox de Boston. Dedicou o quarto e o quinto tempos dessa partida para consertar o motor. Depois cruzou o lago, até o embarcadouro onde seu filho devia esperá-lo na companhia de alguns amigos que celebravam uma festa.

Ninguém viu o menino de dois anos se afastar, ninguém o ouviu chapinhar na água. Havia tanta gente na reunião que não pôde culpar ninguém em particular. Sua mulher estava em casa com febre. Peterson repassava com aguda insistência o momento em que distinguia uma mancha rosada na água e depois um pontinho branco. Seu filho estava com otite e usava algodão nos ouvidos. Esse exato detalhe o fez saber que estava morto. De todos os habitantes de Wallingford só dois estavam na água, o pai e o filho. De um modo sinistro, o menino havia chegado a quem o procurava. Mil vezes Peterson repassou o tempo dedicado a consertar o motor. Sempre foi um sujeito metódico. Ouviu dois tempos da partida enquanto arrumava a corda. Não foi um intervalo de tempo muito longo. Revisara as gravações da partida para saber até onde podia se incriminar. Não houve corridas nem jogadores nas bases no quarto tempo. Os rebatedores tinham sido "retirados em ordem", como diziam os locutores. Na quinta deram três hits, mas tampouco houve corridas. Intervalos não muito longos. No entanto, isso bastou para marcar a diferença.

Peterson não teve uma responsabilidade objetiva na morte, mas salvar o filho era factível. Isso bastava para afundá-lo, para que buscasse, com esforço metódico, seu próprio afogamento. Nunca falou com Mario sobre isso; falava comigo, o viciado que não lembrava quase nada sobre o pai. Ele me tratava como um ex-combatente, alguém que se fodeu num Vietnã alternativo, a vítima que ele não conseguiu ser.

Cumpriu o sonho americano sem a menor vontade, e seus progressos lhe pareceram uma segunda aniquilação. Para mim, isso o dignificava. "É um danado de um safado, você não o conhece", dizia Mario, para me provocar.

Os lugares habitados por desconhecidos, as cozinhas anônimas onde toda receita é industrial, foram o novo habitat de Peterson. Nunca mais teve relações próximas com ninguém. Eu também não o qualificava como um verdadeiro amigo. Eu ouvia o relato de sua carreira sem meta e o informava sobre o mundo dilacerado que não pôde conhecer. Isso era tudo: estranhos nos trópicos.

O mais curioso em sua condição de empresário era como ele lidava com dinheiro. Era irremediavelmente viciado em hipódromos. Apostava seus ganhos para livrar-se deles. Vez por outra a sorte o maltratava, fazendo-o ganhar. Seguia as corridas, mas não se dava ao luxo de assistir ao derby de Epsom ou ao de Kentucky. Apostava por telefone, alheio ao espetáculo dos cavalos, concentrado somente nos nomes e nos números, como um puritano da fortuna que desconfia de tudo que não seja o resultado.

O Gringo Peterson me parecia um grande sujeito, a figura oposta à do vencedor. Ganhava porque havia fracassado no que na verdade lhe interessava. Seus cálculos frios e suas decisões acertadas vinham de um prolongado repúdio.

"Me conte como as lagartixas se movem quando você está drogado", pedia; um filete de saliva lhe descia até o queixo. Eu não queria voltar para aquele inferno, mas tinha um fraco por lagartixas, uma das poucas memórias prazerosas dos anos em que limei meu cérebro.

Um dia perguntei a Peterson por que ele não dividiu a heroína com o sobrevivente de Saigon. "Não queria a droga, queria o castigo, queria a guerra. A heroína é o consolo dos heróis; eu não queria consolo", explicou. Falei que eu tinha me drogado sem precisar de uma guerra. Então ele soltou uma gargalhada: "Você é mexicano, Tony. Vocês não precisam de uma guerra para se drogar. Aqui a realidade já está alterada".

Amanheci com os gritos das gaivotas. Logo depois o telefone tocou. Eram seis da manhã. No entanto, Leopoldo Támez falava como se a hora e sua voz fossem normais. Pediu para nos encontrarmos na Cafeteria Tabachines, no terraço sul de La Pirámide.

Acordei pela segunda vez no chuveiro. Sob o jato d'água percebi que tinha dormido bem, um sono profundo, sem lembranças nem imagens. Não tinha tomado sonífero. Talvez precisasse de um cadáver para dormir. Ginger Oldenville estava morto. Isso me doía, mas dormi bem.

O chefe de segurança me aguardava num canto do terraço. Esmagava formigas no balaústre.

Seus olhos tinham a desagradável opacidade das ostras. Embora usasse óculos escuros, era desagradável saber que por trás do plástico fumê havia algo mole e vil.

Não é difícil desprezar alguém que trabalhou na polícia. Leopoldo Támez usou uniforme para abusar dos habitantes de Punta Fermín, a cidade acabada onde moravam os empregados da região, até que foi promovido para a polícia judiciária de Kukulcán, enclave turístico de cinco estrelas. Em traje civil, consumiu uma cota de afrontas que lhe permitiu prosperar em corporações de segurança particular. Pertencia a essa classe de especialistas em danos cujo maior mérito consiste em evitar aqueles que ele pode proporcionar.

Mario Müller era seu superior, mas não seu chefe. Támez fora contratado pela central de segurança do Atrium. Todo mês mandava um relatório para Londres. Enquanto não houvesse mortos, seu controle dos trópicos era aceitável. Agora havia um morto.

— Que me diz do sr. Ginger? — perguntou num tom azedo como o primeiro gole de meu café.

Disse-lhe o que sabia: todos gostavam de Ginger Oldenville.

Támez esmagou uma formiga que subia por seu antebraço; o inseto se enredou em seus pelos. Teve de arrancar um nó de pelos. Fez isso sem gesticular, como se tirar formigas mortas de si fosse algo rotineiro.

— Faça um esforçozinho para lembrar — pediu.

Ginger explorara os cenotes da região e os rios subterrâneos que os comunicavam. A ele se devia a "linha da vida" subaquática, o cordão preso com argolas na pedra que os mergulhadores usavam para se deslocar na água escura. Uma vez ele me contou de uma viagem às ilhas Galápagos, onde viu todo tipo de espécies e fotografou um tubarão-branco (a imagem enfeitava seu celular). Ele gostava dos riscos controlados: nas imersões profundas, deixava vários tanques amarrados numa corda para usá-los em sua subida à superfície; em cada escala fazia uma pausa de descompressão. Falei de Ginger com admiração. Não compartilhava suas opiniões, mas apreciava sua dedicação e destreza.

Támez não estava interessado em mergulho:

— Não tinha fraquezas? — perguntou.

Eu conhecia certas manias de Ginger: não comia abacaxi porque rachava sua língua; também era intolerante a lactose. Curioso que alguém capaz de fotografar um tubarão-branco a dois metros fosse sensível a essas minúcias. Támez não merecia saber disso.

— Conhece o Roger Bacon? — perguntou de repente.
— Quem é?
— Um amigo do sr. Ginger. Ficou hospedado no quarto dele na noite anterior ao assassinato. Passou duas semanas em La Pirámide.
— Se eu o vi, não me lembro.
— Usava brincos de pirata e tinha tatuagens nos braços.
— A maioria dos turistas tem tatuagem.
— O sr. Roger tinha letras árabes no braço. Passei a madrugada examinando os vídeos das câmeras de segurança. A do aquário estava desligada. Quem tem acesso a essa câmera? — Támez levantou os óculos. Contemplei seus olhos: a pergunta se tornou infame.
— Qualquer eletricista pode desligar a câmera do aquário.
— A câmera gravou até vinte minutos antes do crime. A essa hora os eletricistas não trabalham.
— Eu não estava lá. Não posso saber quem desligou a câmera.
— Você estava com a srta. Sandra.

Fiquei irritado por ele ter me localizado, porém, mais ainda pelo tom em que disse a palavra "senhorita". Támez prosseguiu no tom sereno de quem pertence ao grande mundo e aceita a estranha vida privada dos outros. Esse tom civilizado era insuportável em alguém podre por dentro:

— Falei com a Sandra — sorriu. — Você tem um álibi. Isso me basta. O arpão era de três pontas, isso lhe diz alguma coisa?
— Não.
— O Ceballos conhece os vestiários, o aquário, a localização das câmeras, sabe lidar com arpões. Segundo seu depoimento, ele se atrasou para encontrar o Ginger porque precisou preencher um formulário com o funcionário do departamento pessoal que apareceu no vestiário. É estranho que o procurassem a essa hora, mas também lhe dá um álibi. Chegou ao local do crime

alguns minutos depois. Além disso, o Ceballos é o Ceballos! Um coitado de um banana! Ele não tem imaginação para matar ninguém — acrescentou com suficiência, como se tivesse isso de sobra. — Ontem à noite estava se mijando de medo.

— Por que estavam com a roupa de mergulho àquela hora?

— Boa pergunta. Iam fazer uma excursão noturna, a um cenote. É um dos novos planos de entretenimento: iluminam o cenote e mergulham até o amanhecer. Depois levam um café da manhã para eles, com *tamales* iucatanos. São as ideias do sr. Mario.

Fez uma pausa, como se esperasse eu avaliar se essas ideias eram corretas ou não. Depois me estendeu um papel. Era uma página impressa da internet. Mostrava um homem com o torso nu e cheio de espinhos. Não era um são Sebastião flechado, mas o contrário: as flechas eram um instrumento de defesa; as pontas se dirigiam ao espectador, como as de um porco-espinho.

— O grupo Cruci/Ficção.

— O que é isso?

— Um clube de risco. Praticam "esportes ultrarradicais". Se atiram de paraquedas de uma colina nevada, com esquis nos pés, loucuras como essa. Aí não há feridos, só mortos. Ginger Oldenville era sócio. Leia isto.

Apontou para um parágrafo com um dedo em forma de salsicha:

"Ninguém sabe a data da própria morte e não queremos saber, mas se chegar, queremos que seja rápida, bela, feliz! Criamos ficções legalmente aprovadas para viver ao máximo e sair de cena com uma dignidade irrepreensível."

Támez terminara de tomar o café da manhã antes de eu chegar. Seu prato conservava rastros de ovos com carne ressecada, banhados em molho de tomate. A julgar por sua corpulência, comia seis ovos todo dia no café da manhã. O papel tocou seu prato quando o devolvi, manchando-se de molho. Concentrei-me um momento em minhas sementes de papaia.

"As pessoas não aceleram a trezentos quilômetros por hora para se matar, mas para saber que podiam se matar", disse-me Mario certa vez, em sua faceta de *Der Meister*, o grande guru de La Pirámide, para justificar o bungee-jump, o paraquedas arrastado por uma lancha no mar, o aluguel de ultraleves: "Os turistas adoram o medo".

Támez falou novamente:

— O sr. Roger também está no Cruci/Ficção. Fez seu *check--out* anteontem. Ele e o sr. Ginger eram muito próximos — juntou os indicadores. — Não me importa que alguém seja bicha, mas se matam uma bicha, isso me importa.

Fez uma pausa que não honrei com nenhum comentário. Ele prosseguiu:

— Eu soube do Cruci/Ficção pela página do sr. Ginger no Facebook. Éramos "amigos". Amigos virtuais, não me interprete mal. Sigo no Facebook os que trabalham em La Pirámide. É uma pena que você não esteja lá.

— Está com formigas no braço — falei.

— Obrigado — esfregou-se com força, formando nós de pelos, que começou a arrancar. — Ginger Oldenville foi dublê de ação em *Tubarão III*. Sabia disso?

— Não.

— Era um caçador de perigos. Perigos "legalmente aprovados", como diz a página do Cruci/Ficção. Viu os filmes do *chill-out*?

De noite, no ritmo de um estrondo tecno, projetavam-se filmes na imensa parede caiada do *chill-out*. Quase todos registravam tormentas. Um barco subia as ondas em busca de uma onda gigante ameaçadora na qual entravam surfistas dispostos a arriscar a vida. Seriam membros do Cruci/Ficção?

Támez trabalhara com uma eficácia surpreendente. Da noite para o dia tinha o perfil de Ginger Oldenville, "mandaram isso pra ele lá de Londres", pensei. A rede de segurança começara a andar. Tínhamos um morto no hotel. Mas o mais grave não era isso. A celeridade de Támez revelava o verdadeiro alarme: o morto era gringo.

— O Ginger morreu fora da água — falei. — Não estava à procura de perigo.

O chefe de segurança sorriu, como se já esperasse que chegássemos a esse ponto:

— Talvez tenha feito um pacto com o sr. Roger. O que acha?

— Do quê?

— Ser arpoado pelo amante dá tesão, não dá? Quer dizer, se a pessoa é como o sr. Ginger, não?

— Não sei.

Támez precisava de uma hipótese para acalmar Londres: um pacto suicida gay, um esporte fora de controle, uma cruci-ficção.

— Se lembrar de mais alguma coisa me avise.

Odiei que ele desse ênfase à palavra "mais".

Fui até o escritório do Gringo Peterson. Sua secretária não tinha conseguido localizá-lo. Não estava em Nova York nem em sua casa no Kentucky.

Dirigia La Pirámide à distância. De vez em quando ia supervisionar as contas e os programas de entretenimento de Mario Müller. Não gostava de ficar muito por dentro dos excessos turísticos que mantinham o negócio vivo em tempos de crise.

Quase todos os hotéis de Kukulcán estavam vazios. Erguiam-se pela costa como mausoléus verticais, orbitados por gaivotas, invadidos por plantas e ratos.

Os navios não paravam mais no embarcadouro onde se erguia uma imensa escultura de Sebastián (uma estrela-do-mar geométrica, azul-cobalto). Víamos ao longe os barcos que seguiam ao largo. O lixo deles chegava à costa. Ao entardecer, crianças e idosos vestidos de andrajos aguardavam os restos. Já os vira resgatar colheres, sacos plásticos de conteúdo incerto, comer sobras de comida molhada.

O litoral entrara numa fase de agonia. A cidade turística não prestou atenção nas advertências sobre os riscos de se construir sobre a areia: o vento batia nas fachadas, sem escape nenhum, e voltava para o mar, levando a praia. Todo dia, um barco lento chegava de Santo Domingo com areia para encher os buracos na orla. A costa devorava lentamente a si mesma.

As plataformas de petróleo e as drenagens tinham contaminado a água, pondo em risco o segundo maior recife de coral do mundo. Só La Pirámide sobrevivia com sucesso, graças às arriscadas tentações criadas por Mario Müller.

A situação não era ruim, principalmente em comparação com os edifícios de trinta andares onde o único sinal de vida era o repentino curto-circuito de um aparelho elétrico. No entanto, o Gringo não se sentia confortável em seu negócio, talvez porque, no fundo, continuasse desconfiando do sucesso ou porque seu puritanismo o afastasse dos riscos transformados em prazer.

Por que, então, confiava em Mario? *Der Meister* fora sua solução em face da catástrofe. Os dias do arrecife estavam contados. Sob uma chuva incessante, os hotéis foram fechando um atrás do outro, ou trabalhavam com uma ocupação de dez por cento. A região estava condenada à decadência, mas Mario achou uma solução: os trópicos com adrenalina, aranhas venenosas, excursões que criavam a ilusão de sobreviver por milagre e a necessidade de comemorar de forma tempestuosa. "O perigo é o melhor afrodisíaco", explicava. "Ninguém se permite tantas licenças quanto um sobrevivente."

Peterson acabara por aceitar as ideias de meu amigo como um sucesso de ficção científica. *Der Meister* se referia a suas atividades como "pós-turismo". Peterson respondia com desprezo: "Não fale comigo em francês". Via seu jardim do ócio com resignada repugnância: uma Sodoma com *piña colada*, uma Disneylândia com herpes, um Vietnã com *room service*.

Eu tinha chegado a La Pirámide sem vontade de nada, disposto a descobrir que a abstinência não é nada além de um vazio. O Gringo me concedeu a dignidade imaginária de um combatente veterano. Ouviu minhas histórias de viciado e me deu uma guerra de presente. Seu olhar ávido mostrava que eu estivera em Saigon, entre armadilhas de bambus afiados como lanças.

Nem sempre encontrava coisas para lhe dizer. Para mim, os anos 80 e 90 tinham se transformado numa névoa, numa penúria sem substância ou sem outra substância senão desconfiar de minhas memórias (isso era uma lembrança ou um flashback de ácido?).

Mario gostava de repassar o passado comigo, me contar o que havia esquecido. Às vezes me pedia que contasse alguma coisa para o Gringo. De certa forma, falava com seu chefe por meu intermédio.

La Pirámide era dividida em áreas estratificadas. Um bracelete de plástico (marca de quem aderiu ao programa "tudo incluído") diferenciava os hóspedes.

O bracelete verde permitia circular por uma área de bangalôs com acesso restrito à praia. Era um local recolhido, oculto entre maciços de bambus, no qual se hospedavam basicamente aposentados.

O bracelete prata dava acesso a um vasto complexo que se estendia em torno de um edifício triangular de vidros azul-turquesa, o Zigurat. Lá ficavam restaurantes, bares, discotecas, centro comercial, academias, sete piscinas, campo de golfe, enfermaria, spa, creche, clube social com todo tipo de jogos de mesa. Já havia alguns anos que a seção prata estava semivazia.

O verdadeiro privilégio do resort derivava da cor púrpura, que permitia percorrer as três seções. No entanto, os que o portavam raras vezes abandonavam La Pirámide, o enorme edifício inspirado no Templo das Inscrições de Palenque. As escadarias que desafiavam a vertigem na fachada e serviam apenas de decoração, os arcos triangulares, os baixos-relevos com entalhes, as esculturas do deus Chac Mool espalhadas pelos jardins e a reiterada presença do logotipo com as quatro direções do céu davam àquela cidadela turística o curioso ar de um sítio histórico.

Um bosque subtropical emoldurava o lugar. Sua verdadeira função era ocultar as cercas eletrificadas.

Mario Müller mantinha as seções verde e prata para efeito de contraste. A exclusividade da zona púrpura teria sido menos notória sem essas regiões subordinadas. "Precisamos das pessoas prata para que as pessoas púrpura gostem de não estar lá", explicava *Der Meister*.

O verde representava a natureza; era agradável de uma forma óbvia. O prata sugeria um atraente segundo lugar. Ao púrpura faltava a supremacia do ouro ou da platina; sua atração era múltipla e incerta: o vinho do estio, a transubstanciação do sangue, a capa de um bispo ou de um toureiro, o cetro de um monarca, a tinta sacrifical dos maias.

La Pirámide era regida pela ideia de repouso como isolamento e diversão como risco. Um lugar onde as luzes e a música ambiente criavam uma realidade suspensa e os programas de diversão aceleravam a pulsação do sangue.

Era comum ver turistas com ferimentos menores, embora às vezes parecêssemos uma estação de esqui (nos bares e nos terraços havia muitas pessoas, com talas, muletas, gessos). As lesões pareciam incrementar o bom humor dos visitantes. Eram sinais de que o risco existe e foi superado.

A engrenagem de corpos convincentemente machucados funcionou até a noite em que Mario me tirou do quarto de Sandra com um telefonema.

Cheguei a La Pirámide com a saúde debilitada. Durante anos tive sudorações, problemas gástricos e cardiovasculares, enxaquecas, uma sensação estranha no fígado, dificuldades para urinar e manter o pulso. Isso tinha ficado para trás, mas eu ainda sofria alguns desmaios, sentia as têmporas latejando, tinha a sensação de estar usando um capacete sob o crânio, ficava cansado ao caminhar. Não estava em condições de participar das jornadas que extenuavam prazerosamente os hóspedes.

De vez em quando, em minhas noites insones, escutava gritos de dor ou de prazer que talvez fizessem parte do entretenimento.

Uma tarde, ao passar por um quarto, a porta se abriu levemente. Jogaram uma cabeça de boneca no corredor. Em La Pirámide não aceitavam crianças. Vi os olhos com longos cílios sedosos da cabeça decapitada. Não a apanhei com receio de que estivesse cheirando mal, ou besuntada com alguma coisa repugnante, ou me desse azar.

Um dia, logo cedo, ganhei notoriedade no bufê do café da manhã. Houve gritos e um tumulto se formou às minhas costas. Uma aranha papa-moscas, de peludas patas geométricas, caminhava entre as frutas. Eu me servi de papaia, nem aí para ela. Fui corajoso por desinformação (pensei que se tratava de um dos sustos preparados por Mario Müller; depois soube que a aranha era uma ameaça autêntica, cortesia dos trópicos).

* * *

As crianças estão em contato permanente com seus joelhos. Conhecem suas crostas, seus arranhões, seus hematomas cambiantes. Crescer é se esquecer dos joelhos.

Eu sentia falta da possibilidade de ralar os joelhos, não tanto por sentir saudades da infância, mas porque isso significava correr. Desde os catorze anos, quando a moldura de metal de um carro entrou em minha perna para seccionar os nervos ao seu alcance, eu me transformei em alguém que arrasta um pé. Não é algo grave nem especialmente doloroso, mas define sua forma de se relacionar com o mundo. Mesmo que não se mova, você é um manco.

Num dos jardins encontrei Remigio. Levantou seu coto à guisa de cumprimento. Tínhamos estabelecido uma cumplicidade de mutilados. Embora só me faltasse uma falangeta, isso lhe parecia suficiente em minha área de trabalho.

— Queria ver você — disse com voz asmática —, mas não tenho ânimo para entrar nos corredores. Estão filmando lá dentro.

— Aqui também tem câmeras — apontei para o dispositivo de vídeo embutido no tronco de uma palmeira.

— É, mas é normal que eu esteja no jardim — respondeu. — Encontrei uma coisa.

Passou-me uma folha de bananeira que envolvia um objeto alongado e grosso. Guardei-a automaticamente no bolso da calça.

— Estava na mão do mergulhador — acrescentou Remigio.

Explicou que o corpo de Ginger Oldenville tinha sido levado para o embarcadouro. Nessa manobra, alguma coisa que estava nele caiu na grama.

Vi os olhos amarelados de Remigio. Ele não quis dizer mais nada. Desviou os olhos da câmera de vídeo. Levantou o coto em sinal de despedida.

Remigio tinha me contado a história de sua mutilação. Uma víbora *nahuyaca* mordeu-lhe a mão quando ele trabalhava nos campos de baunilha. O veneno da *nahuyaca* faz com que o sangue mane por todos os orifícios do corpo e não há antídoto. Remigio falava disso com a resignação apática de quem enfrenta um trâmite inevitável. O único jeito era amputar a mão. Ele não teve dúvida: pegou o facão e a decepou. Foi despedido das lavouras sem indenização. Sobreviveu pedindo esmola do lado de fora do terminal de ônibus de Punta Fermín. Lá, conheceu Mario Müller. Remigio contou sua história e meu amigo o contratou no ato. Admirava os gestos definitivos. Ele teria feito o mesmo. Eu teria morrido envenenado, perdendo sangue pelas orelhas, rodeado pela sufocante doçura da baunilha.

Sonhei com uma mulher com cheiro de eucalipto que se deitava etereamente sobre mim. Não pesava nada, ou talvez nela só pesasse o perfume. Estava nua e sua pele brilhava de uma forma especial, como se exsudasse uma substância refulgente. Eu olhava seus mamilos, com auréolas cor de laranja. Tentava me aproximar e ela dizia: "São para outros bezerros".
Nesse momento ela se levantava. De repente estava vestida, com sapatos de salto alto. Saía da minha vida rapidamente, em grande estilo.

Fui até a sala onde Sandra fazia movimentos leves que, no entanto, parodiavam um ataque. Um kung fu elástico, em câmera lenta. Um janelão enorme deixava à vista seus alunos de collant e calças curtas. Não havia som no local. Os participantes a seguiam. Pareciam treinar para saltar num planeta com gravidade maior.

Esperei ali na janela até que Sandra se virou. Achei inverossímil que tivesse a mesma quantidade de dentes que eu. Seu sorriso era atordoante. Depois ela fechou a boca. Seu semblante melhorou; tornou-se cálido, cúmplice. Apontou para seu relógio de plástico. Fez um gesto de que me ligaria depois.

Eu pouco tinha a fazer no aquário. Entrei na cabine que controlava a música ambiente. Naquele instante, o computador transformava cinco pargos em música. Minha presença agora era simbólica. A máquina funcionava por conta própria.

Meu próximo projeto era musicalizar palmeiras. Imaginava as melodias que a brisa traria, como mensagens de um naufrágio.

Dei graças quando o telefone tocou. Era Mario.

— Como foi com o Támez? — perguntou.

Relatei a hipótese do pacto suicida gay.

— Ele acha que você sabe mais coisa — disse ele. — O Támez não é muito observador, mas sabe que você come frutas no café da manhã.

— E daí?

— Os homens de verdade comem ovos rancheiros com linguiça. Ele não confia nos que comem papaia. Em seu código pré-histórico, ele classifica você como um maricas, ou pior, como um aspirante a maricas. Além do mais, arrasta uma perna, passa horas lendo livros com cheiro de bolachas rançosas, nunca foi visto nos bordéis de Punta Fermín nem nas boates de pole dance de Kukulcán. Isso não é muito masculino. O Ginger Oldenville era homossexual. O Támez precisa de dados para sua teoria do pacto gay. Um deles é que você come papaia no café da manhã.

Mario parecia estar se divertindo. Tinha criado um enclave cheio de códigos num trópico primitivo. Talvez Támez não fosse tão diferente dos hóspedes: ele pertencia ao atraso dos que continuam sendo canibais e os turistas à sofisticada vanguarda dos que querem voltar a ser.

Dei um jeito de desligar e telefonei para Sandra. Deixei três mensagens na caixa postal do celular.

É verdade, eu comia papaia no café da manhã, mas precisava encontrar Sandra com urgência. "Me toque com seu dedo", ela me disse. Diante dos clarões sanguíneos da TV, sua pele tinha sido a mais inacessível seção púrpura.

Já em meu quarto peguei a folha de bananeira que Remigio me dera. Continha um nó.

Olhei-o por um momento. Sete andares abaixo, o mar batia suas ondas com reiterada e fluida tristeza: um blues anêmico.

Fazia muito tempo que eu não pensava em Luciana. O nó me fez lembrar das mãos dela, que faziam e desfaziam coisas com delicada habilidade.

Pensei na forma como me tocava: uma chuva fina demais. Nesse exato momento começou a chover, como se o clima surgisse de meus pensamentos. A janela se embaçou e produziu um reflexo estranho, mostrando dois sóis.

A mulher que penetrou em cada gota de meu sangue intoxicado, anunciando um alívio, transformara-se na sombra de uma carícia. As gotas na janela pertenciam a um mundo no qual Luciana não ia voltar comigo.

Quando estiou fui até o embarcadouro. O sol caía com renovada força na madeira das tábuas, levantando filetes de vapor. Gaivotas flutuavam em bando à espera de restos. Os barcos estavam cercados de espuma densa, cor de cerveja. Um bafo de podridão e azedume fermentado pelo sol.

Não queria chamar a atenção: é fácil se lembrar de um manco. Fiquei pouco tempo ali, o suficiente para me certificar de que nenhum nó era como o que Remigio me dera.

Voltei para o quarto. Examinei o nó mais uma vez: um clássico traço borboleta, mas com cordas suaves ao tato.

Alguma coisa estava mudando. O regime de internação que ajudou a me restabelecer de repente incluía uma surpresa.

Para um viciado que recupera a sobriedade, a própria vida privada pode ser um enigma. Investigar o que Ginger usava na hora da morte (um nó suave) pareceu-me um modo de investigar minha cotidianidade desconhecida.

Quando enfim falei com Sandra, ela me tratou com uma camaradagem incômoda. Não éramos namorados, nem amantes, nem pretendentes: éramos do mesmo time. Senti saudade de Luciana novamente. Tinha ido a La Pirámide para não sentir falta dela. Minha cura era isso: não pensar nela.

O México é um país de ilusões gigantescas. O desastre contemporâneo é atenuado com projetos desmedidos. No extremo sul de Kukulcán, uma ponte representava em pedra esse ideal. Erguia-se a trinta metros de altura e avançava com decisão para o oeste, procurando ligar o enclave turístico a Punta Fermín. Foi concebido para ultrapassar o estuário e a laguna, mas a verba acabou no meio do caminho. A ponte estava lá como um sonho interrompido. Em seu extremo, os vergalhões sugeriam as entranhas enferrujadas de uma máquina doente. Em volta das colunas cresciam trepadeiras e diferentes variedades de cracas, e conchas grudavam ali como num rochedo.

As crianças que em outros tempos pediam que os turistas atirassem moedas na laguna para apanhá-las com a boca divertiam-se lançando-se num bungee-jump que Mario lhes dera de presente. Perto dali ficava o cemitério de automóveis. Ao entardecer, os curiosos pegavam assentos dos carros batidos para ver a meninada caindo lá do alto, soltando risadas cristalinas.

Mario via esse fracasso público como uma vitória pessoal. Enquanto a região se esvaziava, as reservas de La Pirámide aumentavam como os ouriços-do-mar, que nessa temporada eram mais abundantes, talvez favorecidos por uma mudança no pH da água.

Mario se transformara num treinador de minha memória. De madrugada, punha-me em contato com histórias perdidas. Fitava-me com olhos irritados de insone e pedia que eu repetisse o que ele falava, para se certificar de que minhas novas memórias se fixassem.

Eu tinha esquecido os detalhes que um viciado esquece, ou seja, as cenas vergonhosas que justificam o modo com que os outros nos enxergam.

Fazer uma turnê pelo Bajío pode ser uma coisa aviltante, mas eu não sabia o quanto. Mario me fez lembrar. Nós nos apresentamos em León, Silao, Celaya e Irapuato para acabar em La Piedad, que contradizia seu nome fedendo a porco num raio de dois quilômetros. Tocamos para agricultores, seminaristas e sapateiros ansiosos para alucinar com surtos de alto volume. Apaguei esses cenários porque ao longo dessa turnê eu mijei nas calças e quase me afoguei, noite após noite, com meu próprio vômito.

Eram os momentos baixos de uma conduta que na origem foi admiravelmente prazerosa. Nunca gostei de maconha nem de chá de tília. Odeio os remédios da lentidão. Adorava cocaína. Podia ser feliz ao descobrir que num papel ainda restava uma raspinha de pó. Só de vê-la sentia um prazer estimulante. Depois vinham os timbales, a percussão do cosmo, a segurança trépida de ser o único sobrevivente de alguma coisa atroz. Falava e falava e falava sem parar. Era feliz sem que ninguém precisasse me ouvir. Minhas pulsações eram minhas ideias. Nessas horas eu me sentia capaz de pilotar um jumbo. E mais: que podia enfiar uma linha na agulha. Cristal, ecstasy, Mandrax, pó de anjo foram os nomes de minhas fugazes preferências, sempre com o contraponto das carreiras de sua branca majestade, a cocaína, meu fogo exato, meu sangue na medida.

Minha felicidade teria sido perfeita se eu tivesse morrido sem conhecer o saldo do prazer. Mas me detonei e sobrevivi. Passei anos empenhado em saber qual o custo disso tudo. Comecei a falar cada vez menos. A realidade foi o preço que paguei.

Mario tinha a delicadeza de não resgatar essas lembranças. Ele se interessava por outras coisas: anedotas, nomes de pessoas, o modelo de um carro, uma música de King Crimson, dados exatos para restaurar minha mente como um quadro que se ilumina por números. Muitas coisas me pareciam alheias. *Der Meister* tinha estado com um desconhecido que estranhamente se chamava como eu. Eram esses os *Days of future passed* de que os Moody Blues falavam? Enquanto o alvorecer tingia o céu de uma cor verde-maçã, Mario, com metódica paciência, munia-me de lembranças.

Às vezes eu lhe perguntava coisas sobre Luciana. Ele sabia que isso podia me magoar. Respondia com a prudência de um comissário de bordo que oferece talheres de plástico para que você não tente fazer loucuras durante o voo.

Saúde significava não pensar em Luciana. Quando ela me deixou, eu estava imerso na bruma do pó de anjo. Depois Mario me levou à clínica Oceánica, eu me desintoxiquei das substâncias mais potentes e me entreguei à zona de controle dos soníferos, dos analgésicos e dos ansiolíticos, excelente preparação química para aceitar um trabalho num estúdio de gravação onde sempre era noite, onde nunca aparecia nenhum músico e eu sonorizava desenhos animados.

Anos depois, Mario me procurou naquele quarto com paredes forradas de tapetes pretos. Meus olhos vibravam com uma overdose de caricaturas. Conhecia as diferentes maneiras de explodir um disco voador, um edifício, um coelho, um monstro, uma cenoura ou uma aranha. Minha mente era uma reserva onde um carro atropelava cães roxos e um castor se esquivava de granadas. Mario me abraçou. Tinha cheiro de sabão de coco, um perfume tão poderoso quanto o de um desodorante para carros. Pediu-me que o acompanhasse ao Caribe. Dirigia um enclave à beira-mar, podia me entregar todos os peixes que eu quisesse para transformá-los em sons.

Foi essa minha salvação, a verdadeira metadona contra as drogas, que só não acabaram comigo porque não fui leal a nenhuma delas. Era viciado no vício, mas vivia mudando de substância. Isso me diferenciava de minha mãe, que se concentrou no Valium até que o remédio se transformou numa forma superior do mal-estar.

Mudei-me para La Pirámide. Foi meu mar Vermelho, meu 15 de setembro, meu Natal na Terra Santa. Não estou exagerando: recuperei a capacidade de mastigar.

Fui melhorando, sem trégua, até chegar a "Feelings". Quando Juliancito, estranho xamã maia, pôs essa música pela terceira vez, entendi que tinha chegado o Meu Momento: desejei Sandra com cada célula do organismo que meses antes se espantava por estar acordado.

Nunca pensei que isso pudesse acontecer comigo, não com "Feelings".

Não sentia uma emoção tão contraditória desde que toquei no Budokan, em Tóquio. Em 1982 me apresentei no santuário do pop oriental com o cantor Yoshio. Admirava Jaco Pastorius, mas tinha quatro dedos hábeis, dote aceitável para a música romântica.

Com a oportunidade de ir ao Japão, pensei que pelo menos poderia imitar Jaco num gesto: jogar meu baixo elétrico na baía de Hiroshima.

O gênio de Weather Report viveu trinta e quatro anos de excessos. Atirou-se, de quinze metros de altura, numa fossa de água, jogou basquete com a energia de um Tarzan enjaulado numa cancha, mudou a história do baixo elétrico, enlouqueceu mulheres magníficas (entre elas Joni Mitchell), disse a Jimi Hendrix que eles tinham construído as Torres Gêmeas da Manhattan musical, compôs "Three Views of a Secret" e explodiu em sua própria luz. Quando eu soube que tinha gente que morria de combustão interna, pensei nele.

Jaco competiu, quase até o parricídio, com seu mentor, Joe Zawinul, e se acelerou até se transformar num rumor que ninguém queria verificar, numa moléstia lendária, numa carga aguda para os outros, no bêbado que chegava aos bares alardeando ser o melhor baixista do mundo e arruinava qualquer show. Com um desespero insistente, o virtuoso buscava um final de opróbrio que finalmente obteve: um leão de chácara o expulsou de um clube e lhe deu uma surra que destruiu seu crânio. Morreu pouco depois.

Não era fácil medir-se com um modelo como esse. Nem sequer pude imitar seu gesto sacrifical em Hiroshima. Quando cheguei lá, a cidade arrasada pela bomba tinha se transformado num éden onde floresciam cerejeiras, os sobreviventes da radiação meditavam nos parques e jovens mães empurravam carrinhos (o clima era estupendo e todos os bebês estavam descalços). Bebi chá verde e comi ostra à milanesa. Muitas coisas tinham desaparecido naquele lugar para que eu tentasse acrescentar uma perda. Jaco se enganara de cenário. Você pode sacrificar sua guitarra num rio sujo onde flutuam latas enferrujadas e cadáveres de assassinados pela máfia, não nesse jardim da vida, surgido da aniquilação atômica.

O apego a meu instrumento também se devia ao sucesso que tivemos em Tóquio. Yoshio, Samurai da Canção, era mexicano descendente de japoneses. O público o recebeu como se o baladista guardasse um fogo que só ardia do outro lado do mundo. Era próximo e distante. Tinha a aura dos seres intermediários: um Astroboy latino.

O Budokan esteve a ponto de vir abaixo quando tocamos "Reina de corazones". "Cariño mío…", pronunciou Yoshio em tom lastimoso, e preparou seu descenso ao vale do sentimento: "No me abandones… no…". Então uma multidão que sabia a letra de cor cantou o monossílabo de desespero sentimental: "No… no… no…!". Dono do palco, banhado pelos refletores, Yoshio se agitou num magnífico estertor; suas mãos se crisparam e sua cabeleira negra soltou gotas de suor como um personagem de mangá.

No mesmo show, B. J. Thomas tinha cantado "Raindrops Keep Falling on my Head", um autêntico Taj Mahal do sentimentaloide. Pois bem: nessa noite fomos infinitamente superiores a B. J. No clímax, só se ouviu meu instrumento. Mantive a base rítmica com o baixo; depois a bateria acrescentou um bombo cúmplice. Yoshio estendeu a mão para pedir uma toalha com grandioso gesto kabuki. Capturou-a no voo e enxugou o suor com o deleite exibicionista dos heróis ensopados. Então parou: Samurai lentíssimo, demorou a se reanimar. Ressuscitado pelo alento contido da multidão, atirou o pano úmido para um destino de fetichismo e esplendor nas tribunas.

Nunca pensei que essa turnê pudesse ser algo mais que um "osso", como me resignava a chamar os trabalhos duros de roer. Mas no Budokan tive uma espécie de iluminação, o esquivo *satori* que nunca alcancei com o heavy metal: naquela noite fomos os reis da dor de cotovelo. Em êxtase sincrônico, os japoneses ativaram milhares de flashes. Diante dessa galáxia rápida amei Yoshio, amei o mundo, amei meu baixo elétrico.

Nunca curti assim com Los Extraditables, talvez porque seja mais fácil curtir um presente não merecido do que um sofrimento voluntário.

* * *

Certa noite sonhei que encontrava Sandra sob a luz vermelha de Marte. Nós nos fundíamos num abraço prazeroso, favorecidos pelas condições ambientais que o sistema solar oferece longe da Terra.

Quando finalmente nos vimos, a realidade foi mais modesta. Ela me encontrou no Bar Canario (era o dia de folga de Juliancito e o barman substituto não sabia lidar com o equipamento de som). Mostrei-lhe o nó que Remigio me dera:

— É de uma rede — disse de imediato. — O Ginger tinha uma no quarto. Gostava de girar com um movimento idiota que ele chamava de "rolo cósmico". *He was bananas!* Temos que ir ao quarto dele — sugeriu; depois reconsiderou: — É melhor que as câmeras não nos gravem juntos. Vou sozinha.

Levantou-se. Dessa vez deixou que eu pagasse a conta.

As tardes tinham se tornado mais quentes. Eu fugia do ar livre e caminhava pelos corredores climatizados de La Pirámide. Alguns tinham um traço helicoidal, de rampas ascendentes, que me faziam perder a orientação. De tanto em tanto, sentava-me numa das poltronas circulares colocadas diante dos elevadores.

Só eu justificava o uso desses móveis. É preciso ter um problema numa perna para permanecer ali, sem outra vista além de um elevador.

Numa dessas tardes, surpreendeu-me que alguém ocupasse um sofá. Essa presença, por si insólita, tornava-se quase irreal por sua indumentária: uniforme de camuflagem e balaclava. Além disso, aquele sujeito tinha uma AK-47 terçada no peito. Desviou a vista para mim, levantou a palma da mão com os dedos muito abertos, indicando que eu devia ficar quieto. Depois olhou para a direita.

No outro corredor quatro ou cinco encapuzados carregavam duas turistas loiras, amordaçadas e com as mãos amarradas. Elas esperneavam e sorriam ao mesmo tempo (as rugas em seus olhos delatavam diversão e suas risadas podiam ser ouvidas através dos lenços). Foram levadas até uma janela. Os guerrilheiros puxaram uma corda. Um arnês chegou até eles. As mulheres concordaram em sair pela janela, amarradas aos arneses. Os encapuzados as seguiram.

O vigilante da poltrona se levantou e se aproximou de mim, com dominadora parcimônia:

— Você não viu nada — disse em tom de desprezo.

Aproximou a mão de minha garganta. "Vai me enforcar", pensei, mas não me movi.

Acordei na enfermaria, diante de um cartaz do Ursinho Pooh. Tive dificuldade em focar o rosto de Mario Müller. Enquanto tentava definir suas sobrancelhas (loiras, muito ralas), ele disse:

— A "chave chinesa".

Depois teve um acesso de tosse.

Quando se recompôs — os olhos cheios de lágrimas pelo esforço —, informou que tinham me aplicado uma técnica das artes marciais. Meu corpo não mostrava ferimentos nem contusões. O guerrilheiro pressionou um nervo em meu pescoço e desmaiei. Era isso que chamavam de "chave chinesa". *Der Meister* falou da manobra com um orgulho estranho. Depois esclareceu que os sequestros faziam parte do programa de entretenimento. Os hóspedes aceitavam ter sobressaltos desse tipo. Embora sempre houvesse uma dose de risco, no fim da jornada os turistas curtiam uma tequila *sunrise* e, principalmente, o pânico transformado em lembrança, num imprevisto digno de ser contado.

A naturalidade com que ele transformava a agressão em algo desejável me irritou.

— Não sou um hóspede — disse. — Não quero que me sequestrem. Aquele filho da puta me apagou.

A única resposta de Mario foi ceder seu lugar para o médico, para que este passasse uma pequena lanterna sobre meus olhos. O homem de jaleco branco mediu minha pressão.

— Você tentou impedir alguma coisa? — perguntou Mario, preocupado com algum erro que eu pudesse ter cometido.

— Não.

— Alguma coisa você deve ter feito — tossiu de novo.

— Um encapuzado me nocauteou! — falei para o Ursinho Pooh, impresso num tom excessivamente amarelo.

Mario levou um punho à boca para disfarçar a tosse. Um espasmo o fez fechar os olhos. Prendeu a respiração.

— Você está bem? — perguntei.

Desde a adolescência, Mario conservava os tiques do cantor que nunca descuida da garganta e acha que não existe doença mais grave do que a gripe. Era estranho vê-lo tossir. Pôs o indicador na têmpora e entrecerrou um olho, como se a dor fisgasse seu nervo óptico.

O médico saiu do quarto enquanto Mario dizia:

— Oferecemos algo mais que um esporte: turismo extremo. Estamos em zona guerrilheira. De vez em quando os turistas têm contato com pretensos rebeldes. Levam um susto e depois tudo volta à normalidade. Tenho certeza de que muitos deles gostariam de ter um contato mais barra-pesada.

— Quem são esses filhos da puta? Estou falando dos encapuzados.

— Atores. Moram em Punta Fermín. A Companhia Nacional de Teatro dá trabalho para cinquenta atores. Nós temos mais de cem. Não acha isso um sucesso? A Sandra ajuda a ensaiá-los; não é fácil representar a violência.

— O que aconteceu com as gringas que eles levaram?
— Nada. Estão na discoteca.

O médico voltou para o quarto. Pensei que ia falar comigo, mas entregou a Mario um saco plástico transparente, cheio de comprimidos.

Senti meu pescoço latejar. Merecia uma explicação.

— Me acompanhe numa excursão. Aí você vai entender — disse Mario.

— Odeio sol, você sabe — respondi.

— Um dos atores o atacou. Quero que conheça a obra.

La Pirámide se erguia em terrenos que originalmente valiam pouco (era preciso um investimento imenso para tirar uma gota de água doce do subsolo) e tinham sido comprados de uma cooperativa de pescadores. Embora a terra pedregosa não fosse cultivável e ficasse longe da área turística principal, os antigos proprietários não queriam vendê-la. Tinham uma fé cega na posse da terra. Eram incapazes de edificar algo naquele solo de pedra calcária, mas entesouravam o papel que dizia que aquilo tudo era deles. Foram forçados, de mil maneiras, a abrir mão de sua propriedade. Corria o boato de que Támez ganhara seu posto no Atrium depois de ameaçar famílias inteiras para que aceitassem o negócio. O Gringo Peterson chegou depois, quando o lugar já era uma "oportunidade". O consórcio inglês procurava um investidor com experiência na região. Peterson contratou Mario para dominar esse ponto turístico afastado.

Kukulcán foi posto no mapa por decisão presidencial. A reserva ecológica se transformou em campos de golfe, o dinheiro inundou a área, surgiu trabalho para pessoas que matavam a fome chupando caroço de manga, os monolitos de vidro e aço dominaram a costa.

Era fácil odiar essa cidade de geometria extravagante e vícios rápidos. Mais difícil era entender que o progresso ruim e injusto dava de comer a crianças que antes ficavam cegas pela desnutrição. Mario Müller falava com tranquilidade do desenvolvimento sujo: "A natureza gosta de todo mundo e os filhotes de todas as espécies mexem com o coração, mas se você não destrói alguma coisa, você não come". Tinha estudado hotelaria na Europa, conhecia as fantasias dos civilizados: depois de séculos queimando carvão, pediam aos países pobres que preservassem praias virgens para que eles pudessem tirar férias. Tudo era tão complexo quanto os organismos que sobrevivem ao calor. La Pirámide era fruto da espoliação, as pessoas pobres continuavam pobres mas morriam menos, ou não tão rápido.

Até aí era possível defender uma cidade que foi sede do Miss Universo e da cúpula mundial sobre mudança climática. Depois o tolerável desenvolvimento sujo se tornou sujo demais. Chegaram os vírus, a contaminação, a guerrilha, as chuvas a cada três dias, o narcotráfico, as decapitações. As numerosas seitas que prosperavam na região ofereciam pouco consolo. Em Kukulcán os urubus planavam à espreita de um gato morto e Punta Fermín era um subúrbio com porcos soltos pela rua.

Quem era Mario Müller? Que espécie de delírios propunha?

— Você montou um teatrinho em terrenos que foram tirados dos pescadores — falei. — Não quero ver sua obra.

— Não seja assim, Tony. O que aconteceu com você foi um erro. Depois, tudo tem uma origem turva. No começo de todo negócio existe uma fraude. Deixe de se amargurar com "a origem das coisas". Não faz sentido regressar ao momento em que seu pai transava com sua mãe para que você existisse. Viemos daí, Tony: suor, secreções e gemidos — pressionou as têmporas.

— Consultou um médico, além desse do hotel? — perguntei.

— Sim.

— E o que ele disse?

— Sabe qual é o principal problema turístico do país?
— O que o impede de falar da sua doença?
Ignorou meu sarcasmo:
— Esse país é parecido demais consigo mesmo. Oferece passado, passado e passado. Violões, entardeceres e pirâmides. Os novos turistas querem alguma coisa que os outros turistas ainda não tenham visto. Foi o que entendemos. Quero que capte isso, Tony. Amanhã vamos fazer uma excursão.
— Onde está o Gringo?
— Não sei. O pessoal do Atrium acha que está com um criador de puros-sangues. Às vezes ele se desliga de tudo, você o conhece.
— Ele já foi a uma de suas excursões?
— O que você acha? Ele detesta isso.
Fez uma pausa. Respirou com esforço. Parecia aflito. Era difícil me negar a acompanhá-lo. Desde criança o acompanhara a lugares que não me interessavam; era feito para chegar antes dos outros, pular o muro mais rápido, cortar-se menos com os vidros quebrados que o coroavam, entrar antes de todos na casa abandonada, ter sonhos exagerados. Estranhamente, sua maior ambição foi a disciplina, as camas arrumadas que nunca encontrou em sua casa. Mas a falta de surpresas também o cansava. Teve um casamento sereno demais para ser feliz. Separaram-se por tédio comum. Usava sua aliança como mostra de obstinação e afeto objetivo por María José, a mulher que o acompanhou ao Caribe. Sua verdadeira e única paixão era La Pirámide, onde podia ser um Deus organizado e voluntarioso, dono do controle e do medo. Os mundos que tínhamos imaginado vendo capas de discos de rock estavam lá.
— O Peterson entende disso melhor do que você imagina — disse de repente.
— Mas não vai a suas excursões — respondi para provocá-lo.

— Não precisa. Temos uma ocupação extraordinária. O país está fodido e isso nos beneficia. Sabe por quê?

Fitou-me com os olhos acesos pela doença ou pelo fanatismo. Não esperou resposta.

— Porque não vendemos tranquilidade — continuou. — Em todos os jornais do mundo há notícias ruins sobre o México: corpos mutilados, rostos borrifados com ácido, cabeças cortadas, uma mulher nua pendurada num poste, pilhas de cadáveres. Isso provoca pânico. O estranho é que em lugares tranquilos tem gente que quer sentir isso. Estão cansados de uma vida sem surpresas. Se preferir, são uns pervertidos de merda ou são os mesmos animais de sempre. O importante é que precisam da excitação da caçada, da perseguição. Se eles sentem medo, isso significa que estão vivos: querem *descansar sentindo medo*. O que para nós é horrível para eles é um luxo. O terceiro mundo existe para salvar os europeus do tédio. Foi isso que seu melhor amigo entendeu. E cá estou eu, dedicado à paranoia recreativa.

— "Paranoia recreativa" — valia a pena repetir a frase.

— Há outros lugares onde você pode conseguir a mesma coisa, mas precisa ser especialista. Aqui você não precisa ser um piloto de provas para sentir a adrenalina; alguém pode sequestrá-lo. É um risco controlado, mas deixa você tremendo.

— Um babaca me aplicou uma "chave chinesa", o Ginger está morto.

— São casos isolados.

— Você fala como aquele chefe de polícia de merda.

— Venha à excursão. Depois me diga se sou como o chefe de polícia.

No dia seguinte nos encontramos ao lado de seu jipe. Mastigava uma folha de árvore. Sentia-se melhor. Desde pequeno gostava de mastigar folhas, talos, fiapos de grama.

Encabeçamos um comboio de uns dez veículos. Saímos do resort em direção ao manguezal que tingia de verde a linha do horizonte. Um pouco adiante pegamos um caminho alternativo para atravessar um pântano amarelento. Os mosquitos distorciam o ar. Um cheiro pútrido nos acompanhou por vários quilômetros.

Nos anos 70 a natureza era um paraíso ilícito para nós. Acampamos nas lagunas de Chacahua, onde os barqueiros conseguiam uma maconha espetacular; subimos até Huautla, na serra de Oaxaca, para experimentar cogumelos alucinógenos; fizemos a rota dos índios *huicholes* até o Quemado para catar peiote. Uma de nossas canções, "Venado azul", falava do guardião do deserto, o anjo tutelar dos *huicholes*. Gostávamos de sentir que em todas as nossas viagens havia transgressões, que não à toa nós éramos Los Extraditables. Naquela época, a palavra era mais usada na Colômbia do que no México, e fantasiávamos que nossa música podia ser um delito de exportação.

Um dos problemas do grupo foi que jamais conseguimos manter quatro integrantes fixos. O número parece modesto, mas guitarristas e bateristas entravam e saíam. Na verdade, essas figuras volúveis e esquecíveis fizeram de nós um duo expandido. Alguns acompanhantes estiveram mais próximos de minha parte yin, outros estiveram mais próximos da parte yang de Mario. No fim, dava na mesma: eles iam embora, nós continuávamos indo atrás da extradição.

O jipe não tinha capota, mas o vento batia em nós sem amenizar a temperatura.

Um falcão nos seguiu por um momento, depois se perdeu em direção a um banhado.

— A terra está inclinada! — gritou Mario, fazendo um gesto oblíquo.

O terreno deslizava para o mar num declive quase imperceptível. Com as chuvas, a água arrastava a terra amolecida pela derrubada de árvores. O lodo escurecia o recife, impedindo que os corais recebessem a luz do sol. Às desgraças da região devíamos somar o desmatamento.

— É o verdadeiro apocalipse maia! — o esforço o fez tossir.

Ele tinha tocado várias vezes nesse assunto. Os maias calcularam que o mundo ia acabar em 2012. Com uma exatidão infalível, previram um alinhamento de planetas que se repete a cada vinte e seis mil anos. A partir dessa data-limite, organizaram seu tempo *para trás*. O que mais fascinava meu amigo em sua faceta *Der Meister* era a organização do tempo ao contrário. "Suas lembranças estavam previstas antes de acontecerem", dizia nas noites de insônia em que deixávamos as luzes de seu escritório acesas e eu me enchia de memórias inesperadas.

Mario descartava que os antigos moradores da região pensassem num autêntico fim do mundo. Segundo ele, tratava-se de passar uma borracha e virar a página, um exame de consciência sob os planetas alinhados. Além disso, os maias clássicos tinham desaparecido antes da Conquista, sem deixar bilhete de suicídio.

Os novos maias tinham uma visão estranha de seus antepassados. Os garçons, os guardas, os faxineiros, os camareiros, os encanadores, os varredores e os jardineiros de La Pirámide acreditavam que seus ancestrais tinham sido extraterrestres. Só assim era possível explicar sua grandeza, a refinada plataforma no alto das pirâmides, a escrita impenetrável, a precisão astronômica.

Por seu regime laboral, La Pirámide lembrava a última época do esplendor maia: as infantarias pertenciam à estável miséria da região e os postos de comando a uma elite que podia desaparecer a qualquer momento.

Mario dera impulso ao programa de conscientização "Orgulho Maia", com parcos resultados. Os empregados não apreciavam a cultura de seus antecessores; apreciavam sua condição de extraterrestres.

De noite a península parecia, de fato, uma plataforma de aterrissagem. As chamas que consumiam os gases residuais do petróleo estavam lá como se orientassem naves distantes.

Depois de uma hora e meia chegamos a uma cidadela pouco espetacular, situada numa clareira da mata. O sol brilhava num céu duro, sem nuvens.

Afastei-me do grupo, rumo a uma cortina de árvores esguias, procurando um lugar para urinar. As frondes se trançavam num tecido inextricável. Era difícil saber onde terminava uma árvore e onde começava a outra; um desenho em arabesco, sem começo nem fim, similar aos frisos maias. Apesar das chuvas, os galhos estavam secos.

Segui uma trilha estreita até um descampado. O solo ali era macio; a terra estava coberta de cinzas. Os novos maias queimavam a floresta para plantar milho. Sua melhor alternativa era o narcotráfico; a segunda, La Pirámide; a terceira, queimar plantas.

Urinei e as cinzas enegreceram.

Voltei ao sítio arqueológico. Tirei os óculos para enxugar o suor. Ao longe, umas pedras se moveram. Pus os óculos: eram iguanas.

Os viajantes tinham formado um semicírculo para receber informação. Todos usavam bracelete púrpura. Sorriam placidamente.

Der Meister pegou dois microfones sem fio, unidos por uma fita isolante. Fez um teste de som, como se estivesse num palco:

— Um-dois, bom-sim, um-dois, bom-sim-o.k.

O eco ricocheteou nas pedras. Uns pássaros azuis saíram disparados em direção ao sol. O calor nos cercava como um muro. Minha camisa tinha virado uma cortiça úmida.

Em tom festivo, Mario falou do apocalipse maia. Fez uma pausa para beber de uma garrafa térmica e continuou com sua cosmologia pop:

— Eles anteciparam que estaríamos aqui. Nós também somos poeira de estrelas. Viemos do mesmo jardim de infância: o Big Bang.

Apontou para um muro lavrado com o glifo de Vênus. Falou do calendário maia enquanto eu percorria o pequeno sítio arqueológico. Subi e desci escadarias muito estreitas até que minha perna ruim começou a doer. Sentei-me sob um arco triangular, abanando-me com o boné emprestado por Mario.

Passei um momento agradável. Depois, uma mosca-varejeira chegou a beber o suor que me escorria pelas costeletas. Ouvi um disparo.

Voltei para o grupo.

— São caçadores — informou Mario —, há faisões por aqui.

— Não será a guerrilha? — perguntou uma turista, esperançosa.

— Estamos perto da linha de fogo, mas a guerrilha respeita as cidades santas. Vamos percorrer um *sacbé*, o Camino Blanco que une dois centros cerimoniais — fez uma pausa, virou-se para mim e, para minha enorme surpresa, disse: — Apresento-lhes o comandante Antonio Góngora, especialista em zonas de conflito. Participou das negociações com a guerrilha para o cessar-fogo. Estão em boas mãos. Não é mesmo, Tony?

Os visitantes me olharam com respeito.

— Um ferimento de combate? — perguntou em inglês um homem de uns quarenta e cinco anos, com faces cor de tijolo.

Minha manqueira tinha se transformado em prova de experiência. Também minha mão adquiriu interesse.

— Pelo que a guerrilha luta? — perguntou uma mulher idêntica a Luís XIV.

— Pelo que lutam todas as guerrilhas — sorriu Mario —: por justiça social e para ter heróis que vendam camisetas.

A expedição se dirigiu ao Camino Blanco. Meu amigo se aproximou para dizer:

— Se a gente pensar que você se detonou na guerra, você parece ótimo — e me passou uma metralhadora. — É de plástico — sussurrou.

Naquele momento, parecia mais inteiro do que eu. Olhei sua garrafa térmica. "Está drogado", pensei.

— Você sempre foi especialista em conflitos — comentou —; normalmente você mesmo os cria. Se incomoda que eu o apresente como alguém que os soluciona?

Não respondi. O calor me afligia tanto quanto os olhares de expectativa dos turistas. Os outros empregados levavam pistolas na cinta. A metralhadora realçava minha importância.

Chegamos a uma trilha tão branca que doía nos olhos. Dos lados havia flores silvestres, de um vermelho intenso, com pistilos amarelos. O vento soprou de algum lugar. Trouxe um ar ainda mais quente, carregado de areia.

Há muitos anos, eu tinha corrido atrás de uma bola lançada por Mario. Jogávamos futebol americano na rua. Segui o projétil sem perceber que um carro vinha em nossa direção. O motorista conseguiu desviar de mim, mas uma moldura de metal cortou minha perna. A estocada não me deixou inválido, mas ocasionou a manqueira que me marcaria pelo resto da vida. Mario tinha chorado, como se a culpa fosse dele. Curti, por alguns meses, sua submissão. Depois isso me pareceu tão inútil quanto ter um pai desaparecido. Uma tragédia sem recompensa. Estava manco. O que me deixava mais puto era pensar no que teria acontecido se o carro não tivesse entrado na nossa rua. Mario tinha um braço poderoso. A bola ia muito longe. Com certeza eu não a teria alcançado.

Quem podia confiar em mim como solucionador de conflitos? Os solitários, que dois dias antes removiam com pás a neve em Montreal, deixavam seus quatro filhos com a babá em Santiago do Chile, fechavam com chave tripla seu bangalô na Nova Zelândia. Mulheres e homens amolecidos por muitas horas de avião, bebidas exóticas, a umidade ardente do Caribe, mitos de índios loucos.

Uma moça, com os seios agradavelmente marcados pela transpiração, perguntou se eu queria água.

Bebi de seu cantil.

Nisso, um dos empregados se atirou sobre a areia branquíssima e lutou com um animal. Segundos depois se levantou, o corpo coberto de pó. Segurava uma cobra-coral.

Mario se aproximou para vê-la. Com pulso firme a pegou pela cabeça, pressionou suas fauces, inspecionou sua língua.

— É uma falsa coral — informou. — Para sobreviver, essas cobras imitam os anéis das cobras venenosas — apontou para as faixas negras, vermelhas e amarelas —: sua única defesa é seu disfarce.

"As cobras também representam", pensei.

Outro funcionário se aproximou com uma rede. Mario explicou que a levariam para uma reserva ecológica. Era óbvio que a soltaram ali para causar espécie. A falsa coral e eu, o falso comandante, éramos atores do elenco. A única coisa autêntica era o calor.

Minha cabeça estava estourando. Engoli dois Bufferin.

Finalmente chegamos a um baluarte retangular, sem muita graça.

— O Templo dos Bailarinos — disse Mario.

Foi até um talude mordido pela relva. Algumas silhuetas destacavam-se de forma imprecisa, como manchas de umidade. Nosso guia delineou seus contornos com o indicador:

— São homens em movimento. Os conquistadores pensaram que fossem bailarinos, por isso o templo tem esse nome. Na verdade, são mutilados de guerra. O pênis deles foi cortado — Mario apontou para a virilha —: não estão dançando, estão se contorcendo de dor.

A crueldade do passado fascinou os visitantes.

— É incrível que tenham construído tanto com uma temperatura dessas! — disse uma argentina.

— *Quite something!* — concordou uma mulher de cabelo cor de Fanta laranja.

Chegou a desnecessária hora de comer. Na verdade, nós é que estávamos sendo comidos: o ar nos sugava, tirando-nos um último resquício de umidade, enquanto os mosquitos chupavam nosso sangue e as moscas bebiam nosso suor. Bem ao longe se via um loureiro. Eu precisaria de mais dois Bufferin para chegar lá.

Os funcionários distribuíram caixas de lanche. Mordemos os sanduíches sem vontade (a maionese tinha cheiro de desinfetante).

Mario pegou o microfone para falar da estiagem que justificou os sacrifícios humanos nos cenotes. Quem não desejaria entregar um ente querido em troca de amenizar esse inferno com um pouco de chuva?

— Algum voluntário para morrer? — brincou.

Depois falou dos *bacabs*, cavaleiros que percorriam as quatro direções do céu procurando os cântaros de água. Essa terra estava sempre morta de sede. Os maias sacrificavam o que tinham de mais precioso nos cenotes de água doce; lá tinham jogado suas joias, suas crianças, suas princesas, seus anões, suas pequenas criaturas adoráveis. Os Cavaleiros do Céu exigiam sacrifícios para quebrar os cântaros de água. Pensei em Ginger Oldenville, que tinha colocado a linha da vida nos obscuros rios subterrâneos. Pensei em seu corpo inerte sobre o mármore. Quem precisava desse sacrifício?

— "*Riders of the storm...*" — Mario cantarolou à moda de Jim Morrison.

Os olhares admirados tornavam lógica essa atuação. Perguntei-me se Mario se deitaria com uma turista ao voltar para o hotel, ungido com a pátina do herói. Se assim fosse, isso lhe daria menos prazer que dominar seu público na intempérie, com um carisma que nunca teve em Los Extraditables.

Os visitantes o fitavam, à espera do próximo dado insólito, quando se ouviu um estampido.

— Para o chão! — gritou Mario.

Uma rajada cortou o ar.

Durante longuíssimos segundos engolimos poeira. Depois nos levantamos. Mario já estava de pé. Pediu que o seguíssemos.

Na muralha que demarcava a cidadela, umas dez silhuetas levantavam rifles. Estavam com o rosto coberto por balaclavas e usavam lenços no pescoço.

— A guerrilha — sussurrou um homem com admiração —, são menores do que eu imaginava.

Demorei a perceber que ele se dirigia a mim, o pretenso comandante.

Perguntei-me se entre esses guerrilheiros estaria o que me fizera desmaiar.

— Nos ajude a desaparecer! — gritou o combatente mais alto.

Der Meister explicou que os combatentes não tinham rosto: eram todos e nenhum; tinham saído das sombras milenares para clamar por justiça; voltariam para lá quando não fossem mais necessários. Queriam isso, o esquecimento, transformar-se em fantasmas, lutavam para se extinguir, pediam ajuda para não serem possíveis.

Mario copiava descaradamente o estilo do subcomandante Marcos. O público recebeu suas palavras com admiração. Durante alguns segundos um silêncio poderoso dominou a área. Nós faríamos alguma coisa por essas almas penadas? Nós as ajudaríamos a não ser necessárias?

Então a mulher de cabelo cor de Fanta correu até os guerrilheiros.

— *Don't you dare!* — gritou alguém.

Mario foi atrás dela. Não pensava que ele fosse capaz de correr naquela velocidade. Alcançou a moça e a derrubou com uma cambalhota espetacular, sentou-se a cavalo sobre ela e a subjugou com um tapa. Não foi um golpe agressivo. Foi o admirável golpe de um especialista em fazer com que alguém volte à realidade.

A mulher ria e chorava ao mesmo tempo. Mario parou de segurá-la. Ela se levantou e abraçou seu protetor.

Os guerrilheiros dispararam para o ar e se despediram, fazendo o V da vitória.

Quando a mulher recuperou a fala, murmurou:

— Obrigada... obrigada... — depois disse alguma coisa sobre os despossuídos da Terra.

— Está hiperventilada — opinou um turista.

Embora eu não tenha agido durante a contingência, alguns me agradeceram. Tinha estado lá, transmitindo a segurança do veterano.

— Nunca vou esquecer este dia — me disse um homem de cabeça rapada, com argolas triplas nas orelhas.

Voltamos ao Camino Blanco. O sol batia com menos força, mas ainda nos maltratava, calcinando-nos por dentro. Surpreendeu-me que meu corpo ainda pudesse produzir umidade.

Diante de mim, um homem se balançava no ritmo de seu iPod. Por seu andar sincopado, pensei num reggae para peregrinos.

Curiosamente, a volta me pareceu mais curta do que a ida. Logo avistamos a cidadela.

— A hora do morcego! — gritou Mario.

Eram seis da tarde e o ar se enchia de adejos negros. Os morcegos procuravam frutas. Talvez os empregados tivessem colocado algumas nos nichos das pirâmides para garantir que viessem.

Subi até a parte mais elevada da cidadela. Mario me seguiu. A paisagem se abria diante de nós. A terra brilhava como se o resplendor surgisse do pó. Atrás de uma franja de mato vi um teco-teco decolando.

— A base militar — explicou Mario. — É cada vez mais usada. Com o mau tempo, o aeroporto de Kukulcán volta e meia é fechado.

O entardecer perdia força. A terra se cobriu de manchas rápidas, sombras de nuvens que vinham de longe. Sentimos o vento como uma delícia prolongada. O céu escureceu. Num instante outro tempo se incrustou nesse tempo. Os *bacabs* tinham ouvido as preces. Recuperávamos uma certeza elementar, o momento em que o Trovão e a Tormenta eram senhores poderosos, cataclismos com aparência de pessoas. A chuva caiu como um sortilégio. Tirei o boné para sentir suas gotas tímidas, delicadas. As pedras estavam tão quentes que exalaram vapor.

Segundos depois chovia furiosamente. Ninguém procurou abrigo. O céu desabava, quebrados os cântaros de água.

No trajeto de volta perguntei para Mario o que ele levava na garrafa térmica.

— Uma enciclopédia líquida, sem isso eu não aguento.

Suas pupilas tinham se dilatado ao máximo. Agora eu conhecia a dramaturgia que o justificava. A adrenalina que senti no Budokan chegava a ele três vezes por semana.

Encharcado, Mario Müller exaltou as consequências morais de sua visão. Falou com um frenesi fanático: naquela noite o simulacro experimentado com tanta veracidade faria com que as pessoas pensassem, sonhassem, sentissem, desejassem coisas diferentes. Alguma coisa mudaria em seu inconsciente. A excursão teria um efeito neurológico:

— Como os rituais de passagem, como a primeira viagem de peiote. As pessoas não sabem, mas a vida delas pode mudar aqui. Se soubessem, talvez não procurassem isso com tanta obstinação.

Parou numa curva da estrada. Queria urinar. Descemos do jipe.

Tinha parado de chover. O zumbido dos mosquitos era uma forma sossegada do estrondo.

Meu amigo mantinha o entusiasmo provocado pela viagem e pelo líquido que levava na garrafa térmica.

— Lembra de sua viagem ao Japão? — Para minha surpresa, acrescentou: — Pensaram que você era da Yakuza! Por causa do seu dedo.

Vi o rosto alegre de Mario Müller, corado pela jornada ao ar livre.

— Do que você está falando? — perguntei.

— Não posso acreditar que não se lembre! Os membros da Yakuza que cometem um erro cortam uma falange para serem readmitidos no clã. Você me disse isso! Não se lembra do Japão?

— Claro: trouxe quilos de chá verde.

— E do dedo, se lembra disso? — apontou para meu coto. Não esperou que eu resgatasse nenhuma lembrança. Continuou: — O costume vem dos samurais. Você tocava com o Samurai da Canção. Numa festa correu o boato de que você era da Yakuza; o pedaço de dedo que lhe falta foi uma espécie de *password*: você foi tratado às mil maravilhas. De noite mandaram uma caixinha de madeira laqueada com um sortimento de drogas pra você, e uma sueca chegou ao seu quarto. Uma loucura de loira.

Fechei os olhos. Vi paredes corrediças, o tatame de um quarto com rastros de pó branco, a silhueta de uma árvore estampada em ouro numa parede de papel de arroz, gotas de sangue que talvez caíssem do meu nariz. Era isso um sonho, uma lembrança, um filme?

— Isso fodeu com você — continuou Mario. — Você chegou muito estranho ao México. Me recebeu em casa com um quimono japonês. Tinha fumado ópio em Osaka, a turnê com Yoshio foi impactante, mas o melhor foi a falta de um pedaço de dedo. Você recebeu o tratamento glorioso que alguém impune merece: um desertor readmitido no clã. Seu coto se tornou importante. Você se deu ao luxo de se fartar da loira, depois se deu ao luxo de se fartar da Luciana. Vinha com um ar de prepotência extraordinário, você, que sempre reclamava que era um rato.

— Reclamava que era um rato?

— A autoestima nunca foi o seu forte. Mas quando cheguei com a melhor notícia da nossa vida, você não deu a mínima. Falou da Yakuza. Se achava um gênio do crime. O Japão enlouqueceu você.

Apontou para um pântano ao longe, como uma expressão geográfica de minha lacuna mental. Lembrava de muitos esquecimentos meus.

— Se lembra da Melhor-notícia-da-nossa-vida? — perguntou, como um professor que ensina um retardado.

Voltei do Japão encapsulado em outro mundo. Sentia estar numa paisagem delicada e líquida. Podia recuperar essa sensação, como se tivesse ingressado num desenho em papel de arroz ou na decoração de uma xícara de porcelana. O Japão tinha sido demais para mim, uma ordem perfeita, de uma harmonia sutil, onde o único desastre era eu. Esse paraíso frágil, que punha à prova os torpes, podia se quebrar a qualquer momento. Curti a magia cafona de tocar com Yoshio e os muitos estímulos de um entorno harmonioso e incompreensível. Não lembrava nada do prestígio de meu dedo seccionado, nem da Yakuza, nem da sueca. Podia evocar tudo isso, mas talvez estivesse misturando em minha mente páginas de revistas, um canal pornô, fantasias alheias, obsessões do próprio Mario. O certo é que regressei envolto numa nuvem; me lembrava disso com uma precisão trágica. Mario foi me ver para comunicar "uma coisa incrível" que mal me interessou: o Velvet Underground ia tocar no México e a nossa banda faria a abertura.

Japão, Luciana, Velvet: era demais pra mim. A soma de felicidades me fez querer mais. Senti que merecia um extra. Não podia enfrentar tanta sorte sem honrá-la com um excesso: o genial não acontece a seco. Liguei para Felipe Blue, o *dealer* que eu tinha evitado desde que Luciana me conduziu à normalidade, e pedi que me abastecesse como achasse melhor.

Antes de voltar para o jipe, meu amigo disse:

— Me lembrei da Yakuza por causa de uma coisa que senti na excursão. Você é o Homem de Confiança, sempre foi. É bom saber que está por perto. Gostei que me acompanhasse. Os outros também estavam felizes por ter você ali. Um samurai o teria perdoado.

Provavelmente, ser readmitido à custa de uma mutilação deve ser mais importante do que ser aceito pela primeira vez. Aquele que falha e se emenda demonstra mais valentia que aquele que não falhou. Era isso que eu procurava no Caribe ou o que Mario procurava para mim?

— Não me lembro disso, juro.

Embora a história da Yakuza me parecesse apócrifa, lembrei-me de um edifício altíssimo. O vertiginoso 40º ou 50º andar de um arranha-céu em Shibuya. Havia luzes à distância, como pirilampos fixos. Eu queria sair para um terraço, fui até uma porta de vidro, mas um homem bloqueava minha passagem.

Um homem de corpulência insólita, como um lutador de sumô vestido com camisa, gravata e terno pretos. Usava um pequeno fone de ouvido. Eu lutava para sair. Não havia ninguém no terraço. Quem o gigante estava protegendo? Uma voz em inglês falava às minhas costas: "Está protegendo você. Não quer que saia. Pensa que vai se jogar".

Isso era um sonho ou um delírio que eu montava com fragmentos de lembranças?

Preferia recuperar coisas remotas. A família Müller morava numa casa meio arruinada. Mario era o caçula de sete irmãos. Ao mencioná-los um por um, sua mãe nem sempre se lembrava de seu nome. Geralmente o chamava de "Menino".

Ela era uma mulher alta, de cabelos cor de palha e com um perpétuo avental cor de mostarda. O pai trabalhava no Banco do México, onde exercia sua insondável profissão de atuário.

O cenário de seu emprego o dotava de uma aura fabulosa, como se fosse o zelador do Maracanã ou do Royal Albert Hall. Seu salário dava para pagar sete mensalidades do Colégio Suíço, mas a julgar por seus ternos desbotados, seu Opel antiquado e os móveis desmantelados de sua casa, não pertencia ao mundo das grandes finanças. Klaus Müller estivera junto do ouro sem sentir sua febre.

Muitos anos depois, em Los Extraditables, nós lhe renderíamos um tributo irônico numa música: "La era de actuário".

Pouco antes do anoitecer, ele fumava um charuto sob a palmeira do jardim onde as plantas cresciam descuidadas e afundava os pés na grama que lhe chegava aos tornozelos. No compasso da fumaça, ouvia mentalmente Bach. Adorava música de órgão, mas detestava discos. Para ele, os sons só existiam num concerto ou na memória.

O pai de Klaus Müller, avô de Mario, nascera em Berna. A disciplina helvética não imperava na casa, mas dominava a mente de seu dono. Enquanto ele relaxava com determinação no jardim, a mãe preparava alegres refogados insossos. Não tinha empregada nem estabelecera um sistema de ajuda entre seus filhos. Mario mordia um galhinho enquanto a via trabalhar, sem ajudar em nada.

Quando eu entrava na cozinha, ela tirava a cabeça de uma galinha de cerâmica, pegava um chocolate e me dava. Não podia me ver sem oferecer essa guloseima. E sorria esplendidamente, junto de sua galinha decapitada.

Eu gostava da vida tumultuada daquela casa, tão diferente da minha, mas não do cheiro azedo dos quartos nem da finura das cobertas. Talvez Klaus Müller achasse edificante que seus filhos passassem frio, ou talvez seu sangue suíço os ajudasse a dormir melhor, a verdade é que lá nunca pude dormir direito, um desperdício terrível naquela época anterior à insônia.

Mario curtia a decoração organizada de minha casa e parava diante de uma foto tirada em Sacramento. Era uma imagem colorida sem pudor: minha mãe sorria num deserto cor de chiclete, junto de um cacto verde-limão, sob um céu azul-atômico. Em compensação, meu amigo ignorava a foto de meu pai, honesto vendedor de algodão-doce.

Quando os hormônios começaram a fazer seu trabalho em nossos corpos, minha mãe era uma mulher de trinta e três anos, sozinha e atraente, num mundo onde eram raros os divórcios. Usava uma minissaia de garota de programa. Não era muito difícil ver a calcinha dela quando cruzava as pernas. Agia com uma desenvoltura que eu odiava e Mario idolatrava. Soltava a fumaça da cigarrilha numa vaidosa diagonal ascendente, dançava na cadeira ao ouvir uma música, acreditava com insólito otimismo que todos os problemas se resolvem com Valium.

De meu pai eu lembrava um par de gestos, a forma como ele pressionava meu peito antes de dormir, como se fosse bom eu perder oxigênio para cair no sono, e os telefonemas em que pedia para falar comigo para me transmitir uma mensagem mínima (era o tipo de homem superficial que só fala para dizer que falou). Não sentia falta dele porque mal o conheci. Sentia falta da possibilidade de ter um pai e dos irmãos que ele não me deu.

Em compensação, minha mãe se fazia presente em muitos lugares onde eu não estava. Trabalhava em duas clínicas de problemas auditivos e saía algumas noites.

Crescer ao lado de uma mulher de circulação misteriosa, que não tinha amantes conhecidos, mas podia tê-los, e era abertamente cobiçada, transformou-me no Homem de Confiança que a qualquer momento pode deixar de ser.

Talvez de forma calculada, Mario queria implantar em mim a falsa lembrança da Yakuza. Meu dedo seccionado podia ter sentido: me dava uma integridade paradoxal. Podia-se confiar em mim.

O que ele ganhava com isso? Tendo sido admitido e readmitido em sua vida, eu me comprometia a ficar do seu lado, a tolerar seus caprichos, a aceitar as poucas coisas incômodas que não tinha esquecido, como seu jeito de idolatrar e, de certa forma, paquerar minha mãe.

Durante anos ela atenuou sua solidão com comprimidos azuis. Se tivesse chorado, talvez não precisasse deles.

Quando cheguei a La Pirámide abri as cortinas do quarto e vi os míticos tons azuis do mar do Caribe. Sete cores sucessivas. Odiei a terceira, com uma raiva animal, justificada: era cor de Valium.

Há coisas que só acontecem quando já foram descartadas. Sandra me rejeitou até que o vento mudou misteriosamente de rumo em sua cabeça:

— Vamos acabar com a tensão — falou.

Tinha batido à porta de meu quarto. Estava com sua roupa de ioga, a pele corada pelo exercício.

— A rede do Ginger sumiu — acrescentou, indicando o nó sobre a escrivaninha.

— Isso deixa você tensa? — perguntei, com voz cavernosa. Estivera lendo e sentia dificuldade em voltar à luz ambarina das seis da tarde e ao corpo firme de Sandra em meu quarto.

— Não seja bobo: a tensão entre nós — deslizou uma alça do collant.

Ato contínuo, tirou o resto da roupa, com rapidez de vestiário.

Vi novamente seu corpo bem-proporcionado, forte, resistente, ideal para um anúncio de filtro solar. Seus pelos púbicos estavam depilados num triângulo perfeito.

— Não sinto nenhuma tensão — falei.

— Precisamos acabar com isso, Tony: coopere — sorriu, como um *coach* que se dirige a um atleta.

Para ela o desejo se transformara em tensão, num bicho que devíamos matar para ficarmos mais calmos.

Não houve protocolos que pudessem simular que gostávamos um do outro. Sandra me despiu com uma velocidade da qual eu teria sido incapaz. Levava um lubrificante para facilitar minha ereção. Colocou-me um preservativo de uma marca que eu desconhecia (vinha numa caixinha que parecia uma embalagem de gelatina). "Somos animais", lembrei-me de uma das frases com que Mario Müller justificava competições estranhas em La Pirámide. Sandra e eu éramos animais necessitados de resolver uma tensão que podia afetar nossa cabeça. O ruim é que éramos animais artificiais: o lubrificante tinha chciro de limpa-vidros.

Sandra foi para cima de mim e se moveu num ritmo sincopado. Tentei acompanhá-la. Um duo em quatro por quatro, que pouco a pouco prosperou para um ryhthm & blues.

Talvez ela visse os canais de cirurgias porque, a julgar por seus peitos, não lhe eram estranhas. Vivíamos numa época de danos escolhidos.

Senti um desconforto nas costas. O livro que estivera lendo antes de Sandra chegar me machucava com sua lombada. Esse desconforto me ajudou a não pensar.

Sandra fechou os olhos. Gemeu de um modo delicado e parelho. O gesto parecia negar seu corpo, a respiração controlada da ioga. Chegamos ao orgasmo quase ao mesmo tempo, um acordo físico prazeroso e libertador. Eu me senti bem, mas só isso. Um momento em que devia reconhecer que o sexo pode ser supervalorizado.

Sandra deixou-se cair sobre mim. Seu cabelo tinha cheiro de camomila. Pôs a mão em meu rosto. Seus ofegos se apagavam. Começou a soluçar.

Acariciei suas costas. Beijei suas lágrimas salgadas.

— Tinha que acontecer — disse ela.

"Não vai acontecer mais", pensei, com um misto de alívio e de tristeza. O sexo tinha acabado com a tensão sem iniciar nada diferente.

— Não quero que me mandem embora — senti o ar morno de sua boca.

— Quem vai mandá-la embora daqui? O Mario é meu amigo — falei.

— Você não conhece o Támez. Sou gringa. Não tenho documentos. Ele pode me demitir quando quiser.

— O Mario é chefe dele.

— O Mario está doente.

Levantei-me. Sandra se cobriu com o lençol, com um pudor curioso, ou talvez por um reflexo do pudor que um dia tivera.

— Ele tem um tumor inoperável — acrescentou. — No esôfago. Está assim há meses.

Senti um aperto no peito. "Não é verdade", pensei, para me acalmar.

— Como sabe?

— O Leopoldo me contou.

Incomodou-me que usasse o nome de batismo do chefe de segurança. Sandra fitou o lustre no teto. Seus olhos se encheram de lágrimas.

— Ele tem pouco tempo — murmurou, mas não chorava por Mario.

— Que relação você tem com o Támez?

Quando bebemos no Bar Canario ela me falara de sua técnica para ajudar a controlar a agressividade com ioga ou para simulá-la, caso fosse preciso representá-la. Agora parecia alheia a esses recursos.

— Sou gringa, Tony — disse. — Cheguei drogada em Kukulcán. Meu namorado morreu e foi despachado num saco. Fiquei dançando em discotecas. Trabalhava numa jaula! O Leopoldo me trouxe para cá. Eu me refiz. O Mario me ofereceu um trabalho mais espiritual. Me conseguiu um professor de San Francisco, discípulo do Larry Schultz. Aprendi *rocket yoga*, a rota mais rápida para o nirvana. Quem disse isso foi um músico do Grateful Dead, não lembro o nome dele, você deve conhecer. — Olhou-me, esperando que eu dissesse alguma coisa; não disse nada; ela continuou: — Não tenho documentos. O Leopoldo era da polícia judiciária. Entende? Entende? — me deu um tapa no peito.

— Sim — menti, acariciando seu cabelo.

Ela me olhou com amargura; depois seu olhar ganhou uma ferocidade líquida:

— Tem interesse em saber tudo?

— Não.

— Quer saber o que um tira faz com uma gringa vadia?

— Não!

Sandra caiu num choro profundo; senti sua saliva no peito; sua pele vibrava, como não aconteceu quando transamos. Talvez fosse essa a verdadeira tensão da qual queria se libertar. O sexo tinha sido o prólogo de uma coisa que lhe importava mais e a rasgava por dentro, uma confissão turva: ela dependia de nosso inimigo. Dizer isso, aceitar sua parte passível de extorsão, libertava-a e aumentava nossa cumplicidade. Não éramos amantes, o afeto desempenhava um papel difuso entre nós, mas estávamos do mesmo lado. A vida solitária em La Pirámide nos reunira para isso: éramos cúmplices, com uma inteireza que não teríamos se fôssemos depender de nossas emoções.

— Está melhor? — acariciei sua nuca.

— Sentiu alguma coisa no dedo?

— Senti que era um samurai. Senti que tinham cortado meu dedo com uma espada — menti.

Então me lembrei do livro que tinha sob as costas. Peguei-o e o mostrei para Sandra: *O mestre de go*.

— O que é go? — perguntou.

— Um jogo japonês.

— Um jogo erótico?

— Todos os jogos japoneses são eróticos.

— Você sempre o deixa sob as costas quando vai transar?

— Foi por acaso. Assim é o go.

— Sexo a *go go*! — sorriu Sandra; o gesto a rejuvenesceu; depois seu semblante ficou duro, recuperando a idade: — Isto foi um *one-timer*, que não vai se repetir.

— Nem precisa dizer.

— É melhor ter um recorde claro, Tony. Foi o final do jogo. O final do *go* — me beijou nos lábios, com a boca fechada. — Temos que ficar juntos para o que vem por aí. Eu daria qualquer coisa para você matar o Leopoldo Támez! Mas você não é assim. Eu também não — acrescentou com um suspiro.

Foi até o banheiro. Ouvi o barulho do chuveiro. Gostei do som de uma mulher tomando banho em meu quarto, um som que eu pensava ser irrecuperável.

Sandra tinha levado as roupas para o banheiro. Voltou ao quarto vestida.

— Desculpe o ataque. Você foi ótimo. — Abriu a porta que dava para o corredor; fechou-a em seguida. — Já lhe disse que a rede do Ginger desapareceu?

— É preciso procurar o outro nó.

— Sim, mestre de go — sorriu, e foi embora.

O contato com Sandra me deprimiu o suficiente para eu pensar em Luciana.

Eu a conheci num Sábado de Aleluia. Na sexta-feira, tocamos num galpão sem lâmpadas em Atizapán. Fui me deitar, ou desmaiei, às cinco da manhã. Era a época em que eu havia passado do crack ao pó de anjo e na qual não ingeria outro líquido que não fosse cerveja. Comia, no máximo, os salgadinhos Fritos e Churrumais. Não os considerava um alimento: gostava de como estalavam entre os dentes e de seu impacto no céu da boca, abrindo uma ferida picante.

Às vezes eu pensava que tinha comido só por ter visto um sanduíche. Minha mente nem sempre distinguia um fato de uma imagem. Não sabia se tinha tocado em Puerto Vallarta ou apenas visto uma camiseta que dizia "Puerto Vallarta".

Naquele sábado acordei na casa da prima de nosso evanescente baterista da vez. Ela tinha dado uma festa que terminou com corpos colapsados na sala. Tinha numa prateleira uma coleção de diabos de Ocumicho que pareciam ter nos servido de inspiração.

Fui um dos últimos a acordar. Quando ela viu minha extrema palidez, disse de uma forma inesquecível:

— Tome uma sopa de tutano de café da manhã.

Talvez tenha sugerido esse prato para que eu fosse embora logo: não havia nada tão poderoso em sua cozinha. O fato é que fiquei a fim de um caldo condimentado e quente.

Nem sei como desci as escadas do edifício e me enfiei num táxi. O motorista me perguntou aonde eu ia e teve de esperar que um endereço se cristalizasse em minha mente. Em que lugar serviam sopa de tutano? Por fim, um nome providencial me veio à cabeça: El Venadito.

Há quanto tempo eu não me deliciava com o gosto do coentro e da cebola? Na parede do restaurante um quadro reproduzia uma cena silvestre. Não existe bicho mais melancólico que o veado. Seus olhos, naturalmente acabrunhados, têm olheiras em forma de lágrima ou de ponto de interrogação. Naquele momento me lembrei de meu pai, de uma música que ele cantava enquanto fazia a barba: "Sou um pobre veadinho que mora na cordilheira...". O diminutivo acabava com qualquer esperança. Ser um veado é triste; ser um veadinho não tem remédio.

Quando me deram a sopa de tutano, tive a depressão mais produtiva de minha vida. Senti pena de todos os veados que um dia estiveram no couto de caça do rei, ou em meu país, que nem sequer tinha rei. Depois de cinco colheradas me senti satisfeito. "Não gostou?", perguntou-me um garçom com extrema amabilidade. Tinha idade para ser meu pai; no entanto, passava o sábado atendendo um viciado que mal conseguia tocar na comida. "Você está ruinzinho?", acrescentou. Eu não merecia a doçura daquele homem.

Decidi jogar todas as minhas bolinhas na privada. Comeria maçãs! Pediria perdão a cada pessoa que encontrasse nos próximos meses. Beberia chá.

Deixei uma gorjeta exagerada (sem esquecer que o dinheiro era emprestado, detalhe amargo para minha generosidade) e atravessei a avenida Universidad em direção à Coyoacán.

Entrei na rua de Francisco Sosa. Era abril e os jacarandás estavam em flor. Vi as mansões dos conquistadores espanhóis transformadas em feudos de milionários mexicanos. Fazia séculos que não passeava em nenhum lugar. Apesar da perna e dos bancos arrebentados por raízes de árvores, prossegui com prazer até a praça de Santa Catarina.

Uns noivos saíam da igreja pintada de amarelo, sob uma nuvem de arroz. Um realejo tocava "No volveré". Cachos de balões e algodões-doces coloriam a atmosfera. Respirei o aroma elementar dos *tamales* e senti a carícia do sol de primavera. Ao fundo, os jacarandás formavam um túnel lilás.

No meio dessa algaravia avistei uma garota vestida de preto, com um belo rosto de fim de mundo.

Suas unhas também estavam pintadas de preto. Lembrei que perto dali, em Miguel Ángel de Quevedo, erguia-se um pequeno local de pompas fúnebres, uma casinha de inspiração ateniense, com colunas e frontispício triangular destinados a sugerir que a morte pode ser um trânsito para o mundo clássico.

As roupas pretas e a expressão de desamparo me fizeram pensar que a garota vinha da funerária. Estava sozinha, perdida no otimismo da praça. Alguma coisa findara para ela. Eu podia ajudá-la.

Esse equívoco me levou a repetir o flerte de meus pais. Fui até Luciana e lhe ofereci um algodão-doce. Depois ela me esclareceu que ninguém tinha morrido; ela se vestia de preto porque é a cor que melhor combina com preto e parecia triste porque sua cara era assim mesmo. Sorriu ao dar essa explicação. E me pareceu mais triste ainda, e mais bonita.

Minha vida erótica, na época, era parecida com minha dieta. Não sabia se tinha transado ou se simplesmente acordava do lado de alguém.

Desde o primeiro encontro, Luciana me fez perguntas estranhas e específicas, como se quisesse se certificar de que eu tinha superado um problema mental. A língua castelhana não passava por um bom momento em meu organismo. Dei respostas vagas. Fui confuso e ela gostou disso.

Luciana estudava letras porque não fora aprovada no curso de medicina. Acho que estava em busca de um paciente, e eu cheguei bem na hora. Não me opus a seus remédios porque sempre gostei de bolinhas. Só recusei o Valium.

Minha desintoxicação teve efeitos colaterais indesejáveis. Depois de anos sem saber com quem tinha dormido, ir para a cama sóbrio equivalia a fornicar *em público*.

Não me comportei como supostamente deve fazer um baixista de heavy metal. Por sorte, ela pensou que eu não queria lhe fazer mal e me atribuiu uma fieira de conquistas trágicas, mulheres que fizeram tatuagens ruins, que rasparam o cabelo ou o tingiram de vermelho por minha causa. Pensou que minha insegurança erótica fosse um sinal de consideração, e gostou ainda mais de mim. Pois o mais espantoso é que me amava. Ela foi meu contato com a magia, o presente injustificado que me coube por sorte. Não me atrevi a perguntar o que ela via em mim com medo do que diria, de ouvir uma resposta escabrosa.

Luciana era de Guadalajara. Seus olhos, que no primeiro encontro me pareceram lúgubres, pertenciam à variedade que a biologia e a lenda aperfeiçoaram como "olhos *tapatíos*".*

Não foi fácil me acostumar à sobriedade, a esse estado de emergência em que as horas não passam. Ia para a rua matar o tempo. Teve um dia em que fui três vezes ao supermercado.

Comecei a ler os livros que Luciana me emprestava, procurando ajuda para letras de música:

---

* *Tapatío*: natural de Guadalajara. (N. T.)

— Uma coisa é a poesia, outra as mensagens dos biscoitos chineses da sorte — sentenciava ela.

Quando sugeri que morássemos juntos, ela impôs uma condição inesperada:

— Arrume um trabalho. Los Extraditables não é um trabalho.

— E o que é? — cometi o erro de perguntar.

— Um vício, um passatempo, uma terapia, um estado de espírito ou tudo isso junto. Não é um trabalho.

Ela tinha razão. Nós não ganhávamos quase nenhum dinheiro. Tocávamos para jovens pedreiros com fantasias autodestrutivas. A tevê e a rádio tinham proscrito o rock.

Foi ela que me arranjou o trabalho que me permitiria viver nos anos 80. Conheceu uma prima de Yoshio no restaurante do Clube Japonês.

— Você e ele vivem em universos paralelos. Você pode tocar na banda dele e continuar com Los Extraditables que ninguém vai notar — explicou. — Neste país o rock é um segredo, não uma profissão.

Pensei no Hangar Ambulante, no Parada Suprimida, no Sacudo Botas, no Fresa Gruesa, nos Dug Dug's, no El Queso Cósmico, no Toncho Pilatos e em outros grupos suficientemente heroicos para merecer esses nomes. Luciana tinha razão. Se algum desses músicos conseguia pagar aluguel era porque aceitava tocar rumba ou bolero com bandas comerciais para depois voltar ao seu amado rock gratuito.

Vi uma foto de Yoshio e fiquei horrorizado: seus músicos se vestiam como cadetes do espaço sideral.

— Cante a sorte — sugeriu Sandra —; se cair um pai de todos, você pode se concentrar em Los Extraditables. Aí três dedos bastam.

Nesses dias de toma lá dá cá senti falta da borrasca em que meu livre-arbítrio se limitava a escolher um analgésico ao acordar.

No começo, associei o amor de Luciana a sua vocação médica frustrada: queria curar um paciente que, por sorte, era eu. Tive medo de ficar menos interessante ao me recuperar, mas isso não aconteceu. Luciana não amava me salvar, me salvava para me amar. "Acorde, idiota", me disse Mario Müller. "Você não percebe o que tem?" Obviamente se referia a Luciana. "O que posso lhe dar em troca?", perguntei. O discípulo de *Meister Eckhart* respondeu: "Nada! Não é fantástico?".

Decidi falar com o empresário de Yoshio. Ao voltar ao apartamento, comentei com Luciana que tinha minhas dúvidas.

— Faça o que tiver vontade — respondeu, e lambeu minha orelha.

Foi assim que aceitei tocar "Reina de corazones".

Com o tempo, ter uma personalidade dividida se transformou num agradável mau hábito. A balada romântica não era a minha praia, mas acabou me invadindo, principalmente no chuveiro. Mais de uma vez me peguei chapinhando com minha perna boa enquanto cantarolava: "Cariño mío...". Além disso, minha vida adquiriu um eixo: fui morar com Luciana e comprei um Camaro.

Depois da epifania do Budokan falei para ela num telefonema internacional:

— Te amo muito — disse, sentindo que meu amor valia mais porque chegava do dia seguinte ao outro lado do mundo.

As coisas iam tão bem que eu não podia perder a oportunidade de estragar tudo. O Japão me encheu de uma energia especial... Luciana era um milagre duradouro... recebemos um convite para tocar com o Velvet Underground...

Lou Reed e John Cale tinham decidido fazer um *Concierto de Bodega* na Cidade do México, a mesma em que William S.

Burroughs matou sua mulher sem ir para a prisão. O território da impunidade se prestava para um regresso clandestino do grupo. Não haveria publicidade, a sessão não seria gravada, as entradas seriam limitadas para seletos membros da vanguarda, um pessoal de elegante decadência, clientes dispostos a propagar a lenda de uma banda cult com a persistente e sedutora estratégia do boato.

Vi flores numa jarra, as pétalas carnudas onde as gotas brilhavam como pérolas. Nesse momento de iluminação oriental devo ter entendido a consistência do tempo: o fruto do nada. Cada instante ocorre no vazio. Só adquire consistência como antecipação ou lembrança. O futuro e o passado existem, não o presente. Durante anos eu aceitara o grande dogma existencial do viciado, a supremacia do Aqui e Agora, a eternidade do instante. Luciana me tirou desse presentismo delirante. Larguei a droga, o que significa que aceitei o fluxo do tempo.

Alguns dias antes da chegada do Velvet ao México, procurei novamente a glória invisível do instante: quis suspender as horas, disposto a eternizar Meu Momento. Ia tocar com as divindades do *glam* rock, revezaria com o autor de "Heroína", dividiria o palco com canalhas míticos, entraria na Sala da Fama do Mundo Subterrâneo. Não podia agir como num dia qualquer. O instante pedia sua eternidade. Em outras palavras: Felipe Blue me levou uma caixa de sapatos Blasito cheia de drogas.

Não entendo a substância da felicidade. Com a petulância que a boa sorte nos dá, pensei que ser feliz me autorizava a algo mais, à gorjeta dos eleitos.

Na véspera do *Concierto de Bodega* era lua cheia. Soube que não ia dormir por causa da cocaína, do nervosismo, do satélite que dominava o céu.

No dia seguinte, a cara de Lou Reed devia ter me prevenido do que ia acontecer. Nos encontramos nas quitinetes que às vezes faziam de camarins. Ninguém fumava porque o Velvet tinha proibido. Os antigos arautos do excesso exigiam uma disciplina sanitária tirânica. Nada de garrafas, nada de entrevistas, nada de comida enlatada. Não se dariam autógrafos nem haveria o menor contato com os fãs. Um show sem outros rastros a não ser a lembrança de ter estado lá.

Não apaguei isso da memória. Impossível esquecer a cara de Lou, o Incólume, seu gesto de desprezo, sua incrível segurança por retornar do horror: a perfeita cara da morte. Sua arrogância não era a do astro inflado pela admiração, mas a do sobrevivente que andou pelo lado selvagem da existência. Continuava vivo como uma notícia incômoda, cuspindo receio, poesia, baixo-astral, navalhas enferrujadas.

Lou Reed era a figura da morte com óculos fumê, saído de um altar de mortos. Distribuía fichas para o trânsito das almas e parecia disposto a me dar uma. Lou, o Magnífico, jogava nas grandes ligas do além. Incapaz de se rebaixar e cantar, mastigava as palavras como bolachas extraterrestres. Lou, o Discriminatório, olhou-me como se eu fosse o próximo lixo. Fui tão imbecil que considerei isso uma honra.

Luciana não aguentou minha recaída. Fez o que devia fazer: voltou para Guadalajara, encontrou trabalho no *Siglo 21*, um jornal novo, desistiu de tomar conta de minha infelicidade. Perdi o chão, acelerei a previsível dissolução de Los Extraditables, ouvi, espantado, o desejo de Mario Müller de tentar vida nova estudando hotelaria.

Continuei em contato com ele. Desde que se instalou no Caribe (primeiro no Hotel Malibú, depois em La Pirámide) nos telefonávamos a altas horas da noite e ele me contava seus planos, até chegar ao grande delírio, La Pirámide de vidro que crescia no meio do mato, de frente para o mar.

Talvez eu tenha me lembrado disso tudo por causa do que Sandra me disse: meu amigo estava mortalmente doente. O protetor que me tirou de tantos buracos estava sendo corroído por dentro. Mario era muito mais que seu corpo. Era duro saber que estava morrendo e mais duro ainda que perdesse a saúde no momento em que eu recuperava a minha.

Fui procurar Peterson novamente. Queria aproximá-lo de Mario sem lhe contar da doença. Meu amigo não merecia que tivessem pena dele. Os gringos se comovem com muita facilidade com as deficiências. Pouco tempo antes, na entrega do Oscar, o filme de um rei gago tinha competido pelo prêmio com o de uma bailarina esquizofrênica. Mario não devia ser admirado por trabalhar doente. Mas Peterson devia ajudá-lo. A morte de Ginger Oldenville, da qual procurávamos não falar, pesava sobre La Pirámide como a nuvem negra de um ciclone.

A secretária do gringo me disse que já conseguira localizá-lo. Logo ele estaria de volta. Não sabia exatamente quando, mas seria logo.

— Sr. Góngora? — um homem de roupas encharcadas me interceptou no vestíbulo de La Pirámide.

Usava um terno surrado cor de café, de tecido comum. A fina gravata preta lhe dava um aspecto de vendedor de Bíblias.

Apresentou-se como o inspetor Ríos e mencionou uma das muitas corporações da polícia judiciária. Até esse momento não me haviam interrogado pela morte de Ginger Oldenville. *Informe K.*, o jornal mais lido e menos corrupto de Kukulcán, continuava sem mencionar o crime, porém mais cedo ou mais tarde alguma coisa iria vazar.

Ríos sugeriu que caminhássemos pelos jardins para conversar sobre Ginger Oldenville. O caso dele tinha sido "atraído" para o departamento a que ele pertencia.

Pegou um maço de cigarros e me ofereceu um.

— Eu não fumo — disse.
Apontou para um banco, sob a sombra de um loureiro.
— A fumaça afasta os mosquitos — levantou o cigarro que acabara de acender —; esses danados me causaram paludismo, malária e dengue hemorrágica. Se eu morrer de outra coisa, vai ser porque sobrevivi aos mosquitos.

Sua pele não delatava os sóis do Caribe. Tinha pontos pretos no nariz, como se o calor nunca tivesse aberto seus poros. Sob esse clima, seu terno surrado parecia suspeito. É preciso ser um pervertido ou um assassino serial para se vestir assim no paraíso. Estava encharcado e não parecia se importar.

Perguntei de onde ele era.

— Chihuahua — respondeu.

Apanhou uma caderneta que tinha um coelho alegre na capa, com a legenda "Tenha um bom dia".

Anotou o que eu tinha de contar sobre Ginger Oldenville: uma pessoa espetacular, sem inimigos, um mergulhador de primeira.

Ríos segurava o cigarro com o indicador e o polegar, e tragava com prazer. Mesmo os três dedos que não intervinham no gesto estavam amarelados de nicotina.

Ao longe, na praia da seção prata, algumas crianças espancavam alguma coisa.

O inspetor falava com uma voz tranquila, de professor rural, mas o conteúdo de suas palavras não era apropriado para uma aula:

— Meu chefe tem um maçarico aceso no traseiro. Se matam um gringo, ele não consegue ficar sentado. Trabalho como proctologista, mas só tenho um paciente: meu chefe. Preciso que ele relaxe o traseiro. O que mais você pode me dizer?

A pornofonia saía dos lábios finos de Ríos num tom sereno, agradável. Perguntei sobre o trabalho dele no Caribe.

— Não gosto de praia, nem sei nadar — disse. — E odeio mosquitos. Mas há coisas interessantes. Nos lugares turísticos o dinheiro inventa novos vícios. Um policial não se entedia. "O que acontece em Las Vegas permanece em Las Vegas", já ouviu esse dito?

— Talvez.

— Kukulcán é igual. As pessoas vêm para se divertir. Às vezes seus divertimentos são esquisitos. Muitos crimes são prazeres que falham, como quando você amanhece com um fungo vaginal na garganta. Já aconteceu com você?

— Não.

— Se você pega um fungo faz um gargarejo, não convida a imprensa para a sua boca. O importante é lidar com tudo discretamente. As más notícias afastam o turismo. Conhece o Roger Bacon?

— O chefe de segurança me disse que era um amigo do Ginger Oldenville.

— Em Chihuahua, dizemos: "Para explorar uma mina, é preciso ter outra mina". Se eu contar um segredo, você me conta outro?

— O que quer que eu diga?

— Se interessa por redes?

Senti um arrepio na espinha. Olhei para os sapatos do investigador. Era um calçado de rua, surradíssimo, absurdo para andar na areia. Quis mudar de assunto:

— Você não fala como policial.

— Não? Falo como o quê?

— Tem voz de padre.

— Também sou pregador evangélico — sorriu, com dentes manchados pelo tabaco. — O Caribe é um bom lugar para oficiar. Os maias das terras firmes construíram pirâmides; os maias do litoral e dos pântanos se dedicaram à magia, à fé e à conspiração. Aqui tem político e pregador às pencas. Não vivo disso, é um trabalho voluntário. Ver tantos crimes motiva a gente a fazer alguma coisa diferente. Tenho um programa na rádio Xtabay e falo no templo aos domingos. Lá não uso grosserias. Isso é para minhas horas de serviço.

— Não quer tirar o paletó? Está encharcado.

— Já me acostumei. Sou como os irlandeses, que vivem molhados. O que mais tem a dizer?

— Sobre o quê?

— Estávamos falando de uma rede. Vou ser um pouco mais preciso: já viu o nó de uma rede? Já falei que o que acontece em Kukulcán permanece em Kukulcán. Os paraísos são discretos. O Senhor gosta que o bem triunfe em segredo. A polícia também. Não se trata de fazer escândalo, mas de aliviar uma região íntima, o ânus do meu chefe. Isso o está dilacerando.

Nesse ponto da conversa, Ríos me pareceu um maluco. Talvez estivesse com febre. Em todo caso, a loucura não destoava de seu trabalho. Suas palavras sossegadas faziam com que o ocultamento parecesse uma virtude. Seus sapatos acabados contribuíam para que essa voz soasse sincera, desinteressada. Seu chefe, vitimado até a ignomínia, também era tolerável. Mas eu não quis responder.

— Está nervoso, sr. Góngora? Sua perna está tremendo. Por que está tremendo?

— Quem lhe falou do nó?

— Outro nó. "Para explorar uma mina, é preciso ter outra mina", como eu disse. Vai me dizer o que sabe? Não gosto de impunidade. Gosto de discrição, o que é diferente. Há bactérias que devoram o petróleo que cai no mar. Limpam sem que ninguém fique sabendo. O que mais tem a me dizer?

"Ele sabe que eu estou com o nó", pensei.

— Ontem encontraram o Roger Bacon afogado. Aparentemente, ele saiu de Punta Fermín para mergulhar. Fez uma imersão profunda. Tinha um nó amarrado no pênis. É uma forma de alcançar um duplo êxtase: a morte e o orgasmo. Lembra do ator da série *Kung fu*? Morreu assim, se enforcou enquanto se masturbava. Há diversões esquisitas, vou lhe contar. O Támez me disse que o Bacon e o Oldenville tinham um pacto suicida. Procuramos a rede do Oldenville no quarto dele, e tinha desaparecido. Sandra, sua amiga, também a procurou, imagino que foi por isso que esteve no quarto do Oldenville. O vídeo a gravou. E então, se interessa por redes?

Ríos era muito mais inteligente que Támez, tinha demorado para chegar ao assunto do nó para me enredar com esses fios. Tive de dizer:

— O Remigio, um dos jardineiros, me deu um nó. Ginger Oldenville estava com ele na mão quando o mataram. Como soube que estava comigo?

— O Támez sabe espremer confissões: o Remigio lhe contou, a Sandra lhe contou, os mosquitos lhe contaram...

O que mais a Sandra teria dito? Dormiu comigo para se vingar do Támez ou porque ele pediu?

— Você me parece pensativo, meu amigo. Conhece o grupo Cruci/Ficção?

— Conheci o Ginger: não era um suicida.

— Quanto o conheceu?

Desviei a vista para a praia da seção prata. Algumas gaivotas revoluteavam sobre o local onde as crianças tinham espancado alguma coisa, talvez um animal que ainda estivesse morno.

— O consulado dos Estados Unidos está nervoso — disse Ríos —: dois gringos mortos em poucos dias. O Roger Bacon tinha letras árabes tatuadas. Sabia disso?

— O Támez me contou.

— Não vêm muitos islâmicos aqui, mas é preciso investigar tudo.

De repente, a hipótese terrorista me pareceu preferível ao pacto gay. Eu devia isso a Ginger: sua morte não podia ser um capricho. Lembrei do jeito que ele jogava uma bala para cima para pegá-la no ar. "Estou mais treinado que uma foca", dizia, com uma alegria infantil. Alguém assim pode se suicidar?

— Estão traduzindo a mensagem. O que houve com sua perna?

— Fui atropelado quando corria atrás de uma bola.

— Veja só, as pessoas se arriscam por nada.

Perguntei-me se Ríos estaria armado. O paletó úmido caía sobre seu corpo enxuto, sem revelar nenhum volume.

— Me mostra o nó? — perguntou.

Fomos até meu quarto. Contribuí para o caso do Ginger da forma que eu menos queria. O inspetor pegou um saco plástico, como os que se usam para guardar verduras na geladeira. Pegou o nó com uma caneta. Enfiou-o no saco.

— Você acredita mesmo num pacto suicida? — perguntei.

— A maioria dos crimes são por capricho. As pessoas não se matam por grandes motivos. Sabemos que o Ginger e seu amigo dividiram as pontas de uma rede e estavam num clube de alto risco. Além disso, eram homossexuais. Não vou dar uma de preconceituoso. Na Cruz Verde conheci um sem-vergonha que quis se masturbar com um robalo. O pau dele virou ceviche. Não acredito que o Ginger procurasse um robalo, mas uma coisa eu digo: os gostos dele também não eram muito comuns. E você, se dava bem com ele?

"O Támez disse pra ele que eu sou bicha." Fazia quarenta anos que eu não ligava mais para esse tipo de desconfiança. De repente, me sentia de novo no pátio do colégio, diante do dever primitivo de demonstrar minha macheza.

O inspetor me olhou com desconfiança:

— Você não viu nada estranho no hotel?

Teriam lhe falado da "chave chinesa"? "Não é o nó que lhe interessa: é o Mario", pensei.

Um som saiu de seu paletó. Ríos conferiu o celular. Tinha recebido um SMS.

— A tradução da tatuagem — explicou. — Sabe o que o Roger Bacon tinha escrito no braço? "Ahmad Rashad". Isso lhe diz alguma coisa?

— Não.

— Tem internet? — apontou para meu computador.

Liguei o monitor. Iniciei uma busca no Google. O vício de Ríos era maior que a curiosidade: saiu para fumar na sacada enquanto eu navegava.

Encontrei milhares de referências a Ahmad Rashad. Era um jogador de futebol americano do Minnesota Vikings. Seu nome verdadeiro era Bobby Moore. Em 1972, quando jogava para o Cardinals de Saint Louis, converteu-se ao islã por influência de Khalifa Rashad, pregador que também converteu outros atletas. Todos eles mudaram de nome. Ahmad Rashad significava "O Admirável Conduz à Verdade". Depois de se aposentar com vários recordes no currículo, Ahmad iniciou uma bem-sucedida carreira como comentarista de televisão. Localizei no YouTube um comercial onde ele fazia um anúncio de pipoca. Depois encontrei sua jogada mais famosa: a "Miracle Catch".

Demorei-me diante desse lançamento em profundidade. Faltavam cinco segundos para o final da partida pelo campeonato. Os Vikings estavam perdendo. O *quarterback* fez um passe desesperado, um "foguete" em direção à *end zone* do Cleveland Browns. A bola quicou nas mãos de um jogador da defesa e caiu, plácida e perfeita, nas de Ahmad Rashad.

Ríos tinha voltado para o quarto. Estava atrás de mim. Senti seu hálito de tabaco:

— Está vendo, meu amigo? O Bacon era fanático por esportes, não era um terrorista. Idolatrava um atleta. O Támez vai adorar a notícia. Meu chefe também: isso aí é refresco para o cu dele! "O Admirável Conduz à Verdade." Que nome ótimo!

— Espere.

Procurei dados sobre o mentor de Ahmad, Khalifa Rashad. Não foi fácil sintetizar sua biografia. Achei muita informação instantânea na internet, com aspectos difíceis de conciliar. Khalifa teve uma vida contraditória. Nasceu no Egito e se formou como cientista nos Estados Unidos. Trabalhou para o governo da Líbia. De volta aos Estados Unidos, seu filho se destacou no beisebol profissional enquanto ele oficiava como imã na mesquita de Saint Louis. Lá, conheceu Ahmad. Anos depois foi detido, acusado de abuso sexual. Uma garota de dezesseis anos a quem ele prometeu buscar a "aura" o denunciou. Sua leitura do Corão era pasto de polêmicas. Segundo ele, era possível provar que Alá ditou o texto por uma chave numerológica: todas as contas, todas as suras, todos os nomes decisivos somavam dezenove. No entanto, algumas passagens não se ajustavam ao número sagrado. Tratava-se, em sua opinião, de versículos falaciosos, que deviam ser expurgados.

Sua proposta de limpar o Corão não foi bem recebida. Khalifa Rashad tinha fiéis nas canchas do esporte de alto rendimento, mas a hierarquia islâmica o repudiou. De nada adiantou ele usar programas de software cada vez mais sofisticados. O profeta do número dezenove lutava sozinho. Foi assassinado em 1990, em Tucson, Arizona. Sua morte foi atribuída a fundamentalistas islâmicos, mas ninguém foi preso.

Ríos leu a informação e examinou com calma um texto de Khalifa Rashad. Ele também era pregador. De repente, seu interesse naquela figura era maior que o meu. Porém, quanto mais averiguávamos, mais nos afastávamos da hipótese islâmica: Khalifa tinha morrido como um apóstata; sua paixão pelos números o levou a uma leitura arbitrária do Corão.

Desliguei o computador. As roupas de Ríos fediam a fumaça e contaminavam o ambiente. Não queria que voltasse a falar com aquela criatividade toda dos transtornos anais de seu chefe. Levantei-me para que ele fosse embora de uma vez.

— Se lembrar de mais alguma coisa, me avise — entregou-me um cartão que parecia ter estado nas mãos de outras pessoas.

Eu não acreditava no pacto suicida. Mas a tese terrorista era mais difícil de sustentar. O amigo de Ginger, Roger Bacon, era um mergulhador que admirava um atleta profissional. Aquele nome em letras árabes pareceu-lhe decorativo. Só isso.

O investigador Ríos tinha as duas pontas da rede. O caso logo seria encerrado.

A "Miracle Catch" do recebedor dos Vikings me fez lembrar da bola que persegui alucinadamente sem perceber que um Mustang estava entrando na nossa rua. Mario me disse que a bola quicou no teto do carro. Eu não me lembrava desse detalhe. Ele queria me convencer de que estive perto do lançamento, a um passo de consegui-lo. Ahmad Rashad teve mais sorte. Ele fez sua jogada mais famosa porque estava no lugar certo, a alguns segundos do final, com a possibilidade de uma virada no jogo, quando um lance desesperado quicou nas mãos do adversário e foi cair nas dele. A soma dessas coincidências era tão peculiar quanto a reiteração do dezenove no Corão.

Dois dias depois de meu encontro com Ríos, o Gringo Peterson voltou a La Pirámide. Pediu-me que fosse até seu escritório.

Encontrei-o de bom humor, apesar das más notícias que devia enfrentar.

Disse para a secretária não transferir nenhuma ligação e lhe entregou uns cupons da marina Lobster Grill, famoso restaurante de frutos do mar de Kukulcán, para que fosse lá com sua família, e passou a corrente na porta, como de hábito. Depois, com uma lentidão teatral, acendeu um Cohiba, pegou sua garrafa de Four Roses, afrouxou um botão da camisa azul-celeste e exclamou:

— Estava sentindo falta do hotel, Tony! Queria vir antes, mas tive que fazer uns acertos. As autoridades mexicanas não são muito rápidas em enviar cadáveres. Os pais do Oldenville moram em Orlando. Quis estar com eles. Sempre se agradece a presença de alguém da empresa num funeral.

— Como vão as corridas de cavalos? — perguntei.

— Preciso continuar trabalhando, se é a isso que se refere.

Por seu semblante era difícil saber se tinha ganhado ou perdido. O único esbanjamento que se permitia era assinar cheques de beneficência para causas remotas, na China ou na África, como se essa fosse outra forma de apostar, ou como se seus ganhos devessem favorecer de maneira fortuita outras pessoas.

— Apostei pouco nos últimos dias. Dois gringos mortos dão muito trabalho.

Peterson mantinha seus charutos num umidificador no qual pingava calculadas gotas de água destilada. O Caribe mexicano era uma zona de reunião dos cubanos da Ilha e dos cubanos de Miami. Peterson não perdia a oportunidade de ouvir suas conversas, de convidá-los para sua mesa, de conferir como comparavam a antiga Havana de Batista com a Miami de Versace e com Kukulcán, a chuvosa zona de passagem onde os aposentados da revolução talvez viessem a se exilar: "Esta vai ser a Miami vermelha", dizia.

O Gringo conheceu Mario em outro de seus hotéis, o Malibú. Era sócio de um cubano que tentava obsessivamente reproduzir em solo mexicano o cabaré Tropicana (ou, pelo menos, levar para lá um bom número de dançarinas mulatas). Durante dez ou doze anos, meu amigo gerenciou o negócio e recuperou o gosto de cantar. Já não oferecia sua voz ao heavy metal. Tinha perdido cabelo e ganhado peso de um modo atlético, embora seu único exercício fosse subir e descer as escadas do hotel e ficar em pé a maior parte do dia. O fato é que mudou de repertório e descobriu que sua voz se prestava para a canção romântica. Não incursionou, como eu, por baladas francamente bregas. Manteve a categoria do crooner que imita Frank Sinatra e do cantor de boleros que modula no estilo de Marco Antonio Muñiz. A canção favorita do gringo Peterson era "Fly me to the moon". Mario a interpretava para ele, estalando os dedos com canônica gestualidade, à moda de Bing Crosby ou Dean Martin. Ali travaram uma relação de amizade que curiosamente não foi adiante em La Pirámide.

No Malibú, sempre rodeados de bailarinas caribenhas, dividiam a mesma mesa com o governador do Estado e com empresários que contavam intrincadas histórias das Ilhas Caimán e de outros paraísos fiscais.

Nessa época de expansão, o dinheiro chegava em profusão e o narcotráfico prosperava sem deixar cadáveres por toda parte. Depois, o sócio cubano de Peterson comprou uma casa em Aruba (sinal inconfundível de que planejava uma retirada), contratou advogados de Miami que cobravam por minuto e abriu falência. As ações do cubano estavam comprometidas com companhias das quais ninguém tinha ouvido falar e cujos nomes fantasmagóricos anunciavam lavagem de dinheiro.

Peterson recuperou muito pouco do que investiu. Não quis se confrontar com os novos proprietários. Não quis nem saber quem eram.

Permaneceu na área, o único lugar onde, afinal, a sorte tinha dado as costas para ele. Costumava ir a um café sem ar-condicionado, ingenuamente chamado La Parte del León. Marcou encontro ali com Mario, que também passava por maus momentos (María José acabara de deixá-lo, entediada com os trópicos, com a casa no bairro dos manguezais, muito parecida com uma prisão domiciliar, afastada demais da zona turística).

Uma tarde, o Gringo matou uma barata sobre a mesa do café com um safanão automático, sem sequer vê-la. Depois a empurrou com o dorso da mão, como se nada fosse tão natural quanto conversar em meio a baratas. "La Parte del León." Se esse era o butim dos reis, como seria o tugúrio dos perdedores?

Talvez Peterson tenha entrevisto, então, a oportunidade de se ferrar num plano heroico: buscou a ajuda de Mario sem saber que o levaria a um sucesso indesejado. Como bom apostador, não caiu na vulgaridade de fracassar de propósito. Deixou o destino nas mãos da sorte, que o maltratou com triunfos. Foi por isso, em parte, que acabou se afastando de meu amigo.

A relação de Peterson com o Atrium começou no hipódromo de Epsom. Lá ele conheceu um grupo de farristas que na juventude tinham viajado num Magic Bus de Londres a Nova Déli. Mencionava seus nomes de forma imprecisa, confundindo os sobrenomes e as biografias. Julgava-os em bloco: um grupo de jovens psicodélicos que não podiam ser levados a sério, mas que tinham muito dinheiro. Para o Gringo pouco importava qual deles meditou no Nepal, quem experimentou ópio em Katmandu, quem conseguiu peças arqueológicas no Camboja. O decisivo é que eram empresários com um passado irregular em busca de novos investimentos e acreditavam que o turismo podia retomar os anseios da geração que nos anos 60 e 70 do século xx partiu para os cantos mais remotos da Terra em busca de paisagens interiores.

Eu adoraria ouvir as conversas entre Mario e o Gringo em La Parte del León. É possível que Peterson aceitasse o aspecto teatral do projeto porque ele prometia uma derrota grandiosa.

Sobre sua escrivaninha, havia uma toalha de mão com o logotipo de La Pirámide, os pontos cardeais nas cores sagradas dos maias (preto, amarelo, vermelho e branco sobre um fundo verde-jade). Ele detestava esoterismos. Não estranhei que a usasse como cinzeiro.

Soltou uma baforada e disse:

— Como está o seu amigo?

— Com uma tosse danada.

— Ele não se cuida. Eu disse pra ele tirar umas férias, ir ver um médico, mas ele é um fanático — brincou com o selo do charuto. — Às vezes acho que ele trouxe você aqui pra me acalmar. Simpatizo com você, Tony. Todos sabem disso.

"O Mario não está doente", pensei. "A Sandra mentiu pra mim."

— Como está a família do Ginger? — perguntei.

— Tranquila. Tinham aceitado sua opção sexual e agora aceitaram sua decisão de morrer. Não querem escândalos nem investigações. Uma vez na vida, o Támez trabalhou rápido. O pessoal lá de Londres deu um arrocho nele, é claro. Se não, estaria deitado numa rede.

A hipótese do pacto gay se transformara num fato.

— E os parentes do Bacon?

— Gente muito esquisita, muito seca. Encontrei-os em Minnesota. Me agradeceram por ter pagado o funeral. Fomos generosos. O Roger Bacon estava de visita, não trabalhava aqui. Houve uma missa, vários atletas compareceram. O Bacon foi um astro do futebol colegial, mas se dedicou ao mergulho. Um dos melhores do mundo, dizem. Tinha descido em locais de grande profundidade: os buracos azuis. Quem disse isso foi o reverendo, que o conhecia muito bem. O cemitério onde o Bacon foi enterrado parecia um arquivo. Cada urna é um pequeno caixão. Os pais sofreram, mas já esperavam por isso. Você não pode descer tantos metros sem que sua família se preocupe.

Bebeu o que restava de seu uísque e serviu-se outra dose. Também encheu meu copo. Gostava de copos baixos, facetados. Tinha um ar de suave loucura. "Sou como um *marine*, onde você me puser eu aguento", gostava de dizer. Sua presunção não se referia ao combate, mas ao desapego. Ia de um lugar para o outro como se mudasse de base naval. Chegava com a mala pequena, de couro surrado, que seu pai trouxera da Alemanha depois da Segunda Guerra Mundial. Não precisava de mais nada. Seu escritório não tinha enfeites nem lembranças pessoais. Na parede havia um mapa da região (um alfinete vermelho marcava La Pirámide) e diplomas de funcionários do mês emoldurados. Isso definia seu caráter: a decoração era deliberadamente alheia.

— Conhece o inspetor Ríos? — perguntei.

— O seminarista? Ele andou por aqui? Eu o conheço desde sua primeira malária. É um bom sujeito. Você se dava bem com o Ginger? — olhou-me nos olhos.

Elogiei a forma de Ginger Oldenville trabalhar. Isso combinava com a ética protestante de Peterson.

— Onde você estava naquela hora?

— Isso importa?

— Eu me lembro de onde estava no dia do assassinato do Kennedy. O Oldenville não era o Kennedy: pode ficar calado.

— Eu estava com uma mulher.

— Você chegou imediatamente ao local do crime. Quem me contou foi o Támez.

— O Mario me ligou.

— Você não tem celular, Tony.

— Ele sabia onde eu estava.

— Estava no seu quarto?

— Não.

— Quando está em outro quarto você avisa o Mario para que ele possa localizá-lo?

— Desculpe, Mike, mas não sei onde quer chegar.
— Nunca me chame de Mike.
— Não vou chamá-lo de "Gringo", não vou chamá-lo de "Peterson", não vou chamá-lo de "Mike". A gente conversa. Não vou chamá-lo por nenhum nome.
— Você está alterado, Tony.
— Qual é o lance com o Mario?
— Me diga você, qual é o lance? É meu funcionário, poderia despedi-lo, mas só ele conhece a loucura que criou. Tornou-se Deus, o prefeito do paraíso. Dois sujeitos morreram. Gringos, para ser exato. Não é uma boa gestão do paraíso.
— Foi um pacto gay — de repente defendi a tese que detestava.
— Eles se deixaram contagiar pelo ambiente, imagino. Você não pode propor tantos perigos sem que um deles se torne real. E tem outras coisas acontecendo. Sei que você esteve na enfermaria.
— La Pirámide está cheia. É o único hotel em que continua chegando gente. Você se incomoda que a fórmula do Mario faça sucesso?
— Não gosto do estilo dele, mas a vida não se altera por causa disso. No fim das contas, só dois assuntos separam as pessoas: o sexo ou o dinheiro. Mario Müller é um ambicioso de merda. Não tem fundos. "*Greed is o.k.*", quem disse isso? Devia ser o lema do seu amigo.

Fiquei espantado com a referência ao dinheiro. Ao mesmo tempo, senti um desconfortável lampejo de lucidez, como se recuperasse os sentidos depois de um baque. Durante anos vivi longe das energias que martelam o mundo e o fazem girar, o sexo e o dinheiro. Recebi salários de fome, resisti nas águas cada vez mais baixas da classe média, torrei dinheiro em drogas o mais que pude, mas para mim o dinheiro não foi um problema nem um anseio, de certa forma porque Mario estava lá para dar seu apoio.

Peterson me olhou nos olhos:

— O Mario sustenta os pais, vários de seus irmãos, um bando de vagabundos em Punta Fermín, doa dinheiro para milhares de causas. Não consegue se segurar. Isso não é da natureza dele. Ele é ambicioso, Tony. O dinheiro em si não lhe interessa; só lhe interessa para apoiar os outros. Assim ele os controla.

Peterson quis perder dinheiro legalmente, sem jogá-lo no lixo, permitindo que o destino o roubasse dele. Mario planejava riscos lucrativos. Aborrecido, aceitei a importância do dinheiro em sua vida. Mesmo assim, insisti:

— Kukulcán é um cemitério de hotéis, La Pirámide é uma exceção.

— Vou dizer uma coisa que você parece não saber: há seguros contra tragédias. Por que acha que constroem esses hotéis que acabam com a praia? Porque estão segurados. Operam durante alguns anos; se as pessoas pararem de vir, eles fecham as portas e recebem o seguro. Não me interessa que os quartos estejam cheios para que alguém morra.

— Talvez só estejam cheios por isso, porque alguém pode morrer.

— Com certeza.

— O medo é nosso melhor recurso natural.

Agora eu assumia as ideias de Mario; de novo ele falava com o Gringo através de mim. Peterson soltou uma baforada:

— Não quero outro cadáver aqui. O Atrium também não quer. Há seguros contra calamidades naturais e bancarrotas, não contra assassinatos. Toda semana um hotel fecha em Kukulcán. Deveríamos seguir seu exemplo. Recebem o seguro e vão embora.

— E o que as seguradoras ganham com isso?

— Bem-vindo ao mundo real, Tony! Os hotéis abandonados são um negócio espetacular. Já viu os edifícios da Costera? Lá vivem ratos, texugos, as gaivotas fazem ninhos nos terraços, mas oficialmente estão cheios. É a melhor forma de lavar dinheiro. Aprendi muito com os ingleses. Eles inventaram os paraísos *off-shore* em suas antigas colônias. Vou dar um dado do *Financial Times*: dez por cento de toda a lavagem de dinheiro se faz a partir de Londres. Os hotéis falidos são perfeitos para simular investimentos e forjar uma contabilidade fantasma. Você leu *Almas mortas*?

— Li.

— Eu não, mas me contaram. Esta é a continuação: *Turistas mortos*. Na Rússia você podia receber por servos mortos, aqui recebe por quartos vazios. O dinheiro da venda de armas, do tráfico de mulheres, do narcotráfico não pode chegar assim sem mais nem menos a um banco, precisa fazer um rodeio: Kukulcán é perfeito para simular que os ganhos foram gerados aqui.

Levantei-me, peguei a garrafa de Four Roses, servi-me uma dose.

— Avante, caubói — sorriu Peterson.

— Sua esperança é lavar dinheiro? — perguntei num tom que sugeria uma divertida impossibilidade.

— Seria a saída mais cômoda. As seguradoras compram dívidas que ninguém pode pagar. Você se poupa dos mil problemas de lidar com hóspedes e de ter que aguentar o Mario.

— Você o odeia tanto assim?

— Ele não tem limites. Imagino que isso não é suficiente para odiá-lo, mas ele se sente um guru, um messias de camisa havaiana.

— Está doente.

— Sim, e sinto muito, Tony, sinto muito mesmo. Também admiro o que ele fez. Inventa medos, sequestros, uma guerrilha para animar os hóspedes. Se só se limitasse a isso, seria simpático, mas ele quer dinheiro sem entender que o mundo tem outras regras — fez uma pausa suficientemente longa para me dar tempo de pensar se estaria bêbado. — Sabia que vinte e três bancos de Londres lavaram um bilhão e trezentos milhões de dólares roubados por Sani Abacha, o ditador da Nigéria? Esse dinheiro precisava ser legitimado em algum lugar. Nosso destino é ser um hotel fantasma. Preciso de sua ajuda.

— Pra quê?

— Com o Mario. Ele está ferido. É capaz de fazer alguma bobagem. Quer defender seu território como um macho alfa. Se acontecer outro desastre, o Atrium acaba comigo. Tenho medo da doença do Mario, pode fazer com que ele se sinta onipotente, é da natureza dele. Quando sente que o fim está próximo você não está nem aí se o mundo acabar. Ajude-o, Tony, não deixe ele enlouquecer.

Fez um gesto para que eu fosse embora. Depois acrescentou, como quem pede desculpas:

— Estou alto, Tony. Sempre que converso com você acabo alto — sorriu.

Acordei encharcado de suor. Senti meu hálito, azedo, com um ranço de uísque queimado. Ouvi o mar, mais agitado que de costume. Fui até a sacada.

Em que momento o desastre começa? Se tivesse que atribuir uma origem mítica a minha queda, devia começar por Ricardo López Ventura, vigarista que alterava o destino com o apelido de Ricky Ventura. Desde 1970, quando teve uma participação incerta no Festival de Avándaro, era conhecido como Tricky Desventura.

Entre outras lendas, dizia-se que ele conectara os cabos decisivos quando caiu a energia no Festival de Avándaro. A multidão já estava conformada com uma noite de lama e silêncio, quando o som de "Three Souls in my Mind" voltou como um milagre. Ricky fora visto no palco (era uma dessas pessoas pesadas, que são facilmente notadas), mas ninguém comprovou que foi ele o responsável pelo ressurgimento elétrico.

O produtor circulava por lojas de discos com cheiro de patchuli, parques onde se transava maconha, cafeterias que queriam ser bares, tabernas nas quais se alugavam amplificadores. Seu grande recurso num mundo anterior aos caixas eletrônicos era que sempre levava mil pesos em notas de cinquenta. Se você precisasse de dinheiro rápido para subornar uma patrulha, pagar um hotel imprevisto ou comprar um baseado, Ricky era o cara. Seu verdadeiro negócio não era emprestar, mas pedir que depois tocasse de graça para ele.

Lembro-me de seu jeito lento de fumar, o indicador projetado para a frente, com uma bem cuidada unha comprida que segundo ele vinha de seu gosto pelo violão e que talvez tivesse a ver com cocaína. Seu maior talento consistia em sugerir que não havia nada mais normal que lhe dever dinheiro. "Me deixe investir em você", dizia ao entregar uma nota azul. Depois fazia um gesto que não é mais usado e que na época significava orgulho: soprava as unhas e esfregava-as na lapela do paletó xadrez.

Era tão aficionado ao xadrez que certa vez o vi usar o paletó como tabuleiro. Não sei o quanto ele era bom naquelas lides. A verdade é que se penteava no estilo de Bobby Fisher e que esse passatempo demorado combinava com sua vida de antessalas, sua eterna espera da ocasião propícia.

Ricky Ventura olhava com a vagarosa curiosidade de quem precisa de gente precipitada. Seu aprumo parecia surgir do desespero alheio. Sorria com dentes de cavalo até que sua risada não se referisse a mais nada. Tinha uma personalidade resistente e meticulosa, a personalidade de alguém que não planejou nada, mas sempre leva pente, lenço, brilhantina e cortador de unhas, a personalidade de quem desconhece as circunstâncias mas está sempre a postos.

Pertencia à cena do rock como um intruso permanente que se vestia como um vendedor de mesas de bilhar ou de sapatos de boliche.

Seus empréstimos e seus shows nos tiraram de apuros suficientes para que Mario Müller cunhasse uma frase inesquecível: "Eu revogo a pena de Ricky". Merecia a condenação e o perdão.

Quando eu usava um gasto Fender Precision, ele me pôs na pista de um Rickenbacher 40 vendido pela metade do preço por um tocador de salsa impedido de tocar devido a um enfisema. Não sabia muito de música, mas estava por dentro do que podia interessar aos músicos. Foi a primeira pessoa que me falou de Jaco Pastorius: "Ele é o Jesus Cristo do baixo elétrico. Todos vão seguir seu evangelho". Também me disse que muito poucos baixistas conseguem o tom de "barco amarrado no cais". Se você conseguisse isso, a quintessencial dissonância de uma corda, tinha dominado seu instrumento.

Ricardo López Ventura negociava com verdades num momento em que todos nós estávamos à margem da realidade. Encontrava o dado, o instrumento, o encaixe necessário.

Era parecido com Dennis Hopper no papel de um caixeiro-viajante. Pouco a pouco, seu demorado xadrez o levou a uma partida estranha. Andy Warhol permitiu que se aproximasse dele no Studio 54, em Nova York, justamente porque o confundiu com Dennis Hopper. Esse mal-entendido deu lugar a outro: Ricky se apresentou como o advogado mexicano de William S. Burroughs. O pintor de latas adorou conhecer um gênio demoníaco. Burroughs tinha matado sua mulher num momento de intoxicação no qual quis imitar a cena primordial de Guilherme Tell. O assassinato acidental ficou impune graças a Bernabé Jurado, criminalista que litigava com subornos. Ricardo López Ventura tinha idade para ser neto de Jurado, mas Warhol não reparou nesse detalhe. Falaram da inspiração que podia surgir do país dos sacrifícios humanos. Ao puxar o gatilho, Burroughs se sentiu possuído por um espírito criativo. O rosto incólume do pintor se contorceu num esgar, o mais perto que um dândi da passividade podia estar da emoção. Foi o primeiro passo para chegar a Lou Reed, grande amigo de Warhol, e conceber a glória que seria minha ruína, o inefável *Concierto de Bodega*.

Qualquer banda teria se imolado para acompanhar o Velvet Underground. Ricky Ventura teve a deferência de pensar em Los Extraditables.

Convocou-nos a ir até um escritório que alguém lhe emprestou na Zona Rosa, um local que já conhecera tempos melhores, onde os móveis eram cadeiras dobráveis de excursionista. De repente, apagou as luzes e acendeu um tubo de luz negra para que víssemos o cartaz promocional, impresso em roxo. A cara de Lou Reed brilhou como uma caveira. Nosso nome não estava lá. Éramos o recheio ou as sobras, mas não ligamos. Sob o halo de luz negra, senti o horror que emanava de Lou Reed, e isso me fascinou.

Três horas antes do show me despedi de Luciana com um beijo intoxicado. "Você está com cheiro de gesso", ela murmurou.

Não a vi na plateia nem a procurei na saída. Amanheci longe de casa e de mim mesmo, com uma mulher cheirando a pavio queimado.

Fiquei três ou quatro dias numa ladeira do Ajusco, vendo carneirinhos atrás de uma nuvem de maconha. Lá embaixo, ao longe, no brumoso Valle de Anáhuac, a cidade vibrava como um pântano elétrico.

Quando finalmente me animei a voltar para casa, Luciana já havia retornado a Guadalajara. Esgotei o conteúdo da caixa de sapatos Blasito, fazendo "trifásicos" de coca, ecstasy e Rohypnol, até que Mario apareceu para me ajudar. Tive dificuldade em reconhecê-lo. Ele me deu um tapa e isso me fez reagir: gostei dele mais do que nunca, entendi que estava lá por minha causa, chorei em seu ombro, com saudades de Luciana, maldizendo a maldita boa sorte que me levara a essa situação.

Como bom aluno do Colégio Suíço, Mario Müller vinha com um envelope de sopa instantânea. Enquanto eu bebia meu primeiro líquido quente em séculos, ele me explicou que eu estava pagando a droga com móveis. Tinha entrado na economia de troca do viciado extremo, incapaz de perceber o que dá em troca do que recebe.

Ficou morando comigo duas semanas, deixou o apartamento habitável, mandou Felipe Blue embora quando ele apareceu com outra caixa de sapatos. Enquanto isso, procurei Luciana nos sublinhados de seus livros (ela deixou todos no apartamento, como uma última educação sentimental). Apeguei-me às palavras que ela recolhera como se fosse uma forma de recuperá-la.

Sandra usava um aparelho no bíceps para medir a pressão. No outro levava seu iPod amarrado. Às vezes eu a imaginava nua, sem nada a não ser alguns aparelhos (bipe, walkman, celular) atados a seus músculos. Não estranhei muito quando ela disse:

— Eu queria fazer uma cirurgia.
— Do quê?

Não hesitou nos cortes que desejava receber:

— Do rosto e das pontas dos dedos, para mudar de identidade. Queria me operar e virar mexicana para o Támez parar de me encher.

— Se a gente se casar, você pode ficar aqui — eu disse de repente.

— Vivemos em mundos paralelos, Tony. Adoro seu jeito de arrastar a perna, mas você não é pra mim.

Estávamos no quarto dela. Diante de um pôster de mandala e de uma foto do professor de seu professor, Larry Schultz, um homem musculoso, de olhar inteligente, pioneiro do *power* e da *rocket yoga*. Sim, vivíamos em mundos paralelos. Ela tinha aprendido a controlar a respiração como se tivesse uma sucessão de ondas na garganta. Dominava a meditação e a gestualidade do *full-contact*. Adestrava os turistas para controlar a violência e os atores para representá-la. Um de seus discípulos me aplicara a "chave chinesa". Só naquele momento entendi a importância de Sandra no esquema de Mario Müller.

— O Ceballos conseguiu trabalho na Cidade do México — sentou-se sobre a perna, numa posição desconfortável.

Tive trabalho para me lembrar de quem ela estava falando.

— O mergulhador, Tony, santo Deus! Onde você está com a cabeça? Trabalhou com você, no aquário. Lembra?

"Ceballos", o mergulhador acabado. Choro e neoprene.

— Claro que me lembro, só que tenho muitos brancos no cérebro.

"No paraíso as lembranças são impuras", pensei. O que vinha de longe manchava o presente. La Pirámide existia para descartar a vida anterior.

— Ele vem se despedir.

Descalçou-se para passar creme nos pés, mediu a pressão, levantou-se, com a energia de quem irá longe, e apontou para o armário:

— Quero mostrar uma coisa.

Abriu a porta de correr. As estantes estavam cheias de objetos.

— Pode tocá-los — acrescentou, como se fossem joias.

Encontrei um tucano de pelúcia, uma viseira transparente, um apito, um fragmento de metal, um *frisbee* verde-limão, um facão, uma câmera de papelão, um compasso, um cubo mágico, um dálmata em miniatura, uma tesoura Zwiling, uma mola inclassificável.

— São coisas que os hóspedes esquecem. Deixam seis meses no *Lost & Found*, depois jogam fora. Consegui ficar com estas.

— Aqui *Lost & Found* se chama Objetos Perdidos — esclareci. — Os gringos são mais otimistas: pensam que as coisas são achadas.

— Fico com as que me dizem algo.

Seu armário era como minha memória: peças soltas, partes de alguma coisa.

"O que o seu closet lhe diz?" Não me atrevi a fazer a pergunta. A resposta podia ser triste demais.

A luz dourada do entardecer me deprimiu ainda mais.

— Que foi? — perguntou ela.

— O sol me deprime.

— Você é um *freak*: a *escuridão* deprime.

— Queria ser um negro cego. Um negro cego num quarto sem luz. Um negro cego num quarto sem luz de Camarões.

— Você está completamente *fly* — minha tristeza a alegrou.

Uma discreta batida na porta: Ceballos.

— Desculpe, acabei me enrolando com a papelada da demissão — disse.

Nunca era responsável por seus atrasos. Tinha sido a rêmora de Ginger Oldenville, o peixe que segue o tubarão.

— Conte para o Antonio — disse Sandra, para abreviar o protocolo.

O espanhol de Sandra era infinitamente superior ao desse homem que nasceu para ficar debaixo d'água. Desajeitado, explicou que estava se mudando para a capital. Mario Müller conseguira trabalho para ele na Aqua Nautics. Agora seria mergulhador de piscina. Não era ruim: o Caribe já lhe dera sobressaltos demais. Não só pela morte de Ginger, mas por uma coisa que aconteceu antes. Esfregou os antebraços, alisou o relevo do cavaleiro de sua camiseta polo e falou da "linha de vida" que tinha ajudado a instalar.

Ginger Oldenville preparava o GPS dos rios subterrâneos. Ceballos o acompanhou em muitas ocasiões, até que cometeu um erro, uma falha pequena, mas que mudou o que podiam encontrar ali. Suas nadadeiras encostaram no fundo de um cenote, e levantaram uma espessa nuvem de areia, cinza, pó de ossos. A água ficou densa. Era dia e o resplendor adquiriu um brilho pastoso. Quando as partículas se assentaram, viram um halo de luz azul, uma lanterna submarina. Esconderam-se atrás de umas rochas e conseguiram distinguir outros mergulhadores, que entravam num dos túneis. Seguiram-nos à distância até uma abóbada subterrânea pela qual o sol se filtrava. Um pouco adiante estava a desembocadura do rio. Avistaram uma pequena enseada, sem areia, coberta de pedras. Seguiram para lá.

Um barco estava ancorado a uns duzentos metros. Só então compreenderam que os mergulhadores que os precediam levavam pacotes envoltos em borracha preta, do tamanho de um frigobar (Ceballos disse "frisgobar"). O barco tinha a cor cinza da armada mexicana. Os pacotes foram transportados para lá num bote inflável, com motor de popa.

Tinham visto o caminho da droga: o cenote servia de sumidouro para a drenagem dos rios subterrâneos e levava a uma praia onde se embarcava a mercadoria para Miami, com proteção da Marinha.

— O Ginger contou para o sr. Mario — disse Ceballos.

— Você não falou com o Mario?

— Não, dom Antonio.

— Por quê?

— Eu disse para o Ginger que não era assunto nosso.

Sandra ficou do lado dele:

— O Ceballos não queria ir embora sem que nós soubéssemos. Está cooperando.

Tinha fechado o closet. Isso a favorecia. Ver sua bagunçada coleção de lembranças não inspirava confiança.

A morte de Ginger Oldenville se tornava explicável. Tinha denunciado o tráfico de drogas. "Ele contou para o sr. Mario." A informação de Ceballos incriminava meu amigo. Também era suspeito que agora o mandasse para a capital. "Mario o quer longe daqui."

Ceballos se despediu. Desejamos boa sorte para ele na Aqua Nautics.

— Quer ser inocente — disse Sandra ao fechar a porta. — Não sabe se é. Confia em mim. Por um tempo foi a minhas aulas. Como atleta ele é fantástico. Você precisava ouvir isso — fez uma pausa incômoda. — O Mario é seu amigo, está doente.

— E daí?

— Você gosta dele, tem pena dele.

— E daí?!

— Você gosta dele, tem pena dele e conhece a rota do narcotráfico que passa por La Pirámide.

— Todo mundo sabe do narcotráfico. O país vive disso! É uma coisa horrenda e normal.

Sandra bebeu um gole d'água. Aproximou-se, passou a mão em meu antebraço; fitou-me, com a seriedade de quem pede com os olhos que aceite o que vai dizer:

— O Mario está obcecado por La Pirámide. Acaba de tirar o Ceballos do jogo. Para ele não era conveniente que o Ginger contasse sua história por toda parte.

— Ele não a contou "por toda parte". Para mim ele não disse nada.

Levei as mãos à cabeça. Uma ideia esgarçada, ferina, uma ideia que eu não queria ter, abriu caminho em minha mente: "O Mario o matou". Queria salvar seu sonho, a qualquer custo, era um obsessivo de merda.

— Sabe quem encontrou o primeiro nó da rede? — perguntou Sandra.

— O Jacinto.

— Não, foi o Mario. Você acha que o nó podia cair no jardim sem que o descobrissem antes? Ele jogou o nó lá. Sabia que o Jacinto ia encontrá-lo; é o território dele; e sabia que ele lhe entregaria o nó, porque tem consideração por você. Também supôs que você o entregaria ao Ríos, ajudando na hipótese do pacto gay. O Mario é uma raposa, como sabe. E você o ajudou. O pacto suicida é conveniente pra todo mundo. Se seu filho morre com uma tatuagem árabe e um nó de rede no pênis, a notícia de um pacto suicida chega como uma bênção. As ações do Atrium sobem na bolsa, o Leopoldo está muito pressionado...

O último nome caiu como um veneno, um veneno ao qual ela sobrevivera e que eu não queria experimentar.

— Você acredita que o Mario matou o Ginger? — perguntei.

— Não sei, Tony, de verdade, *cross my heart*.

— Não acredito — disse, desesperado, sem saber a que me referia.

— Não acredita no quê?

— Não acredito em nada.

Levantei-me, saturado.

Ceballos não sabia se era inocente ou não; ignorava o alcance do que tinha visto. Em compensação, eu me sentia culpado, culpado pelo repugnante sol da tarde, pelo suor que me escorria das axilas, pelas coisas esquecidas no armário de Sandra, por tudo o que tinha feito.

Saí do quarto. Por uma das janelas sem vidros vi um homem no céu, flutuando numa asa-delta.

Tudo era tão estranho que até Mario Müller podia ser inocente.

Ao anoitecer, saí para caminhar. Parei um pouco no vestíbulo, diante de uma reprodução do Templo da Cruz Folhada, de Palenque.

Sob a lâmpada halógena, vi de outra forma aquele afresco sobrecarregado, cheio de glifos dos dois lados. No centro da pintura, dois sacerdotes escoltavam um pilar com ramificações, conhecido como a "cruz folhada". Levavam instrumentos nas mãos. Nos braços da cruz havia cabeças cortadas. A vegetação que surgia ao redor era irrigada pelo sangue. Os sacerdotes seguravam instrumentos de morte e tortura.

Numa palestra do fracassado programa "Orgulho Maia", *Der Meister* falara do repúdio que os primeiros povoadores da região tinham pelo assassinato. Nada lhes parecia pior. Por outro lado, aceitavam o sacrifício com facilidade. Desse modo, a violência, inevitável em todo grupo humano, permitia uma fecunda irrigação: o sangue apaziguava a sede dos deuses. O importante — a escolha moral — era escolher bem o sujeito digno de ser sacrificado.

Os maias sabiam que seus deuses — imperfeitos, volúveis, irregulares — não se conformavam facilmente com uma oferenda. Teria sido lógico que aceitassem os despojos sociais, o excedente que já não tinha serventia. Mas as divindades não eram lógicas. Queriam alguma coisa extra. As fecundas ramificações da Cruz Folhada vinham de vítimas escolhidas com esmero. Era preciso saciar a veleidade divina regando a terra com sangue de crianças, virgens, guerreiros, pessoas com uma deformidade meritória. Só um povo que odiava o assassinato podia dar tanto valor à morte seletiva.

Não toquei mais nesse assunto com Mario. No entanto, a partir dessa palestra descobri um comportamento curioso nos funcionários: ao passar diante do mural da Cruz Folhada, faziam o sinal da cruz. Talvez porque se tratava de uma cruz ou para conjurar o dano ali representado.

Saturado de elementos, o desmedido afresco não podia ser apenas olhado: exigia ser *contemplado* demoradamente, quase com esforço. Essa selva de signos não podia ser resumida nem captada de repente. Por todo lado despontavam rostos, máscaras, frutas, animais. Mas todos tinham a mesma origem: o sangue derramado, o sacrifício.

Mario tinha mandado copiar um laborioso e fascinante inferno. Em outra parte de La Pirámide havia uma reprodução da célebre lápide do sarcófago do Templo das Inscrições de Palenque. A imagem, conhecida como "O astronauta", parecia descrever o tripulante de uma nave ao mesmo tempo sofisticada e primitiva. Para alguns, era a prova de que os maias tinham sido extraterrestres.

Os funcionários preferiam essa imagem, mas não se persignavam diante dela.

Afastei-me da Cruz Folhada. Se continuasse olhando para ela, minha insônia finalmente teria uma causa externa. Resolvi ir para o jardim. Tinha parado de chover e um perfume delicioso emanava do gramado. Dava quase para morder a noite.

Caminhei até minha perna doer. Numa área afastada do jardim, uma turista dançava sem música, iluminada por luzes indiretas. Estava descalça. Pensei numa melodia que se ajustasse a seus braços e quadris, uma fusão estranha: um swing lento demais, um samba de três notas.

Meu interesse em definir seu ritmo me fez olhá-la abertamente. Ela sorriu ao me ver. Levantou uma taça de vinho branco. Ao ar livre, as bebidas eram servidas em copos plásticos. Ela devia estar vindo de um restaurante.

— Gosto de pisar aqui — disse, com sotaque argentino. — A terra é mais macia.

Estava bêbada. Nesse momento uma lâmpada queimou.

— Pobre lampadinha — disse. — Você trabalha aqui? Não parece turista.

— Você também não.

— Pareço o quê? — ajeitou o cabelo, sorriu.

Olhei para o pé que pressionava um tufo de capim. Tinha uma meia-lua tatuada no tornozelo. Usava uma blusa fina, solta, que deixava à mostra o nascimento de seus seios. Seios bronzeados, como se tivesse tomado sol nua em algum lugar do arrecife.

Procurava uma resposta quando ela continuou:

— Você se irrita com minha pergunta? Eu sei o que pareço: alguém que vai para Buenos Aires daqui a uma hora. Esta taça é a última. Foram muitas, mas esta é a última. Entende a diferença?

— Sim: agora você vai quebrar a taça.

Seus olhos brilharam: não tinha pensado nisso.

— Toque — apontou para o chão que pisava.

Fiquei descalço, pus meu pé sobre sua pegada.

Por que meus contatos com mulheres começavam tocando ar, sombras, espectros? Primeiro Sandra, agora a argentina.

— Estou dizendo isso porque vou embora. Todo mundo aqui está mentindo. Você também. O que você faz?

Falei do aquário.

— Ah, é você. Odeio aqueles peixes.

— Quem mentiu pra você?

— Um idiota que eu vim encontrar aqui. Ele nunca chegou. Você não se cansa de tudo isso que acontece, de toda essa droga que nos dão, de toda essa pornografia? Eu gostei. Gostei das mentiras deste país. Mas vou embora daqui a uma hora. Olhe — aproximou seu pulso de um halo de luz: tinha um ferimento. — Fizeram isso em mim com uma faca. Fiquei três dias amarrada. Eu gostei, menino. — Seus olhos se encheram de lágrimas. — Isso me parece mais odioso que os seus peixes. Gostei que mentissem pra mim, gostei de ficar amarrada e que mentissem pra mim.

Jogou a taça longe. Ela não quebrou.

— Queria esmagá-la com o pé, mas não quero chegar a Buenos Aires mancando. Você esmaga?

— Eu?

— Já está manco mesmo, menino — sorriu. — Pode se ferrar mais um pouco.

Dei-lhe as costas. Deixei-a lá.

— A água está envenenada, não é? Colocam droga nela, não é? — gritou atrás de mim.

Caminhei até um edifício. Segundos depois me virei: dois guardas avançavam em direção à argentina.

Senti um impulso de participar de outro modo dos excessos do hotel.

Fui até o aquário, meu habitat durante esse ano. Peguei uma rede e pesquei um *huachinango*. Trouxe-o à superfície. Vi-o boquear. Senti-o debater-se em minhas mãos. Quis acabar com ele. Não consegui. Deixei-o na água. Ele desceu direto. Demorou a nadar, como se minha tortura o tivesse deixado abobalhado.

No dia seguinte o inspetor Ríos me localizou no telefone do Bar Canario. Interrompi meu bloody-mary para falar com ele. Pediu que nos encontrássemos em Kukulcán.

Peguei um táxi de lataria chacoalhante. O carro não tinha ar-condicionado. Eu me senti dentro de um pandeiro vibrante até que chegamos a uma loja de conchas marinhas. Por telefone, Ríos me dissera um nome que me pareceu um híbrido de maia e de inglês: "Síxel City"; na verdade se tratava de Sea Shell City.

O inspetor examinava um caracol marinho quando entrei no local. O ar-condicionado esfriou o suor atrás de minhas orelhas.

— Prefiro que não nos vejam em La Pirámide — apontou para um corredor.

Caminhou em direção a uma parede decorada com uma imensa estrela-do-mar. Parou para tocar num coco peludo que servia de cinzeiro, num caranguejo envernizado, numa Virgem de Guadalupe feita de conchas, num baiacu iluminado como uma lâmpada.

Na entrada do corredor, disse:

— Acabo de examinar a autópsia. A autópsia do Roger Bacon.

Precisava segurar alguma coisa nas mãos. Pegou seus fósforos, abriu o maço de cigarros, riscou-os enquanto dizia:

— Ele foi encontrado por um guarda-costas. Deram parte na Capitania dos Portos. Logo encerramos o caso, mas às vezes alguma coisa fica pendente. Quando saio de casa, de uma hora pra outra penso que deixei meu cachorro sem água. Não acontece isso com você?

— Não tenho cachorro.

— Imagine que tenha um — sorriu.

— Você voltou para casa para ver se o cachorro tinha água, e o que encontrou?

— Eu estava mordido de curiosidade. Procurei o legista da armada. Ele não disse nada. O danado é um túmulo. Mas tenho amigos no México. Ontem estive na capital, falei com um colega da PGR. Eles pegaram o caso e o arquivaram, mas às vezes o Ron Negrita faz maravilhas. — Pegou um envelope pardo.

Mostrou uma foto: o cadáver de Roger Bacon. Surpreendeu-me o tamanho da tatuagem em seu braço. Mais estranho era ter um corpo como aquele, inflado nas academias. Na base do pescoço divisei uma bolha. Uma picada de mosquito, talvez. Essa erupção dava um toque quase humano a seus músculos pneumáticos.

— Sabe o que é pior no meu trabalho? — perguntou Ríos. — A papelada. Cada morto me faz escrever à máquina. Nem ao menos nos dão computadores. O Bacon está me dando trabalho dobrado.

Imaginei-o teclando a altas horas, diante de um ventilador vagaroso. Sim, o trabalho dele era deprimente.

Pôs um dedo amarelado sobre a foto:

— Os pulmões do Bacon estavam cheios de água doce. Ele não morreu em alto-mar. Foi afogado num tanque ou num rio. Aqui os únicos rios são subterrâneos. Está vendo esta picada? — apontou para o pescoço do cadáver. — A escoriação é ampla. Desde que cheguei aqui eu me interesso por mosquitos, embora os danados se interessem mais por mim. Eles me cercam. Em alto-mar não há mosquitos. Em compensação, os cenotes, as cavernas e as grutas estão cheios de insetos. Mas o mais importante é outra coisa: o Bacon morreu *antes* do Ginger Oldenville. O laudo do legista é claro: não houve pacto suicida.

— Como sabe?

— Alguma coisa me diz que o Ginger morreu *porque* o Bacon morreu. Ia denunciar a morte do amigo. Mataram-no antes.

Nesse momento eu contemplava um redundante Bob Esponja feito com uma esponja marinha.

— Se o Bacon morreu antes, isso não descarta o pacto: os dois morreram.

— Você não entendeu: foi armação. O Bacon não morreu na água salgada nem foi descoberto depois. Alguém quis que as coisas fossem vistas desse modo. Para quê? Para que prestássemos mais atenção naquele nó no pênis, para que o associássemos ao Cruci/Ficção e ao outro nó, que já tínhamos. Tudo aconteceu ao contrário. O Bacon estava investigando a mesma coisa que o Ginger. Matar o primeiro mergulhador obrigava a matar o segundo.

"O Mario sabia disso", pensei.

Foi um alívio que Ríos dissesse:

— O Ginger estava em contato com o consulado. Tinha lhes falado do tráfico de drogas. O DEA tinha recebido a denúncia. Nisso, o Bacon entrou em cena.

Várias pessoas sabiam do assunto. Mario deixou cair o primeiro nó, que na verdade era o segundo. Por que fez isso? Senti vontade de triturar o absurdo Bob Esponja que me olhava com alegria.

O inspetor guardou os fósforos. Segurou-me pelos ombros:

— Imagine que você volta para ver se o seu cachorro tem água. Miami fica a duas horas de lancha do arrecife. O Bacon procurava uma rota suja, uma rota comprometida. A Marinha avisou de sua morte dois dias depois, quando supostamente o pescaram em alto-mar. O que tudo isso lhe diz? Seu cachorro tem água?

— Não tenho cachorro, já disse.

— O Bacon tinha uma picada do tamanho de um feijão. Tentei falar com o Ceballos, mas me disseram que ele foi para a capital. La Pirámide ficou sem mergulhadores.

— Onde você quer chegar?

— Onde o Bacon chegou, onde o Ginger chegou. Há mortos que nunca morrem totalmente. O que me diz do Mario Müller?

— Nada.

"Quer que eu o delate." Tinha dado o nó da rede para o Ríos. Ajudei a encerrar o caso com uma pista falsa. Agora ele me queria para a pista verdadeira.

— Se o narcotráfico está por trás disso, não vai poder fazer nada — falei. — Eles mandam no país.

— Quero saber. Acredito em Deus. Não gosto do mundo que Ele fez, mas acredito em Deus.

— "O Admirável Conduz à Verdade" — citei.

— A verdade não serve para mudar o mundo; serve para saber que existe a verdade.

— Imagino que isso soe bem lá no templo.

Ríos ignorou meu comentário. Pensava em outra coisa:

— O Roger Bacon tinha mergulhado nas Bahamas, nos "buracos azuis". Sabe o que é isso?

— Claro que não.

— São uns poços profundíssimos, com cavernas milenares. A água tem cores muito estranhas, muito vivas, por causa das bactérias. O Bacon trabalhava para a Universidade de Miami, coletando amostras. É preciso ser macho pra caralho para ir tão fundo.

— Para que ele coletava bactérias?

— Antes de haver oxigênio já havia vida no planeta. Há milênios as bactérias dos buracos azuis criaram o oxigênio como um resíduo. Somos o lixo das bactérias! A evolução da espécie é isso. — Pegou um pote de madrepérola com creme. — Será que este unguento serve para o ânus do meu chefe?

— Os trópicos estão afetando você. No templo, você também diz que somos o lixo das bactérias?

— A vida começou com a "revolução do oxigênio" nos buracos azuis: um céu profundo, igual ou melhor do que o Jardim do Éden. O interessante da evolução é que tem lógica. Se pode ser entendido é que há um plano. Aí entra Deus, meu amigo. O barbudo não joga dados com o universo, imagino que já ouviu esta frase. Insultar meu chefe me permite gostar dele, mas há crenças superiores. Existe uma vontade oculta: "O Admirável Conduz à Verdade".

— A vontade de que a gente seja excremento de bactérias.

— Uma boa definição de Kukulcán — deu um sorriso forçado, e senti seu bafo de tabaco.

Saí da loja com um gosto ruim na boca. O ar ardente da rua me golpeou como um insulto.

Caminhei um pouco antes de ir até o ponto dos táxis. Perto dali começava uma zona de bares. Vi o cadáver de um passarolo, rodeado de varejeiras. A uns duzentos metros se recortavam as silhuetas dos hotéis abandonados. Havia rachaduras nas fachadas. Um H de néon pendia precariamente de uma delas. Galhos despontavam num terraço.

Uma menina passou a meu lado. Carregava uma tábua na cabeça, com sabões de coco. Não me ofereceu nada; devo ter parecido alheio a sua mercadoria. Não sei por que os sabões e os doces de coco têm uma faixa cor-de-rosa. O coco não é rosado, mas sem essa tintura não pode ser vendido.

A menina ia para a zona hoteleira, cada vez mais deserta. Em alguns anos o turismo acabaria, a areia seria devorada pelo mar, os pássaros morreriam, mas alguém continuaria oferecendo sabão de coco, pintado de rosa.

Sandra me encontrou no Solarium. Um hotel que conta com mais de um quilômetro de praia precisa de um terraço para tomar sol? Esse espaço era uma zona morta. No entanto, Mario via nele utilidade futura. Quando o clima piorasse ainda mais, o Solarium seria coberto e teria luzes infravermelhas. O sol seria um luxo artificial. O Caribe futuro: uma possibilidade de Marte.

Sandra cochilava numa cama dobrável. Na mesinha de cabeceira um copo com gelo, de plástico duro, porejava.

O vento soprou de repente, levando um guarda-sol. Sandra acordou. Olhou-me assustada, como se eu fosse responsável pelo mau tempo.

Outra lufada de vento entornou o copo. Um guarda-sol se elevou, em forma de cone.

Fui olhar o jardim. As pessoas corriam, enroladas em toalhas, carregando mochilas, com as sandálias nas mãos. Um garçom tentava desatolar um carrinho de golfe.

O céu escureceu e a temperatura caiu na mesma hora. O vendaval ficou tão forte que a chuva chegou de forma horizontal, de início morna, segundos depois gelada.

— Vamos lá pra dentro! — gritou Sandra.

Vi dois estranhos ao longe, inclinados sobre um homem deitado no gramado. Deram um chute nele. Parecia o último de uma longa série. O homem mal se moveu.

Fui às pressas para o corredor, onde Sandra tiritava.

— Houve um assalto — falei.

Atravessei o jardim em sentido contrário ao das pessoas que procuravam abrigo. Não me importou cair em poças. Corri com o impulso de quem tem alguma coisa para encontrar. Ao longe, na praia, distingui pontos coloridos: alguns banhistas olhavam as ondas, impávidos. Mais perto de mim, num repentino círculo de lama, um casal recebia a chuva, as palmas viradas para o céu em êxtase cerimonial.

A água era progressivamente fria. Talvez por isso não houvesse limite para a sensação de estar molhado.

Fui até o corpo caído na borda do jardim. Vi sangue na camisa. Pensei que estivesse morto. No entanto, ao notar minha presença, conseguiu se virar de barriga para cima. Era Leopoldo Támez.

— Você telefonou para nós? — disse uma voz atrás de mim.

Era um guarda. Não se dirigia a mim, mas a seu chefe. Támez levou a mão ao bolso. Pegou seu celular.

— Não telefonei: o celular foi ativado com um pontapé.

Encontrei o escritório de Mario transformado num "quarto de guerra". Carlitos Pech, chefe de pessoal, e Roxana Westerwood, diretora de relações públicas, estavam lá. Os olhos de meu amigo resumiam o desastre. Falou com voz desesperada:

— A Capitania dos Portos, o serviço meteorológico e até os noticiários da TeleCaribe disseram que um ciclone se aproximava. Mas o Támez não fez nada. É o responsável pelas contingências. Não foi dado o alerta. Que diabos está acontecendo?

— Com todo respeito, sr. Müller, mas desceram a lenha nele — Carlitos Pech falou com forte sotaque iucatano.

Em La Pirámide eu sempre tinha dificuldade para ouvir o que os funcionários diziam. Falavam sussurrando, como se a amabilidade fosse um segredo. Carlitos Pech se fazia ouvir:

— Já vão trazer o vídeo do circuito de segurança. O Támez está com duas costelas quebradas.

— Tivemos dezesseis ciclones no ano, até agora. Ele só deixou passar um — disse Roxana, em tom conciliador.

"Você não se cansa de tudo o que acontece, de toda essa droga que nos dão, de toda essa pornografia?" Estávamos numa cidadela para perturbados em férias.

Quando o vídeo chegou, Mario o entregou para Pech, como se suas mãos queimassem. Roxana se posicionou a meu lado. Tinha cheiro de morangos orgânicos: um xampu agradavelmente artificial.

A gravação do circuito de segurança revelou um detalhe que eu não tinha percebido do terraço do Solarium: Leopoldo Támez fora atacado por Vicente Fox e George Bush.

— Máscaras — disse Roxana.

O chefe de segurança recebeu os chutes e os golpes sem se mover, como se desprezasse demais seus inimigos para opor resistência. Os assaltantes o reduziram a um vulto inerte e pegaram sua carteira. Quando deram o último pontapé, Roxana exclamou "auch!" e cravou agradavelmente as unhas em meu ombro.

Roxana Westerwood pertencia a uma esfera totalmente alheia a meus horários e a minha relação com *Der Meister*. Era casada com um oceanógrafo de Punta Fermín. Em dias de mar calmo, chegava a La Pirámide numa lancha dirigida pelo marido. Falava quatro línguas, encontrava boas soluções para tudo e podia transformar qualquer problema num motivo para se hospedar em La Pirámide.

— Olhem isto — Mario localizou outra cena: os assaltantes subiam num Tsuru. Pausou a imagem.

— Um carro alugado no Tours Mayab — Carlitos Pech apontou para uma decalcomania na janela traseira.

"O roubo é um pretexto", pensei. "Estavam atrás do Támez."

Gostei que Roxana concordasse comigo:

— Eles se arriscaram demais nesse assalto. Podiam tirar a carteira dele em qualquer rua.

— É uma invasão — disse Mario. — Querem mostrar que somos vulneráveis. O chefe de segurança detonado em seu próprio jardim!

Carlitos Pech sempre me fitava com os olhos entrecerrados pela desconfiança. Não suportava minha proximidade com Mario nem a aparente inutilidade de meu trabalho. Achei lógico que perguntasse, no tom sibilino de quem sabe que não há resposta:

— Qual é sua opinião, sr. Tony?

— A mesma que a sua.

— O Támez se descuidou, é tudo que sabemos — Roxana interveio em tom tranquilizador. — Temos um emprego magnífico. No paraíso.

"O marido não quer que ela continue trabalhando aqui", pensei.

Mario atribuiu tarefas a Roxana e a Pech. Pediu-me que voltasse mais tarde. Saí dali sem nenhuma missão. "Só quer que eu o escute", pensei. O Homem de Confiança.

Fui ao quarto de Sandra. Sentia falta do momento feliz em que me disse "vá embora" e deixou a porta aberta. Ela a abriu depois de perguntar duas vezes quem era. Jogou-se em meus braços:

— Desculpe, Tony, desculpe.

Chorou sobre meu ombro. Depois disse, com voz entrecortada:

— Queria falar com você, no terraço, mas aí veio o ciclone...

Estendeu-me um papel com timbre da Secretaría de Gobernación.

— *The fucking cunt!* — mordeu os lábios.

Li o documento. Sandra tinha trinta dias úteis para deixar o país.

Seus documentos não estavam em ordem, nunca estiveram. O ofício mencionava uma irregularidade na página 281 de um processo, o que sugeria uma longa trama de infrações.

— Eu disse que o Támez tinha contatos — acrescentou.

Seu rímel tinha escorrido. Sobre a mesa de centro havia uma caixa de lenço de papel. Peguei um. Dei-o a ela.

— Por que você nunca regularizou a situação?

— Você acha que a culpa é minha?!

— Só estou perguntando. O Mario podia ajudá-la. Você não é a única gringa aqui. O Peterson tem bons contatos. O Támez também podia ajudar, se tem tanto interesse por você.

— É, a culpa é minha. Não pensei que fosse preciso regularizar os documentos. Estou aqui há séculos. Joguei roleta-russa. "Paranoia recreativa", conhece a expressão? A segurança é um tédio e, além disso, eu confiava no Leopoldo! O pior de tudo é isso: eu realmente confiava naquele filho da puta. Ele me envolvia o suficiente para eu confiar nele. Entende?

— Sim.

Sandra cobriu o rosto com as mãos. Depois se olhou num espelhinho circular.

— Pareço o Alice Cooper. Obrigada por vir, Tony. O que acabei de dizer não é o pior.

— O que é pior?

— Me desculpe.
— Desculpo. Agora me diga o que é.
— O Támez me pediu pra distrair você. No dia em que ouvimos "Feelings". Ele precisava de tempo para desativar o circuito interno do aquário. Então eu trouxe você aqui.
— E eu a segui, embora não quisesse.
— *Bullshit*: você estava alto e com tesão; ia me seguir mesmo que eu xingasse sua mãe. Eu também gostei, não pense que não. Curti muito teu dedo imaginário. O foda é o Támez ter me pedido isso. Eu não sabia o que ia acontecer, juro. Não pensei que fossem matar o Ginger. Quando o Támez estava na polícia, investigou a morte do Larry, o cara com quem eu cheguei dos Estados Unidos.
— Ele morreu de overdose?
— De uma overdose que eu injetei nele.
A resposta me causou um espasmo. Falei com a voz partida:
— Você o matou?
— Eu o ajudei a morrer, o que é diferente. Ele tinha pesadelos horríveis, gritava como um moribundo, confundia o barulho do mar com helicópteros e os garçons maias com vietcongues, estava doente, era vinte anos mais velho que eu. Sua paranoia não era recreativa. Me pediu que aumentasse a dose. Fiz isso, e sabe do que mais?
— O quê?
— Senti um grande alívio quando ele morreu. Não fiquei preocupada por ter dado o pico nele, mas por me sentir tão bem com sua morte. É muito foda descansar tanto com a morte de alguém que você ama. Porque eu o amava, Tony, como nunca amei ninguém. Juro. Não regularizei meus documentos, senti que minha vida não valia nada. Além disso, o Támez sabia dessa história da overdose, podia me chantagear. Na verdade, ele me chantageou. "Carimbos da imigração", então eu o chamava e

tomava no cu. *No pain, no gain*, o lema das academias. Isso deixa você horrorizado?

— Não — menti.

— Me desculpe, eu sou um lixo. *White trash*.

— Não tenho do que desculpá-la — disse timidamente.

Ela respirou fundo, me abraçou outra vez. Molhou meu peito. Suas mãos tremiam:

— Não sou uma puta, Tony. Sou uma sobrevivente. Minha vida é esquisita, mas eu não sou esquisita. Juro. Acredita em mim?

— Acredito — respondi, aliviado por dizer alguma coisa verdadeira.

Pensei, com um prazer vingativo, no vídeo em que Támez era espancado por Vicente Fox e George Bush.

— Preciso ir. É melhor — apontou para o documento manchado de lágrimas. — Assim vão me deixar sair mais fácil — tocou o papel úmido —: os mexicanos são sentimentais.

— Se o Támez se importa com você, por que mandá-la embora?

— É o mais *weird* do assunto — levantou as mãos, procurou outro lenço, sentou-se sobre a perna.

Não estava preparado para o que ela disse:

— Porque gosta de mim.

Fitou-me com olhos de animal encurralado. Os olhos de um animal do qual eu não queria me aproximar.

— Do jeito torto dele, ele gosta de mim. *He's a fucking maniac, and he loves me.* Quer me proteger. Sempre me protegeu. Por que acha que eu tenho um quarto duas vezes maior que o seu? O Leopoldo consegue coisas que o Mario Müller não pode conseguir. *He thinks the world of me* — sorriu, como se isso pudesse ser interpretado de qualquer forma.

— Por que ele não vai embora junto, se ama tanto você?

— Não pode entrar nos Estados Unidos. Foi investigado. O DEA o pegaria num minuto. Dói nele que eu vá embora, dói mais que a surra que lhe deram.

— Poderia ir com você para outro lugar da costa? Iria com ele?

— Não. Não gosto dele, talvez eu seja mais sacana que ele. Quer me tirar daqui antes que seja tarde demais. Quer me proteger.

— Do quê?

— Do que quer que seja, mas também dele. O Leopoldo me ama o suficiente para não querer me matar, mas já matou pessoas que amava. Se a coisa piorar ele vai ficar como um louco...

— Ele matou o Ginger?

— Não tem peito pra isso. Tem peito pra sodomizar uma gringa e matar alguém da própria família. Um cara normal, *a regular guy*. Não quis usar você, Tony.

— Não me usou.

— Você é estranho e sabe jogar go.

— *Eu* é que sou estranho?

— Já está na hora de você sacar isso. Lido com a dor física — continuou, sem muita lógica. — Me acostumei com isso, é o meu trabalho. "O que não te mata te fortalece." Este foi o meu melhor trabalho. Me deram trinta dias, mas é melhor encurtar as despedidas. Vou mandar minhas coisas de barco — apontou o armário com objetos perdidos.

Ouvi a chuva. Nesse momento a água que caía do céu se chamava "Oklahoma", "Nebraska", "Indiana", o lugar estúpido para onde ela iria.

— *A penny for your thoughts* — disse de repente.

— Estou cansado de pensar.

— Venha — me abraçou.

Senti suas costas retesadas, trabalhadas à perfeição.

Como seria depender de um corpo forte? Sandra tinha vivido em outra esfera. Talvez por isso me pareceu ainda mais humilhante que um corpo esculpido pelo esforço se deixasse abrir pelo Támez. Seu domínio da dor não justificava essa baixeza. Sandra quis se foder, e conseguiu.

— Começou a pensar de novo — disse ela, em tom preocupado.

Levei as mãos às têmporas para esmagar qualquer ideia.

— Pegue — Sandra me passou uma bússola enferrujada. — É da minha coleção.

Tranquilizou-me que estivesse estragada. Não queria a inquietação de buscar um rumo. A agulha, vencida pela ferrugem, apontava para o leste.

Voltei ao escritório de Mario me sentindo tão mal que demorei a entender o que estavam discutindo:

— "Nebulosidade variável" — Roxana lia num papel.

O encarregado de receber notícias do clima fizera esse módico boletim. Tinha passado a noite na farra. Duas mulheres o visitaram em La Pirámide. Foram filmadas pelas câmeras.

— São de agência. Categoria C — disse Roxana. — Trabalham com pagamento antecipado. Tenho cópia do voucher. A agência me passou. Entreguei os dados para a agência de segurança.

— O que é categoria C? — perguntei, intrigado com a neutralidade com que Roxana falava de prostituição.

— Serviço completo. Imagino que não é a primeira vez que vêm a La Pirámide, mas nunca tinham visitado um funcionário em horário de trabalho.

Carlitos Pech informou:

— O Támez deu o dia de folga para a secretária. Por isso ela não passou o boletim do clima, que estava errado mesmo. Precisava levar uma oferenda à igreja de Tizimín. Foi de carro com o Filiberto, um dos guardas.

— Quem estava na grade de entrada? — perguntou Mario a Carlitos Pech.

— Um pamonha que normalmente trabalha como garçom. Filiberto deu cem pesos para ele lhe dar cobertura. Os assaltantes que vinham no Tsuru se identificaram com uma credencial da Blockbuster! Nem sequer lhes pediram uma identificação com fotografia. É a credencial de um inglês que já foi embora de Kukulcán. Falei com a Tours Mayab. O carro foi pago em dinheiro vivo. Não vamos poder associá-lo aos cartões que pagaram as putas.

Meu amigo coçou a têmpora; depois fez um gesto assustador, como se fosse vomitar. Conseguiu se conter.

— Como você lê isto? — perguntou-lhe Roxana.

Odiei a pergunta: as pessoas que "leem" a realidade não leem mais nada.

— Se alguém queria demonstrar que La Pirámide é uma bagunça, conseguiu — respondeu Mario.

Ele com certeza estava doente havia meses; estava perdendo os reflexos. Um ciclone tinha se aproximado. Isso não era novidade. Eles vinham o tempo todo. Mas Mario perdia cada vez mais o controle. Era normal que os outros falhassem. O estranho é que ele parecia não estar ali.

Roxana deu um sorriso avassalador. De bom humor, quase com prazer, propôs um baile com trajes brancos e pretos para distrair a atenção dos hóspedes. Era preciso inventar uma atividade a portas fechadas para esquecer o mau tempo.

Carlitos Pech prometeu reunir seu pessoal no Salão Izamal para reforçar a disciplina.

A junta se dissolveu com uma estranha tranquilidade.

Não consegui dormir e não me importei. Nesse momento, a insônia era uma obrigação. Tinha de velar meu quarto, minhas lembranças confusas, as ideias que ainda não me ocorriam. Pensei em Sandra. Estaria arrumando suas coisas na mala vermelha que eu tinha visto no fundo de seu quarto?

Às duas da madrugada, Mario me disse:

— Você precisa vir: caiu um avião — falou como se isso tivesse alguma coisa a ver com a gente.

Passei por vários corredores, menos desertos que em outras ocasiões. A restrição de sair fazia com que os hóspedes valorizassem de outra forma o edifício. Na poltrona onde havia encontrado o ator com a AK-47, três homens de cabeça rapada digitavam freneticamente em seus laptops, como se participassem de uma competição.

No fundo do corredor, um homem caminhava fazendo esses. Não estava bêbado. Os movimentos eram deliberados. Um surfista em reclusão?

Chegar ao escritório de Mario me causava um leve incômodo na perna. Era a medida exata de minha resistência. O limiar de minha dor.

Encontrei-o diante da tela do computador. Virou-se para mim, com os lábios brancos. Estava bebendo leite.

Abriu a boca com um "o" perfeito, sem dizer palavra, como quando criava uma tensão para iniciar "Cúmplices do silêncio", uma de nossas canções mais barulhentas. Alguns segundos depois, passou para o estranho motivo de seu telefonema:

— Um desastre com um avião da Air France. Estava indo de Paris para o Brasil, com duzentos e setenta e sete passageiros. Ninguém sabe o que aconteceu. Entrou numa turbulência enorme, uma massa de ar do tamanho da Espanha! Desapareceu ali. Tem ideia do que significa uma tempestade desse porte?

— Você conhecia alguém desse voo?

— Pelo amor de Deus, Tony, não seja tão pontual. Há um ano você não sabia nem quem era; criava ruídos de celofanes para anúncios de balas. Não vá querer ser razoável agora!

Procurei a garrafa térmica em algum lugar. Mario parecia ter bebido um coquetel de anfetaminas.

— O que você tomou?

— Minhas palavras não vêm dos meus comprimidos. Não seja simplista. O vício do drogado é pensar que tudo o que é estranho vem da droga. Está na hora de acordar, Tony: nos trópicos a normalidade é um *delirium tremens*. Pensa que minhas palavras vêm de um laboratório suíço? — abriu a boca e apontou-a com o indicador; sua língua tinha um tom pastoso, esbranquiçado.

— O que você quer falar sobre o avião? — perguntei com a maior calma de que fui capaz.

— Não é preciso conhecer alguém pessoalmente para se impressionar com uma tragédia. Conhece a palavra "empatia"? É mais fácil um doente se identificar com uma tragédia, mas também é mais fácil que a aprecie. Quando você está morrendo, as mortes alheias podem lhe servir de vitamina. Mas vou dizer uma coisa: fico aterrorizado com o que aconteceu com essas pessoas. Quero que se salvem. Estou na merda e quero que se salvem! — Seus olhos tinham um brilho insano.

— Volte com a María José — disse a ele. — Vá para um hospital.

— E o que mais? Você voltou ao normal aqui: agora quer que *eu* seja normal? — sorriu; depois, como se estivesse falando da mesma coisa, comentou: — O avião perdeu o contato com os radares da Europa e da África e ainda não estava em contato com os da América. Sabia que há uma zona em que se voa sem radares?

Levou a mão à testa. Seus olhos avermelhados tinham uma intensidade fanática:

— É incrível que haja um momento de radares cegos. O avião atravessava uma zona morta. A última coisa que se soube foi que adquiriu uma "velocidade vertical". Sabe o que isso significa? Queda livre! Uma porrada daquelas! O avião despencou num lugar chamado "Andes submarinos", uma cordilheira submersa. Não quer leite?

"Ele não quer falar de La Pirámide. Precisa de um outro drama", pensei.

— Prefiro uísque — respondi.

— Eu também. — Mario serviu uísque no copo de leite; passou-me a garrafa. Bebeu um trago largo, aparentemente gostou da beberagem.

— O que está havendo, Mario?

Ele ignorou minha pergunta. O trem desenfreado de suas ideias prosseguiu:

— Quando éramos crianças, voar era o máximo. Puseram gravata em mim para meu primeiro voo, uma dessas que já vinham com o nó feito e se ajustavam com um prendedor. Eu tinha catorze anos. Fui para Acapulco. Viajar agora é uma merda. Uma deportação. No futuro só os pobres vão viajar!

— Vão fechar La Pirámide?

Ele me ignorou novamente:

— Mover-se nas grandes cidades vai ser um trabalho para especialistas, para motoristas, mendigos e entregadores de pizzas. Vai acontecer a mesma coisa com as viagens. Os ricos vão comprar sensações pela internet. Só os fodidos irão para os lugares desagradavelmente reais. Os aviões do futuro vão ter ratos!

Eu não disse nada. Bebi meu uísque.

— Era um avião da Air France, Tony! Sou uma droga de um maníaco por ordem — apontou para a escrivaninha: os papéis revirados demonstravam que, em outro lugar, as camas eram impecáveis. — Alguém como eu vistoriou esse avião!

— Alguém como você vistoria La Pirámide. Um carro com assaltantes entrou aqui na maior. Você mandou o Ceballos embora para que ele não falasse com o consulado?

— Eu o demiti para que não falasse. Ponto. Uma homenagem a nossa língua. O Ceballos é um oligofrênico com otite.

Tem fungos nos ouvidos e algas no cérebro. Não pode continuar no Caribe — fez uma pausa. — Duzentas e setenta e sete pessoas estão no fundo do mar e você me pergunta do Ceballos! Você é um insensível, Tony, sempre foi. Talvez a única coisa sensível que fez tenha sido se drogar.

— Você está torto, Mario.

Uma mecha de cabelos lhe caía sobre a testa. Inclinou a cabeça. Parecia sentir uma pressão no peito.

Fitei-o nos olhos. Esperei que me olhasse. Finalmente falei:

— Tem duzentas e setenta e sete pessoas no fundo do mar. Isso é foda, mas você está morrendo na minha frente. O que você tem?

— O velho hóspede — disse com voz teatral —; na certa você já sabe, nesta merda de hotel não há segredos, o boato é nosso melhor serviço de quarto. A ocupação de La Pirámide é perfeita. Esse hóspede não cabia num quarto. Chegou sem fazer reserva: câncer, Tony. No esôfago. Inoperável, do tamanho de uma pimenta cambuci.

— Você consultou algum médico?

— Não trouxe você aqui para cuidar de mim.

— Por que me trouxe?

— Você não faz a menor ideia.

— Faz semanas que estou tentando falar com você. Existe a radioterapia, a quimioterapia, os tratamentos alternativos...

— Porra, há um ano você era o viciado de quem eu mais gostava nesta vida! Agora é minha mamãe!

— Eu gostava muito da sua mãe.

— E eu quis transar com a sua. Ela era belíssima. Isso não pode ofendê-lo, Tony, não agora. Em primeiro lugar porque era óbvio e você sabia, e em segundo porque estou morrendo.

— E isso lhe dá o direito de dizer qualquer maluquice? Quanto tempo ainda tem?

— A medicina é menos exata que a astrologia. Ninguém sabe. Mas não vou esperar esse momento. Vou morrer aqui — sua mão girou num gesto confuso... aqui pertinho... seria pretensioso demais morrer *dentro* de La Pirámide, como um rei maia fodido — levou a mão à boca, tentando ocultar um espasmo.

Durante alguns segundos se esforçou para se conter.

— Você está bem? — perguntei.

— Afora o fato de estar morrendo, eu me sinto maravilhoso — sorriu.

Bebeu a absurda mistura de leite e uísque.

— Acho que isso não lhe convém.

— Claro que não: *nada* me convém — bebeu de forma afrontosa, como se o trago fosse nocivo para mim.

Limpou os restos de bebida com o dorso da mão. Continuou:

— Acha que eu só trouxe você aqui para arrastar a perna pela areia e para transar com a Sandra? Estão me cercando, Tony... Um voo sem radares. Estou assim. Com o monitor cego — desligou o computador com um soco. Virou-se para mim: — Vamos ter companhia. Um cretino do Atrium vem aqui ver o que está acontecendo. Os relatórios do Támez não lhe bastam.

— O Ginger denunciou o tráfico de drogas. O Ceballos também sabia disso — tentei olhá-lo nos olhos, mas ele revirava papéis, cupons, faturas, o caos de sua escrivaninha.

— Qualquer motorista de táxi de Kukulcán pode lhe dizer que estamos flutuando em droga. Você anda de táxi?

— Não foi um motorista de táxi que matou o Ginger. Você o matou?

Levantei-me. Mario tentou fazer o mesmo, mas seu corpo não aguentou o desafio. Caiu na cadeira, sem fôlego. Falou olhando para o chão:

— Eu adoraria dizer que sim para que você se arrependesse de ter me salvado na casa abandonada. Mas tenho más notícias:

seu melhor amigo... seu único amigo... não é um assassino. Está decepcionado comigo?
— Você jogou o nó da rede no jardim. Depois o Roger Bacon apareceu com outro nó.
— Sou suspeito, inspetor? Devo chamar meu advogado? — ironizou. — O lance do nó foi um detalhe artístico.
Seu bom humor me irritou:
— Para que não soubessem que você matou o Ginger?
— Me ligaram da Capitania dos Portos: estavam com o Bacon. Tinha sido afogado. Depois o Ginger apareceu morto no aquário. Lembrei da estupidez que ele costumava fazer numa rede, o "Tamal Cósmico". Cortei os dois nós. A ideia do pacto me ocorreu em poucos segundos. Não acha que tem um certo estilo?
— Não.
— Você me chateia, Tony. O Bacon tinha letras árabes no braço. Não podiam mandar um esquadrão como se estivessem procurando o Bin Laden em Islamabad.
— Era o nome de um jogador de futebol.
— Eu não tinha tempo de verificar isso. Não podia ajudar o Bacon nem o Ginger. Estavam mortos. A história do pacto gay salvou todos nós — tossiu, com os olhos cheios de lágrimas. — Isso funcionou. O Ceballos também foi embora. Era preciso eliminar todos os delatores de uma coisa que não pode ser resolvida. Não me admira? — perguntou com um estranho entusiasmo.
— O pessoal do Atrium sabe do narcotráfico?
— Claro. Aqueles safados não dormem no ponto. Falam todo dia com o DEA, com a Interpol, com a Scotland Yard, com a PGR, com a Disney Latina, que um dia ainda vai fazer um filme sobre tudo isso. Somos rigorosamente vigiados. Sabem de que tamanho é o seu pau. O cara do Atrium não vem para decifrar enigmas.
— Vem para quê?
— Para ver você.

— Eu?

— Vai lhe oferecer trabalho.

— Do que está falando?

— O Gringo adora você. Eu também adoro. Isso não importa. O que importa é que o Gringo e eu nos odiamos. Adoramos você e nos odiamos. Isso vale muito. Você se tornou útil por acaso.

— Quem matou o Ginger?

— Acha que eu sei?

— Você diz que todos sabem tudo.

— Tudo, menos o que interessa.

Fechou os olhos. Era melhor vê-lo assim. Seus olhos tinham um brilho fanático. "O Admirável Conduz à Verdade", lembrei. De repente, vi de outra forma a história de Khalifa Rashad. O guru dos esportistas tinha vivido para espiritualizar recordes: as estatísticas podiam ter uma razão sagrada. Em seu melhor dia, seu máximo discípulo fez a "Miracle Catch". Curiosamente, depois de incentivar os esportistas com o Corão, Rashad fez o movimento oposto: procurou recordes no Corão. Ficou obcecado pelo número dezenove, caiu na religião de uma só pessoa.

Talvez seu fanatismo viesse de um milagre mal-entendido. A bola caiu nas mãos do discípulo e Rashad sentiu um estranho poder diante desse privilégio.

Mario e eu estávamos unidos por um passe fracassado. A bola não quicou nas mãos de um rival para cair nas minhas, e sim no teto do carro que me atropelou. Mario sentiu-se culpado por esse passe desmedido. Nós nos irmanamos por acidente: ele protegeria seu amigo machucado, eu lhe daria confiança.

Como Rashad, meu amigo acreditava que o caos era uma zona de controle e procurava dominá-la com uma fé que só se ajustava à sua mente. Mas, ao contrário dele, seu segundo ato foi melhor do que o primeiro. Khalifa Rashad fracassou porque pensou que tinha feito um milagre. Mario Müller porque esperava o seu, a salvação de La Pirámide.

Enquanto eu pensava nisso, observava seu rosto murcho; a vida se consumia sem trégua no corpo de meu amigo. Senti, com uma tristeza quase física, que não conseguiria conhecê-lo direito.

Ficar em silêncio se tornou insuportável. Eu precisava que ele dissesse alguma coisa:

— O Támez matou o Ginger? — perguntei. — Foi ele?

— Minha cabeça está doendo, Tony, meu ouvido também: não diga esse nome.

Fechou os olhos novamente, com cuidado, como se suas pálpebras também doessem:

— Sabe o que a gente sente ao acordar em Punta Fermín num quarto com chão de terra onde dormem seis pessoas e três porcos? Sabe o que é sua filha ter febre e você não poder pagar uma merda de uma aspirina? — Abriu os olhos: — Aqui tem trabalho. Estamos impedindo que as pessoas se devorem. É a verdadeira ecologia da região. Os hotéis de plástico e a destruição do litoral salvaram milhares de pessoas. Tudo tem uma origem fodida. O Museu do Louvre vem do saque! Não me venha com utopias verdes. As geleias orgânicas não salvam os pobres! Precisamos de comida! Vendemos medo em troca de comida!

A indignação o fortalecera. Consegui dizer:

— Você está delirando, Mario.

— A Europa e os Estados Unidos encheram o mundo de merda para se desenvolverem, mas não querem que a gente faça o mesmo. Querem preservar plantas e espécies em lugares afastados. Nosso atraso é a ecologia deles.

— E que solução você propõe: uma Disneylândia com sequestros?

— "Uma Disneylândia com sequestros." Às vezes você me surpreende, Tony. Isso teria dado um *sonzaço* para Los Extraditables. Meu Deus: estou dizendo *"sonzaço"* de novo! Estou ficando coloquial na sua presença.

— Talvez porque a gente esteja conversando.

— Você me faz delirar. Imagino que é pra isso que servem os amigos de infância, um soro que nos conecta com coisas que não queremos lembrar, mas que vêm à tona. *Isso é ecologia!* A espécie precisa revelar segredos. Vossa Senhoria quer que eu me confesse?

Abriu uma gaveta da escrivaninha. Pôs a mão lá dentro. Tirou-a, formando um punho. Levou vários comprimidos à boca. Não consegui ver quantos. Parecia tê-los tomado ao acaso.

Durante décadas ele me vigiou. Eu não podia salvá-lo. O vício dele não era um vício corrigível. Mario Müller decaía, sem alternativa. "Velocidade vertical", pensei.

— O que você engoliu? — aproximei-me dele.

— Analgésicos, soníferos e uma bala de menta. Minhas fichas acabaram, como nos antigos telefones públicos: "Para continuar insira outra ficha sem desligar". Uma voz maravilhosa dizia isso. Fui apaixonado por ela. Não tenho mais fichas. Me escute antes que eu pare de falar.

— É o que estou tentando fazer.

— Por isso gosto tanto de você… gosto muito — repetiu, e começou a soluçar.

Ele continuava sentado, eu estava de pé. Fui até ele. Abracei-o, numa posição desconfortável. Aproximei-me de sua cabeça. Não tinha perfume de loção de coco. Meu melhor amigo tinha cheiro de vômito.

Soluçou um pouco e me pediu que o deixasse.

— Vai dormir aqui?

— Tanto faz. Às sete da manhã tenho que partir. Espero você a essa hora.

— Para quê?

— Vamos encontrar o enviado do Atrium, o hóspede que ninguém quer, outro câncer no esôfago. Não conseguiu voo para Kukulcán, por causa do mau tempo. Parou em Campeche e alugou um teco-teco. Vai aterrissar na base militar. O Támez deve estar feliz.

— Por quê?

— Vão pensar que ele é um fodido, como um mártir do cristianismo. Vão pensar que é um herói.

Lembrei da passividade com que recebia os chutes no jardim, o ar de superioridade com que se negava a oferecer resistência.

— Estou morto — Mario sorriu; a expressão era irônica, e ao mesmo tempo amarga. — Nos vemos amanhã: não falhe comigo.

— Não — respondi, e apaguei a luz.

Às sete da manhã meu amigo tinha a dolorida integridade de alguém que consegue sair de pé de uma cirurgia. Pesava cada passo, mas sabia aonde estava indo.

Pediu que eu dirigisse a caminhonete. Passou-me as chaves com um olhar "significativo", como se entregasse a própria espada. Aceitava sua fraqueza, um sinal curioso para alguém obcecado pelo controle.

O aeroporto de Kukulcán continuava fechado. No entanto, à distância, o céu se abria numa franja cor de lápis-lazúli. O teco-teco poderia aterrissar na base militar.

O temporal tinha aberto buracos e derrubado sinais de trânsito. A paisagem já antecipava o abandono total da região. Em alguns anos, não haveria uma placa de pé. As iguanas viveriam nos quartos, alimentando-se de lençóis. Londres e Nova York fariam a contabilidade de hóspedes imaginários.

— Ontem à noite eu parecia um louco — disse Mario. — Desculpe. Sabe do que me lembrei hoje cedo? Do dia em que você quase morreu em Ecatepec. Lembra?

Às vezes eu preferia seus delírios a coisas que tinham acontecido sem deixar rastro em minha mente. Disse que não me lembrava.

— Você teve um de seus clássicos desmaios transitórios. Nós o levamos para um quartinho. Lá foi cuidado por uma menina, lindíssima, loira, filha de um baixista para quem eu tinha ligado, por garantia. Quando você recobrou a consciência, pensou que estivesse morto. Achou que a menina era um anjo. Lembra?

— Não.

— Você morreu e não se lembra? Tomara que aconteça a mesma coisa comigo. Aquela menina cuidou de você. Chorava como se o conhecesse desde sempre, mas não deixava de acariciá-lo nem de molhar seus lábios com um pano úmido. Ela o salvou. Quem dera você pudesse cuidar de mim dessa maneira, mas você não é uma menina loira! A mim coube um anjo manco! — Abriu sua mochila de couro e pegou a garrafa térmica cromada. Pelo tom das palavras, desconfiei que já tinha tomado alguns tragos.

Pegamos uma estrada que atravessava os manguezais. Passamos por um lameiro amarelo com seu cheiro rançoso. Ao longe, o ar vibrava com o calor e as nuvens de mosquitos.

Meia hora depois começou a chover. A promissora franja lápis-lazúli desapareceu do horizonte. Os vidros se embaçaram. O ar-condicionado não funcionava direito. Abri a janela e algumas gotas, surpreendentemente frias, entraram pelo colarinho de minha camisa.

À medida que avançávamos o asfalto ia piorando. A paisagem plana da península contrastava com os buracos e as ribanceiras do caminho.

— *Heavy Weather* — Mario citou um disco no qual Jaco Pastorius tocava.

Dentro da caminhonete o ar estava carregado de vapor. Um ar azul-acinzentado. Atrás do para-brisa úmido, a vegetação era parecida com a do aquário. Campos de algas.

Não me importei que a chuva entrasse do meu lado. Aclimatar-se à região significava isso: molhar sem se importar.

A água caía sobre a península, com uma lentidão opressiva.

De repente, no meio do caminho, avistamos pontos coloridos. O para-brisa vibrou como uma aquarela. Diminuí a marcha, freando com o motor.

Avançamos um pouco até que parei completamente, a alguns metros daquelas figuras.

Seis pessoas bloqueavam a estrada. Duas mulheres e quatro meninas. Tentavam se proteger da chuva com plásticos inúteis, grudados ao corpo. Um era amarelo, outro azul, os outros pretos (pareciam sacos de lixo). Puseram as mãos sobre as sobrancelhas, como uma viseira. Apaguei o farol de neblina; deixei as lanternas acesas.

— São do albergue — disse Mario, e tocou a buzina.

As silhuetas não deram a mínima.

— Que albergue?

— Para mulheres maltratadas. Fica por ali — indicou um ponto vago no matagal.

— O que elas querem?

— Um donativo, acho.

Desci da caminhonete. Caminhei sob a chuva até uma mulher gorda, envolta num plástico azul, que intuí ser a líder do grupo.

De longe, seu olhar me pareceu carregado de ódio. De perto era pior.

As meninas arrastavam carrinhos com brinquedos.

A mulher gorda tinha uma idade indefinida, entre vinte e oito e cinquenta anos.

Atrás de mim, Mario apagou as luzes vermelhas da caminhonete.

— Melhor assim — disse a mulher; suas gengivas, volumosas, rosadas, cobriam uma parte de seus dentes.

Ao lado dela, enfronhada num impermeável amarelo, tremia outra mulher. Fechava o capuz com a mão. Uma mecha loira e molhada caía-lhe sobre a testa.

"Estão loucas", pensei.

— Posso ajudar? — perguntei.

— Explique pra ele — a mulher deu uma cotovelada na loira.

Ela abriu o capuz. Vi um rosto bonito, com uma crosta do lado da boca.

— Precisa nos pagar, senhor — disse ela, com voz fraca.

— Por quê?

— É a cota, senhor.

Nunca tinha ouvido uma exigência com uma voz tão trêmula. "Um donativo", Mario tinha dito isso.

A outra mulher perdeu a paciência:

— Entendeu, papai? Você nos dá cinquenta dólares e vai à merda. Vamos, vamos pagando logo, meu rei. Não tenho a droga do seu tempo. Acha que gostamos de nos molhar? Já faz um tempinho que estamos esperando você.

— Sabiam que estávamos vindo?

— Você ou qualquer outro idiota. Veio com o Mario Müller, não é? — pronunciou "mulier". — Diga pra ele molhar logo a minha mão ou vou mijar na piscina dele.

Peguei uma nota de quinhentos. Entreguei-a para a mulher de amarelo.

— O câmbio está a seiscentos, não queira dar uma de espertinho, papai — disse a mulher de azul.

— É tudo que eu tenho — enfiei as mãos nos bolsos.

Apanhei algumas moedas. Tinham se molhado dentro da roupa. Entreguei-as para a mulher gorda.

— Muquirana miserável!

— O que aconteceu — disse a outra — com sua perna?

— Uma mulher quebrou minha perna, numa estrada, porque eu não tinha dinheiro para a cota.

Ela sorriu, apenas o suficiente para que a crosta incomodasse.

— Doeu? — passou a me tratar informalmente.

— Um pouco.

— Doeu o suficiente? — seus olhos adquiriram um brilho insano.

Depois sorriu, como se saboreasse a palavra "suficiente". Uma alegria desgarrada, uma esperança suja animava seu rosto.

Eu estava gelando. A água me entrava pelos sapatos.

— Dói quando chove — respondi.

— Bem-vindo ao meu mundo — disse ela, e me olhou de um jeito diferente. — Você se lembra?

— Da dor? Me lembro quando chove.

— Não se lembra? — insistiu.

Seu olhar me incomodou mais do que a chuva. De que eu devia me lembrar?

— E sua mão? — perguntou a gorda.

— O que tem a minha mão?

— Falta um pedaço do dedo.

— Um rojão que explodiu.

— Por isso você sabe cooperar: ferrado, ferrado e meio! — fez uma cara de satisfação, como se o ar úmido tivesse um gosto muito doce. — Foi bom fazer negócio com você.

Retomaram seu caminho, em direção ao outro lado da estrada. Quando acabaram de atravessar, eu continuava ali.

Mario tocou a buzina. Voltei. Entrei no ar morno da caminhonete.

— Quanto você deu? — perguntou Mario.

— Cinquenta pesos — menti.

Eu me sentia vencido, logrado.

— Devia ter dado mais. Elas precisam.

— Desculpe, não sabia.

— Não se preocupe, eu sempre lhes mando dinheiro. Candy, a gorda, parece terrível, mas é um amor. Não sabe o que essas mulheres sofreram.

— Por que não me avisou que íamos vê-las?

— Não tinha certeza. Às vezes param os carros, às vezes não.

— Elas sabiam que vamos para a base?

Mario bebeu um trago de sua garrafa térmica, levou um tempo para enroscar a tampa. Mudou de assunto:

— James Mallett, assim se chama o safado que está vindo do Atrium.

— Alguém já disse que você está doido?

— Tomara que eu tenha tempo de enlouquecer antes de morrer!

Chegamos a uma bifurcação. Uma seta indicava a estrada para a base militar, outra se perdia terra adentro. "Hangar de refugiados", indicava a segunda direção.

— É para as vítimas dos ciclones — explicou Mario. — Um dia Kukulcán inteira vai morar aqui. Vão se acostumar, Tony. A capacidade de adaptação é mais forte que a chuva.

Pouco antes de chegar à base encontramos um posto militar. Vi o letreiro do Exército: PRECAUÇÃO, REAÇÃO, DESCONFIANÇA.

As duas primeiras palavras eram as de qualquer exército. A terceira me fez sentir-me em meu país.

Abri a janela.

Um soldado se aproximou. Usava um capuz que obscurecia seu rosto. Mesmo assim pude ver seus olhos amarelados.

— Onde tá ino? — perguntou, como se não tivesse língua.

Naquele lugar só se podia ir a um lugar, mas tive de dizer que estava indo para a base. O soldado solicitou meu nome.

— Antonio Góngora, ao seu dispor — respondi, com amabilidade arcaica.

O soldado apanhou um caderno arruinado pela umidade. Anotou as placas do veículo e meu nome. Pediu que soletrasse a palavra "aoseudispor". Eu disse que não era um sobrenome, mas uma fórmula de cortesia. Ele me olhou com a desconfiança típica do ofício. Resignei-me a soletrar "ao seu dispor".

O soldado tiritava. Devia estar com febre. Em outro lugar teria sido um doente de malária. Nos tempos do esplendor maia teria sido um sacrificado. Em meu país era um militar.

Só numa terra vencida pela magia um caderno úmido, escrito por um ágrafo, tinha qualificação como instrumento de segurança.

Para me reconciliar com o despropósito de viver ali, pensei em outros sinais do absurdo ouvidos nos últimos dias: "Somos o dejeto das bactérias". "Ele se tornou Deus, o prefeito do paraíso", "Vendemos medo em troca de comida". O inspetor Ríos, o Gringo Peterson, Mario Müller. Cada um tinha sua forma de definir uma coisa que não entendia.

"Você se lembra?", a mulher loira me perguntara de um jeito intenso. Impressionou-me aquela forma de estar louca; me fazia sentir que tínhamos algo em comum.

Mario tossiu ao meu lado. Quando ele morresse, meu passado iria acabar.

A base militar era um galpão com uma pista que se estendia em direção a um terrapleno. Ao fundo estava o mar. Tinha parado de chover.

Na grade da entrada fomos recebidos por um soldado que parecia pertencer não a outro regimento, mas a uma civilização diferente da anterior. Fez perguntas diretas e eficazes. Depois subiu na caminhonete para nos mostrar o caminho.

Estacionamos diante de um retângulo feito com tábuas e tabiques toscos. Parecia um barracão para operários de um edifício em construção.

Entramos num escritório com cheiro de café. Dois soldados observavam um computador e um pequeno radar.

Passamos para o outro cômodo. Atrás da janela, manchada de maresia, a pista era uma tira preta e o mar um vulto cor de chumbo.

Passaram-me uma xícara com o escudo dos Rayados de Punta Fermín. Mario recebeu outra com o emblema do PRI, que perdera as eleições na região, mas não a cota de xícaras. Curiosamente, o café era gostoso.

Ficamos um momento em silêncio. A janela não parecia ter sido limpa nunca. Diante dessa superfície que desfocava o mundo, Mario disse a coisa mais esquisita que eu já ouvira dele:

— Quero lhe dizer uma coisa — tossiu, criando expectativa, como um cantor que se prepara para a peça seguinte —: tenho uma filha, Tony, ela está no albergue.

Pensei nas mulheres sob a chuva. Ia dizer alguma coisa, mas Mario abriu a mão:

— Tem seis anos. Fiquei sabendo há alguns meses. É filha da Camila — esclareceu, como se eu soubesse de quem ele estava falando. — Não quero falar nisso.

— Você está falando nisso.

Ele sorriu, resignado:

— Por isso você está aqui, Tony. Bem-vindo a Kukulcán.

— Estou aqui porque você tem uma filha?

— Está aqui porque vou morrer e tenho uma filha.

— Como se chama?

— Não queria dizer o nome dela. Me faz chorar.

— Já está chorando. Está chorando desde ontem.

Ele limpou as lágrimas, desesperadamente atrapalhado, como se fossem formigas.

— Quem é Camila?

— Era. Há um ano a mataram. Dançava no Malibú, era uma das cubanas que o sócio do Peterson levava. A María José já tinha se cansado de mim. Não é estranho que alguém se canse por você *não* estar em casa? A María José cansou de minhas ausências. Não entendeu que minha presença teria sido pior. Isso não importa, Tony. Eu me apaixonei perdidamente pela Camila.

— Vê sua filha?

— Já vi, mas ela não sabe quem eu sou. Não faz mal. Não quero prejudicá-la com um pai que aparece e depois morre. Você sabe o que significa o desaparecimento de um pai. Ela precisa de alguém que dure, alguém que saiba tudo sobre mim, alguém que seja Mario Müller — encarou-me.

— Do que está falando?

— Do meu melhor amigo, do que me salvou na casa abandonada, do que tinha a mãe mais gostosa e mais histérica de todas, do que tocou comigo e se fodeu e agora está aqui e tem todas as minhas lembranças.

— Não tenho nem as minhas, Mario!

— Não se subestime. Neste ano você se transformou num acumulador de memória. Para minha filha você pode ser o Antonio Góngora e o Mario Müller. Eu disse que queria enlouquecer antes de morrer. Esta é a minha loucura: você vai adotar minha filha; é o mais próximo que ela pode estar de mim. Não precisa mascar folhas de arbustos; só lembrar que eu gostava de mastigá-las. Isso basta. Você não tem família, eu economizei um pouco, viverão bem. Ela não pode continuar no albergue por tempo indefinido.

— E os papéis?

— É uma coisa simplíssima. A mãe dela está morta. Foi morta. Num tiroteio do narcotráfico. Um *capo* nunca deixa livre uma mulher que ele marcou. Camila estava marcada. Era uma das mulheres do Bicolor.

— Quem é esse safado?

— Um herói local e um vilão internacional. Um personagem típico. Eu não teria ousado me envolver com ela se soubesse com quem andava. Às vezes a Camila mencionava sofrimentos, desastres, ameaças, coisas que tinham arrasado com ela, mas sem entrar em detalhes. Isso fazia com que eu me sentisse bem, o grande redentor da pradaria! Eu representava uma melhoria, eu a tinha salvado, mas não sabia do que nem de quem. O Bicolor só voltou a se interessar por ela quando soube que tinha outro amante. Camila era propriedade dele, seu pedaço de carne, estava marcada. Ele a sequestrou e a levou para um de seus haréns de putas. Seis anos depois ela apareceu pendurada numa ponte. Antes de morrer, a Camila me ligou e disse que a menina era minha.

— É sua?

— Isso importa?

— Você fez o teste de DNA?

— É o único teste que não fiz. O Bicolor queria matá-la. Se não é minha filha não é filha de ninguém. Ela se salvou indo para o albergue.

Fiquei perplexo. A vida era um vidro sujo, um vidro saturado de salitre. A surpresa de Mario ter uma filha era muito menor que a ideia louca dele, de que eu a adotasse. Pensei na loira do plástico amarelo e na gorda do plástico azul. A filha de Mario morava com elas. Eu não podia me encarregar disso. Meu amigo estava morrendo, mas não podia me impor esse capricho.

— Não entendo — limitei-me a dizer.

— Não entende o quê?

— Por que o Bicolor sequestrou a Camila e não fez nada com você?

— Porque o Peterson negociou com ele: pagou direito de solo. Durante anos, o Gringo pagou um imposto para me manter vivo. Depois a sorte nos ajudou. Deram uma "gravata colombiana" no Bicolor: cortaram seu pescoço e exibiram sua língua por aí. Isso nos livrou dele, mas fiquei em dívida com o Peterson. Não podia trabalhar com mais ninguém. Estávamos condenados um ao outro. Nos demos bem e a relação se fodeu. As pessoas não são estranhas?

— O Peterson sabe que você tem uma filha?
— Não.
— Conheceu a Camila?
— Claro, e apostou por mim, como se fosse um puro-sangue.
— Não quero ter filhos. Nunca quis.
— Isso lhe faz falta. Para mim também faz, mas só percebo isso agora que estou partindo. Não quero que aconteça a mesma coisa com você.
— Poderia ser filha do Bicolor.
— Você não está em condições de inventar desculpas, não para isto. É um viciado que via lagartixas coloridas. Se salvou aqui. Agora pode salvar uma menina. Sua vida, caro Tony, tem um propósito.
— Não é o meu propósito.

Senti um vazio que me limava por dentro, o mesmo vazio que senti quando tive consciência de que minha mãe estava morrendo: não era outra escala em sua descida, mas um desenlace inapelável.

Mario me levava ao absurdo, ao último desatino de alguém que musicaliza peixes.

Não pudemos continuar conversando. Mario apontou para a janela borrada: ao longe os faróis de um avião ganhavam nitidez.

Duas fileiras de luzes se acenderam na pista de aterrissagem.

Fomos para o ar livre. O céu produzia um desses momentos sem hora definida típicos do Caribe: uma luminosidade que não correspondia ao horário habitual, fraca demais para significar um amanhecer ou um crepúsculo, uma luz anêmica, intermediária, que aguardava um golpe de vento para se definir.

Mario seguia à minha frente. O que ele dissera tinha me afetado como outro nervo rompido em minha perna. Sempre fora um grande manipulador. Em geral, isso era conveniente. Decidia até os detalhes mais insignificantes: no primeiro tour de Los Extraditables levou caveiras de açúcar porque íamos passar o Dia dos Mortos juntos. Alguém que calcula algo tão imprescindível na verdade sabe o que faz. Nós zombávamos de sua ideia de ser *Der Meister* na mesma medida em que agradecíamos que levasse repelente de insetos para um show em Veracruz.

Minha estada no Caribe adquiria outro sentido. Ele me procurou no México porque estava mortalmente doente e sabia que tinha uma filha? Depois de tantos anos, o mais curioso era ele precisar de mim. Tinha parentes de sobra; podia procurar um de seus irmãos, mas me escolheu. Fez isso para preencher minhas lacunas com imagens de sua colheita, lembranças induzidas que eu poderia transmitir à menina?

Enquanto caminhava até o pequeno avião que manobrava ao pé da pista, pensei que Mario não me procurava por minhas virtudes, mas por minhas carências: eu não tinha outra coisa a fazer além de cuidar de sua filha. O melhor candidato para um vínculo era um solitário; não ter pai era meu melhor argumento para me transformar em pai.

Mario parou na faixa de asfalto.

Uma silhueta tinha descido do teco-teco.

— "Visita indesejada" — assim o descreveu Mario; depois acrescentou: — Cuide dela, Tony. O show acaba, não acredito que haja *encore* — deu-me tapinhas nas costas.

* * *

Um homem de *kaftan* se aproximou de nós. Carregava uma mala de couro, menor da que eu teria esperado para uma viagem transoceânica.

— James Mallett — disse.

Deu-me um aperto enérgico com a mão ressecada. Estava com uma barba de três dias, que não parecia se dever às fadigas da viagem, mas a um calculado desalinho. No punho esquerdo levava um relógio do Mickey Mouse e no direito, tiras de couro, pulseiras de tecidos multicoloridos, pelos de camelo ou de elefante.

Falava espanhol com sotaque colombiano. Explicou que seu pai tinha sido diplomata em Bogotá:

— Trabalhava para o Foreign Office, como os espiões gostam de dizer — sorriu. — Quer uma bala?

Ofereceu balas de eucalipto que Mario e eu recusamos. Tinha o aspecto de um expedicionário alternativo, um magnata de outra índole, alguém que doa fortunas para a África e dorme por prazer numa cabana cheia de fumaça.

Na caminhonete, tirou o *kaftan*. Sua camisa cor de sapoti sugeria viagens à Índia. Seu decote em V deixava ver o início de uma tatuagem.

Arranquei enquanto Mario o punha a par das novidades: o ciclone, o assalto a Leopoldo Támez, o desaparecimento de dois funcionários da lavanderia sobre o qual eu não sabia de nada. Antecipava as más notícias como se quisesse torná-las normais. Eu poderia ter acrescentado outra: "Uma argentina ébria e bonita ficou amarrada e disse que gostou". Talvez o verdadeiro desastre não fosse quebrar vidros, mas que alguém quisesse se cortar com eles. Para mim, os hóspedes de La Pirámide não passaram de figuras evitáveis. Agora, quanto mais eu pensava neles, mais os temia.

Mallett perguntou:

— Como está de saúde?

— Melhor — mentiu Mario.

— Estamos cotados na bolsa, você sabe. A doença de um diretor influi nas ações. A "guerrilha" não se rendeu?

Em viagens anteriores, Mallett participara de excursões à selva. Falou com entusiasmo do teatro de guerra montado por Mario. Depois passou a falar de uma coisa que tinha presenciado em Londres.

— Acabo de ver o vídeo de uma velhinha que encontrou um gato na rua. A anciã ideal: *Your perfect granny*. Os vizinhos a adoravam. Vivia com um sorriso nos lábios e fazia os melhores biscoitos. Sabem o que ela fez com o gato? Ofereceu-lhe um pires de leite, agarrou-o e o jogou no depósito de lixo. O gato ficou catorze horas lá. Isso foi registrado por uma câmera de segurança. As câmeras são obstinadas, sempre vigiam. Maltratar um gato em Londres é como urinar na pira do soldado desconhecido. A avozinha não tinha desculpa. A única coisa que disse foi: "Eu precisava fazer isso". Deveria vir a La Pirámide! Se você participa de um safári de medo não maltrata gatos em Londres.

O entusiasmo de Mallett contrastava com a crise que viera resolver.

De uma forma espantosa, tinha encontrado na internet um velho artigo: "La Rockonda de los hombres ilustres", onde me descreviam como "promessa descumprida do heavy metal", um sucesso em termos do rock nacional. Conhecia minha paixão por Jaco Pastorius e ouvira ao vivo Weather Report e Return to Forever.

Invejei seu acesso a uma música que nos anos 70 era mítica para nós. Curiosamente, ele disse:

— Invejo a importância que vocês dão às coisas. *I'm not patronizing*: digo isso de peito aberto.

Seu espanhol era prejudicado pela sinceridade. Tentou se explicar melhor: estivera em festas com David Bowie, Bono, Robert Smith e outros luminares. Essa familiaridade acabava com a mística.

— Os gênios nunca são seus vizinhos — opinou *Der Meister*.

— *Brilliant* — disse Mallett; apontou para o horizonte azul e para as chamas dos queimadores de petróleo. Talvez se referisse a isso, e não ao aforismo de meu amigo.

A chegada do visitante inglês me causou um efeito surpreendente. Já fazia anos que o passado era "a época em que minhas mãos tremiam". Fracassamos sem que isso fosse uma tragédia de interesse, nos dissolvemos conforme o costume nacional de concluir sem dramas o que aconteceu pela metade. Não me alegrei com isso, mas me fazia bem lembrar que um dia meu olho tremeu ou que as paredes de meu estômago colaram, para comprovar que estar sóbrio valia a pena.

Intrigou-me o contraste que James Mallett impunha na caminhonete. Em Londres tudo acontecia e nada importava; no México nada acontecia e tudo importava. Mallett tivera ao seu alcance joias musicais sem saber que eram joias. Imagino que tratar a posteridade com familiaridade seja uma forma de menosprezá-la. "Os gênios nunca são seus vizinhos", dissera Mario.

Ao volante da caminhonete, senti um orgulho extemporâneo: eu fiz parte de Los Extraditables. Houve uma vez um país quebrado que alguns ingênuos tentaram acender com música. Tivemos um sonho breve, mas compartilhado, uma tribo disposta ao prazer e ao sofrimento, uma garota que cifrou o paraíso e desapareceu como desaparecem as dádivas não merecidas, um produtor maluco que nos considerou dignos de crédito, infinitas gravações sem pagamento onde pensamos estar acendendo o fogo de uma ideia, um tempo e um lugar que pudemos chamar de nosso.

De repente me senti como o motorista de um Magic Bus rumando para a Índia ou Katmandu. Mario e eu tínhamos nos olhado no enorme espelho da casa abandonada, e onde qualquer outro teria visto rostos sem história, ousamos desejar o descomedimento. Fomos jovens num palco vazio. Isso nos pareceu perfeito para mudar o mundo. Não conseguimos, mas houve um dia em que sonhamos com isso: James Mallett não sabia em que medida Mario Müller o superava.

Pensei nisso enquanto o céu passava do azul-aquário a um lilás majestoso. Mallett examinou detidamente seu iPhone, depois nos resumiu sua trajetória: *public school*, estudos de latim em Oxford, mestrado em administração em Chicago, trabalhos para o Atrium em seis países diferentes.

— Agora sou o *trouble-shooter* da família — fez um gesto de pistoleiro. — "Los Extraditables", que grande nome! — acrescentou, a troco de nada.

Ao chegar a La Pirámide, Mario acompanhou o inglês durante o *check-in* e colocou-lhe o bracelete púrpura. Sabia que Mallett jantaria com o Gringo Peterson. Recomendou-lhe um novo prato: camarão com molho de tamarindo e pimenta *guajillo*.

— Estarei localizável — despediu-se em tom neutro.

— Esses camarões me apetecem — sorriu Mallett.

— Você vai jantar no meu quarto — me disse Mario. — Precisamos ajeitar as coisas.

Não parecia se referir a La Pirámide.

Às nove da noite, Mario boiava na piscina de sua suíte de dois andares. As luzes da sala estavam apagadas. O único clarão vinha dos refletores sob a água. Os mosaicos violáceos criavam uma ilusão sanguínea. Mario tinha escolhido a cor, sua própria Seção Púrpura. Lembrei-me do canal de cirurgias que deixava Sandra mais relaxada.

A música me desagradou, entre outras coisas porque eu a compusera. Ainda que "compor" fosse um verbo excessivo. Eu tinha brincado com variações de um programa de computador. Um nefasto mi bemol caía como uma faca.

Um corpo pálido, macilento, boiava como se isso lhe custasse muito esforço. Seus cabelos se espalhavam em fios amarelos. Foi estranho ele dizer:

— A água está uma delícia.

Toquei a superfície. Gelada, como eu imaginava. "A piscina do Colégio Suíço", pensei.

Deixei-o boiando. Fui até a sala.

Sandra tinha colecionado objetos perdidos de outras pessoas. Mario não deixava sinais (as chaves em cima da mesa, um copo enchido pela metade, uma revista aberta no sofá). Não havia enfeites nem lembranças. Seus quartos eram o contrário de sua escrivaninha bagunçada.

Vivia como se não estivesse ali, o hóspede mais discreto do hotel.

— Adoro estes sons — chegou à sala envolto num roupão atoalhado. Suas sandálias deixaram marcas de água.

— Eles me tiram do sério.

— A composição é sua.

— Organizei a base sonora; um robô fez o resto. Um robô que não passou pelo conservatório.

— Perdi doze quilos — tocou as costelas. — O homem minguante. Quer uma fruta?

Foi até a cozinha e voltou com um prato de cerâmica com frutas ainda embrulhadas em plástico transparente, como se estivessem numa loja. Peguei um sapoti frio, quase gelado. Abri-o e provei um pedaço. Não tinha gosto de nada.

Mario tinha mania de limpeza. A epidemia de gripe suína lhe permitira colocar frascos de gel bactericida por toda parte, consumando um antigo desejo. Essas frutas deviam entusiasmá-lo.

— Não vai se encontrar com o Mallett? — perguntei.

— É muito tarde. A sorte está lançada. Vou embora, Tony, você sabe. Agora você entra. Neste momento se discutem opções, maneiras de tentá-lo.

— Posso desligar a música?

— É sua.

Fui até o aparelho de som. Mario disse atrás de mim:

— Precisam de você, Tony.

— Para quê?

Encontrei as *Variações Goldberg*. Apertei o botão enquanto ele dizia:

— Precisam de outro programa de entretenimento. O meu não funciona mais. O narcotráfico é perfeito para tornar o medo verossímil. As notícias de decapitados dão a volta ao mundo. Isso ajuda a ir atrás de perigos. Perigos controlados, é claro. O lance com o Ginger fodeu tudo.

Era a primeira vez que ele falava assim do mergulhador. Pegou uma faca. Teve trabalho para cortar uma maçã verde.

— Ele se meteu onde não devia, foi ao consulado e deixou todo mundo de cabelo em pé. Foi conversar com o pessoal do DEA, trouxe o amigo Roger... Um imbecil de marca maior! Com ele, a violência se tornou real: um mergulhador morto num rio, junto a um carregamento de coca, outro no aquário.

— Por que não avisou a polícia quando o Roger morreu?

— Acha que eles não sabiam? Estão metidos nisso até o pescoço. A melhor forma de proteger o Ginger era ele se calar. Tentei convencê-lo, Tony. A droga não é problema nosso. Já lhe disse isso, mil vezes. Mas ele acreditava no bem. Viu tevê demais.

Servi-me de água. O copo tinha cheiro de desinfetante. Lembrei-me do corpo de Sandra, unido ao meu, cheirando a limpa-vidros. Demorei a retomar o que Mario dizia:

— Conta uma lenda que quando os espanhóis chegaram aqui, o rei maia Juan Tutul Xiu foi para o Oriente, o lugar sagrado da origem. Utilizou um *sacbé* submarino, que se inicia em Tulum. Sua tribo esperava seu regresso. O narcotráfico voltou por essa via. Agora sabemos onde esse *sacbé* desemboca: em Miami. Os Conchos sempre nos deixaram trabalhar.

— Os Conchos?

— O cartel da região. Antes havia códigos postais, agora há cartéis.

— O Bicolor trabalhava com eles?

— Não me peça tanta precisão! Não estamos falando da Casa de Orléans, embora o Bicolor tenha morrido em traje de gala: deram uma "gravata colombiana" nele.

Ele não mordia a fruta; chupava e deixava no prato.

— Os Conchos querem diminuir o tamanho da nossa operação. Somos publicidade ruim. Não gostam da nossa violência — sorriu. — Sério, não me olhe assim. *Nós* precisamos deles para sermos verossímeis, mas eles se incomodam com o barulho que fazemos. Alguém pode seguir a pista deles. Vêm mandando sinais: todo dia se perdem mais garfos em La Pirámide.

— Isso é grave?

— Um garfo perdido por dia é mais ameaçador que um incêndio — cuspiu um pedaço de maçã. — Sabe o que aconteceu com o Támez? Os caras que bateram nele deixaram o Tsuru perto do pântano. As máscaras do Fox e do Bush estavam no porta-malas. Só tem uma loja de fantasias em Kukulcán. O inspetor Ríos foi até lá. O funcionário se lembrou perfeitamente do sujeito que comprou as máscaras. Tinha seis argolas em cada orelha. Um amador, alguém fácil de reconhecer. Ríos o localizou no Keops, uma boate de pole dance onde ele comemorava com brandy Solera. Há milhares de voluntários dispostos a ferrar o Támez... Sabe qual é o golpe poético disso? — fez uma pausa;

um pedaço de maçã tinha ficado entalado na garganta, ou talvez fosse só aquele mal-estar que não o deixava mais. — O poético é que o Támez contratou esses tontos para darem uma surra nele! Foram soltos imediatamente. Não é um delito grave alguém pagar para apanhar. O Támez sacrificou suas costelas para que acreditássemos nele de novo. Ser chutado em público cria confiança. Não contratou profissionais, contratou dois atores que trabalham para La Pirámide! — deu uma risada que o fez tossir. — Dois dos meus atores — tocou o peito. — Os idiotas exageraram na encenação e deixaram pistas fáceis.

Passou a mão no cabelo úmido; vários fios ficaram entre seus dedos. Olhou-os com desprezo. Deixou-os no prato, junto com os restos de maçã.

Não íamos jantar mais nada. A isso se reduzia a dieta de Mario Müller.

— Tenho uma coisa pra você. Uma coisa de outra época, de um mundo perdido, no qual se escreviam cartas. Pertencemos à última geração que conheceu a espera, a possibilidade de perder uma remessa, a chegada de uma caligrafia especial...

— São cartas suas? — perguntei, para abreviar a divagação.

— Não. De certa forma eram suas, ou são pra você. Pelo menos agora são.

Foi até o quarto, no andar de cima.

Voltou ofegante. Jogou-se na cadeira.

— Preciso arrumar isso antes de partir. E os papéis da menina — apontou para um folder.

Estendeu-me um pacote amarrado com um barbante. Vi uma caligrafia ordenada, geométrica, fria. Era a letra do meu pai.

— Nós, os Müller, éramos excessivos. Minha mãe gostava de você como de um filho; tinha tantos que com certeza o amou como me amou. Em compensação, sua mãe podia amar de outra forma. Imagino que isso lhe fez mal.

— Não me importei que você se apaixonasse por ela. Era normal. O que me deixou danado foi ela ter se interessado tanto por você. A Luciana me ajudou a ver isso. Eu não tinha pensado nisso antes.

— A Luciana é espertíssima.

— Ela me abandonou: obviamente é esperta.

— O Colégio Suíço tinha horários estranhos.

— E daí?

— Às vezes eu ia até sua casa quando você não estava lá.

— Eu sabia: encontrava um prato com restos de geleia. Você gostava de geleia de laranja, com pedaços de casca.

— Sua mãe trabalhava em dois turnos, mas às vezes ia pra casa se trocar. Ela me tratava de um jeito estranho.

— Não era nada estranho: permitia que você a idolatrasse.

— Estou morrendo, Tony, me perdoe por lhe contar isto. Ela me deixava vê-la sair do banho, enrolada numa toalha que de repente escorregava um pouco, nunca tanto quanto eu queria, o suficiente para que eu visse seus seios por um segundo. Uma vez me deixou passar creme nela. Me perguntou se tinham ficado estrias, de quando o amamentou. Estava muito deprimida, com os olhos cheios de lágrimas e a língua branca, como se tivesse tomado calmantes. Talvez tivesse acabado de sofrer uma decepção, ou se sentisse velha, ou simplesmente sozinha. O fato é que me perguntou se tinha estrias e me deixou passar creme nela. Me perdoe. Estou morrendo.

— Pois morra e não me encha o saco.

— Todo mundo tem uma deusa inicial, uma musa perfeita. Ela foi isso para mim. O foda é que existia você.

— Estava tocando os peitos dela!

— Só uma vez. Não sei por que fui contar isso. Ela estava mal, muito mal, disse que queria se matar.

— Ela dizia isso às terças e quintas.

— E acabou fazendo isso. Vinte anos depois, todos os dias dela eram terças e quintas.

Ficou em silêncio. A música interpretada por Glenn Gould me pareceu tão sinistra quanto a minha.

— Me passa aquela coberta? — apontou para a manta sobre o sofá. — Estou com frio.

— Desligo o ar-condicionado?

— Não, estou bem assim — cobriu-se com a manta.

Toquei as cartas. "Agora tenho isto", pensei. "Um papel que meu pai escreveu. Uma lembrança que não é minha. Uma mensagem de uma época que já se perdeu."

Não queria saber nada das cartas, odiava antecipadamente o que poderiam dizer. Também não fiquei aliviado com as palavras de Mario:

— Um dia, enquanto ela estava no banho, remexi as gavetas. Encontrei uma chave, dessas antigas, que são ocas por dentro. Tinha visto uma caixinha de madeira com fechadura, no closet. Abri-a e encontrei essas cartas. Levei-as comigo. Não dizem nada íntimo. São uma despedida. Uma despedida em seis cartas. Seu pai não morreu em Tlatelolco.

— Já sabíamos — respondi, embora durante anos tenha me deixado enganar por essa possibilidade.

— Ele a deixou porque sua mãe amava outro pilantra. Não queria ser um obstáculo. Ela inventou a história de Tlatelolco para não ter que explicar mais nada pra você.

— Não quero as cartas.

— Estão aí.

— Não me interessam. Já me disse tudo.

Odiei que existisse esse saldo de meu pai. Ele tinha desaparecido para não ter que cuidar de nada. De repente perguntei:

— Ela tinha estrias? — minha voz estava trêmula.

— O quê?

— Minha mãe, idiota! Ela tinha estrias?
— Você está ruim da cabeça?
— Tocou os peitos dela e *eu* que estou ruim da cabeça? Quero saber. Não quero ouvir besteiras. Quero a verdade, porra, pelo menos uma vez.
— Não, não tinha estrias. Era a mulher mais linda do mundo e se sentia um lixo.
— Por que você ficou com as cartas?
— Me arrependi do roubo e confessei para sua mãe que estava com elas. Imagino que fiz isso para que me odiasse, para que me proibisse de vê-la novamente. Precisava que ela me expulsasse. Eu não conseguia dormir. Eu a amava, Tony, com uma imensa irrealidade. Não me olhe assim: a irrealidade também é verdadeira!
— E o que ela disse?
— Reagiu da pior maneira. "Pode ficar com elas de presente", disse. Preferia que eu ficasse com elas, para entregá-las a você, quando considerasse necessário e não o prejudicasse mais. Era uma forma de garantir que você e eu continuássemos nos vendo. As cartas a culpavam, falavam de um amante que no fim das contas também desapareceu, mas se você soubesse disso aos quinze anos ficaria um trapo. Seu pai não escreve com detalhes; aceita sua derrota...
— Um perdedor medíocre.
— Ler isso não lhe faria bem, não naquela época.
— Nem agora.
— Você merecia saber que seu pai se mandou. Talvez esteja em Chihuahua. Você não é filho de um desaparecido: de um pai que vai embora, só isso. Uma história comum. Saber disso deprime, mas tranquiliza.
— Por que demorou tanto para me tranquilizar?
— Tony, você vivia para se destruir, moleque. Não queria que lesse as cartas e respondesse a elas com uma overdose. A úni-

ca coisa que o mantinha vivo era o pretexto para se drogar: o mártir que sua mãe inventou, a falta do pai. Sua mãe lhe ofereceu um drama, um tombado em Tlatelolco, para que você ficasse machucado sem se aniquilar totalmente, como ela fazia com os calmantes. Você não teria suportado a traição dela, não naquela época, uma traição aos dois. Você queria resgatá-la, ela sempre fez você se sentir assim. Mas estavam sozinhos, porque ela teve um amante e seu pai não soube enfrentá-lo. A Luciana ia lhe contar.

— Ela sabia?

— Contei pra ela, quando você estava no Japão. Você estava recuperado, podia suportar notícias tristes. Mas voltou no sétimo céu, transformado num samurai cretino, e depois veio o êxtase de tocar com o Velvet. Jogou pela janela tudo o que tinha ganhado com a Luciana. Não tinha como lhe dar essa notícia.

Peguei as cartas e fui até a cozinha. Acendi o bonito fogão de Mario Müller. Queimei os papéis que tinha me dado, com lenta incompetência. Meus dedos ardiam, o ar se encheu de fumaça. Não sei em que papel meu pai escrevia; parecia ter uma película vegetal, uma resina de outros tempos.

— Vou morrer asfixiado — brincou Mario. — O câncer é o de menos, comparado com sua amizade. Os pais são sempre absurdos, Tony, mas em algum momento seus pais o amaram.

— Como sabe?

— É melhor que veja a coisa assim. É bom imaginar que amamos nossos pais. O afeto pelos filhos é diferente.

Tirou uma foto do roupão. Pousou-a sobre a mesa. Uma menina nos olhava.

— É ela, Tony.

O investigador Ríos examinava a ponta de um arpão. Tinha marcado encontro comigo na Capitán Burbuja, uma loja de artigos de mergulho.

O negócio ficava num shopping quase vazio. Quase todos os estabelecimentos tinham fechado (grandes X de fita crepe cruzavam os janelões, para o caso de um ciclone quebrar os vidros).

Uma joalheria continuava aberta. Embora parecesse estranho que ainda houvesse gente com vontade de esbanjar em anéis e colares, uma plataforma imperturbável de feltro azul girava na vitrine, mostrando os brilhos de safiras e diamantes.

Entrei na loja de mergulho. O cenário era perfeito para falar de Ginger Oldenville; no entanto, Ríos disse:

— Agora os atores de La Pirámide têm duas funções: assustar os turistas e bater no chefe da segurança. Você sabe o que é um *madrina*?

Imaginei que não estivesse falando de um batismo.

— É o ajudante de um policial da judiciária — explicou. — Não é contratado, mas ajuda em tudo, tem porte de arma, faz o trabalho sujo, traz refrigerantes, faz o que tiver que fazer. Todos os procuradores do país toleraram os *madrinas*. Na Idade Média havia escudeiros; aqui há escravos que chutam o saco dos outros por você, para que não estrague os sapatos. O Támez teve *madrinas* quando esteve na polícia. Podia ter pedido a alguém que cuidasse do assunto. Sabe por que ele não fez isso?

— Não.

— Se descobrissem seus assaltantes iam saber que eram atores, gente do Mario Müller. O Támez não seria o único responsável. Ficava tudo em família: outro programa estranho de entretenimento.

Depois repetiu o que Mario me dissera: a fácil captura de Vicente Fox e George Bush.

— Já estão livres. Por "falta de mérito". Se alguém desce a lenha em você a pedido seu, não tem mérito. Sério, preciso de um favor — sorriu. — O sr. Peterson não retorna minhas ligações. Pensei que podia me ajudar.

Lembrei-me dos documentos que Mario me dera, de minha louca responsabilidade como pai. Tinha de ir ao albergue, conhecer a filha dele, cuidar dos trâmites...

— Estou lotado de coisas pra fazer — disse.

— Sim, com seu novo cargo. Parabéns — disse Ríos.

A resposta me surpreendeu. Também me tranquilizou: "Ele não sabe da menina", pensei, com uma alegria violenta, nervosa, um segredo que eu não ia lhe contar.

— Obrigado.

Caminhei até um canto da loja onde havia roupas de neoprene penduradas. Consegui respirá-las a um metro de distância. O cheiro me revigorou. Nenhum aroma vegetal me agrada mais do que esse ar de novo, de disponibilidade, de viagem ao fundo das coisas. Falei com vontade de convencer Ríos:

— O Leopoldo Támez estragou o sistema de vídeo. Mataram o Ginger quando o Ceballos respondia a um questionário idiota. O Támez contratou uns espancadores para se fazer de inocente e demonstrar que em La Pirámide não se controla nada. Aonde isso tudo nos leva? Ao princípio: quem pediu para o Támez estragar o vídeo? O assassino lhe pediu isso.

— O Támez conseguiu estragar o vídeo e matar o Ginger.

— Não acredito nisso.

— Por quê?

— O Támez é um incompetente: abusa quando tem uma pistola na mão, mas é só. Para um inútil desses, você pode só pedir que estrague alguma coisa. Deixou o cenário livre para que mais alguém agisse. A quem ele obedece? E se você esquecer suas táticas evangélicas e lhe cortar o saco para que confesse? — perguntei. — Como vai o traseiro do seu chefe?

— O crime lhe cai bem — sorriu Ríos.

* * *

Em meu trajeto de volta a La Pirámide vi um navio no horizonte. Era do tamanho de uma cidade flutuante. O melhor que podia acontecer aos mendigos que pululavam na costa era um naufrágio. Só assim suas mãos enrugadas pela umidade receberiam lixos de melhor qualidade; nenhum produto seria tão valioso para eles quanto os aparelhos quebrados, cheios de água, que pudessem resgatar.

Minha mãe tinha trabalhado em instituições para problemas de linguagem. O trabalho dela nunca me interessou porque a deixava exausta para falar comigo.

La Pirámide tinha sido um campo linguístico tão desconhecido para mim quanto as clínicas de minha mãe. Os funcionários maias sussurravam cortesias inaudíveis e os turistas lançavam incompreensíveis exclamações de êxtase, espanto, dor ou simples desatino.

Lá eu vivi à margem do idioma, sem contatos além de Mario e Peterson, e por um tempo, Sandra.

Agora recobrava a atenção. No mundo soavam celulares, conversas que não me interessavam, mas que eu voltava a entender:

— Isso é mais venenoso que o seu pé — disse um hóspede.

À tarde, os hóspedes foram reunidos no auditório Katún de La Pirámide.

Roxana Westerwood estava em seu elemento: subia e descia o corredor que separava as poltronas; perguntava se havia algum assento disponível, retirava uma capa para que alguém sentasse. Um ambiente de première com um público de sandálias.

Fiquei ao lado de um turista que não parava de escrever em seu Blackberry. Para ele, viajar era mandar mensagens para a Filadélfia, Caracas ou São Petersburgo.

Procurei Mario na plateia. Não estava lá.

Foi um alívio quando a iluminação diminuiu. Outra revelação da idade: as lâmpadas são para a juventude.

Mallett subiu ao palco e deixou o *kaftan* no encosto de uma cadeira. Roxana o seguiu. Estava de salto alto. Inclinou-se diante da mesa onde o inglês brincava com uma garrafinha de água. A curva de seus quadris se delineou como um dogma da sensualidade e da eficácia: beleza de tailleur.

Os ingleses têm um raro talento para se tornarem próximos e espontâneos em público. Decerto, assim mantêm em segredo sua vida particular. Mallett falou como o novo melhor amigo de todos nós.

Pediu desculpas pelos inconvenientes do ciclone, anunciou um bufê para a noite, com um novo coquetel temático, o margarita "Maré Alta", e convocou para o baile à fantasia "Branco e Preto". As atividades ao ar livre continuariam suspensas para evitar riscos: a guerrilha aproveitara o mau tempo para ganhar posições, mas enviavam um cumprimento tranquilizador aos "irmãos" de La Pirámide. Essa notícia de risco e solidariedade foi recebida com admiração.

Depois o representante do Atrium pediu a um piloto que subisse ao palco. Um homem com um capote da Segunda Guerra Mundial cumprimentou o auditório. Usava um lenço no pescoço. Sorriu com aquela simpatia inocente exibida apenas por atletas de alto risco, corajosos, que pensam que o perigo existe para nos divertir, com aquela expressão de quem ignora alternativas. A expressão de Ginger Oldenville.

Então o inglês falou da abelha-africana. Tínhamos visitantes incômodos. Uma autêntica praga. A restrição de saída era uma oportunidade formidável para fumigar o território. Um teco-teco lançaria fumaça púrpura. O veneno não era tóxico para os humanos, mas era melhor não respirá-lo. O único acesso ao ar livre seria a praia principal. Para compensar esses inconvenientes, todos receberiam cupons de desconto para sua próxima visita.

As pessoas abandonaram o auditório conformadas com as más notícias. Mallett conseguira criar um clima de exceção: as férias não transcorreriam conforme o previsto, mas haveria mais coisas para contar na volta para casa.

Roxana se aproximou para me dizer:

— O Mallett é um gênio. Contratou o fumigador para que as pessoas não se atrevessem a sair, mas não vai lançar veneno, e sim fumaça colorida. Viu como reagiram? A clausura lhes parece um novo luxo. Sabe alguma coisa do Mario? — sua voz perdeu o entusiasmo.

— Vou encontrá-lo daqui a pouco — disse, sem saber se era verdade.

— Diga a ele que estou com saudade — Roxana Westerwood baixou o olhar.

Entristeceu-me vê-la ali, enrolando um cacho de cabelo no dedo, sem saber como se despedir de forma eficaz e neutra. Entristeceu-me, principalmente, pensar que meu amigo tinha vivido à margem da admiração que despertava nela.

— Também sinto saudade da Sandra. Ela me ensinou a respirar. Se não fosse por ela, eu estaria morta. Tinha uma calma interior incrível.

Surpreendeu-me que visse assim aquela mulher, vencida pela dor, que havia chorado sobre meu corpo.

— Você acredita em aura? — perguntou-me Roxana.

— Sim — respondi de imediato.

Isso significava que acreditava em Sandra, em sua maneira de respirar, nas técnicas que eu desconhecia mas que tinham salvado alguém como Roxana.

* * *

    Duas horas depois vi a primeira explosão púrpura no céu. Estava no Solarium. Dezenas de câmeras digitais fotografaram o avião.
    Encontrei em meu quarto um papel escrito a lápis, com um traço fino. Mallett marcava um jantar comigo no restaurante Xibalbá.
    O ar ficou arroxeado. Fui até a sacada. Respirei um aroma doce, de suco de groselha. A falsa fumigação me fez lembrar da tarde em que cheguei ao escritório de Peterson no momento em que um fumigador saía de lá com sua bomba de veneno:
    — É o melhor que já tivemos — o Gringo apontou para ele.
    — Sabe por quê? Porque admira seus inimigos.
    O fumigador respeitava tanto as baratas que as combatia melhor que ninguém. Os hotéis abandonados de Kukulcán tinham se transformado num santuário de vespas e borboletas pretas; os roedores mordiam os fios de luz e as ratazanas moravam em encanamentos quase secos. Em compensação, La Pirámide estava livre de insetos, se é que isso é possível no forno multiplicador dos trópicos. Tudo graças ao homem que tinha consideração pelos adversários.
    — Jamais confie num fumigador que não fale maravilhas dos insetos — disse o Gringo.
    Naquela tarde, voltara a falar do napalm lançado nas florestas da Indochina. A fumigação como guerra, o inferno que ele quis merecer. O mais estranho das conversas com Peterson é que suas queixas transmitiam uma estranha felicidade. De certa forma, ele aceitara uma versão puritana do sucesso: o trabalho como um calvário produtivo. Resignou-se ao triunfo sem aproveitá-lo, e isso o tornava agradável. Tinha a decência de não ganhar

de forma abusiva, ou de fazer isso sem grandes alardes. "Mesmo que você não queira, está condenado à felicidade", disse ele certa vez, como se isso fosse um estorvo.

Naquela tarde também falou de outra obsessão. Talvez por não ter ido ao Vietnã, ele assinava todo tipo de revistas militares (é incrível que houvesse tantas). Nas estratégias de comando buscava uma inspiração para a vida.

Desde o 11 de setembro de 2001, analisava a guerra sem linha de fogo, noções de "front" ou "retaguarda", rivais verificáveis.

No estilo do fumigador, admirava a resistente estratégia desses inimigos. Quantas vezes o ouvi falar das "responsabilidades solitárias"? Sua vida inteira cabia nessa expressão. O núcleo do assunto era o seguinte: para não pôr em risco uma operação, cada participante só conhecia uma parte mínima do plano. A força do coletivo dependia do trabalho solitário. Se alguém era detido, não punha os outros em risco.

Enquanto falava, apontava para os diplomas de funcionários do mês que decoravam seu escritório. Organizara La Pirámide segundo esse princípio: as atribuições eram tão divididas que uma falha não afetava o funcionamento geral.

Os lugares afastados existem para que se digam coisas que em outro local não fariam sentido. Eu falava de Jaco Pastorius, ele de estratégia militar transformada em gestão de pessoal.

"A maior virtude dos maias é a obediência — gostava de dizer em suas tardes de Four Roses —, eles vêm de uma estirpe de tiranos. Os sumos sacerdotes dominavam a ciência, a agricultura, a escrita, os rituais... O resto do povo não sabia contar de um a dez. Quando os sacerdotes desapareceram, foi o fim. Só restaram os escravos, Tony. Não peça a eles critério ou iniciativa, peça que obedeçam. Aqui os funcionários do mês são como terroristas da Al-Qaeda: ninguém responde pelo conjunto.

* * *

O restaurante Xibalbá tinha duas tochas acesas na entrada. No fundo do alpendre com telhado de palma, avistei Mallett. Levantou os braços quando me viu. O local estava cheio. Senti os olhares de admiração que me seguiam até a mesa do sujeito que havia enfrentado a crise com sucesso.

— Saúde, comandante! — disse um homem ao passar.

Lembrei-me que também me tomavam por especialista militar.

Mallett pediu gafanhotos porque não havia escorpiões. Era fanático pelos programas da BBC que procuravam sabores nos cantos mais remotos do planeta. A Inglaterra deixara de ser o país com a pior cozinha do mundo ao explorar gastronomias exóticas com o apetite indagador de uma estirpe de náufragos e piratas.

O matador de conflitos do Atrium parecia cansado. Mas seu cansaço e desalinho eram formas secundárias da energia. As olheiras, os olhos injetados de sangue, a patinha de gafanhoto entre os dentes, a pele coberta por uma película de suor e de poeira do caminho e o cabelo despenteado pelo vento eram sinais de quem ainda pode ganhar o rali Paris-Dakar.

Pediu peixe na telha e pimentas grelhadas para acompanhar. Alternou a tequila com histórias de suas viagens e uma cerveja Corona.

Depois olhou para o horizonte: uma pequena embarcação contribuía para a paisagem com um triângulo de lâmpadas.

— O Mario já é história — disse. — Ele é obstinado, um batalhador muito especial. Inventou a ecologia do pavor, e funcionou para ele. Porém, mais cedo ou mais tarde os clientes querem perigos mais reais e os narcotraficantes temem que você se meta nos perigos deles, esses sim reais. Não preciso lhe falar do seu próprio país, Tony.

— Por que não fecham o hotel? Se forem à falência recebem um seguro, não?

— Isto aqui ainda tem muita milhagem — pôs sal na mão e o levou à boca, esfregando-o nas gengivas, como se fosse cocaína.

Os gestos e os músculos tensos do inglês eram os de alguém que precisa experimentar uma sensação a todo instante. Enquanto chupava um limão, disse a ele:

— Chove quase todo dia e o narcotráfico manda, quem vai vir aqui?

— Os imbecis que já estão vindo — respondeu. — O turismo sempre foi uma forma de se ferrar, um castigo que se aceita como diversão. Se você ficasse em casa, mataria a mãe. Só assim se explica que um John Smith qualquer urine no mesmo dia em Amarillo, Texas, no Golfo Pérsico e no Camboja, que leve um sanduíche intragável no estômago e permita que sua cabeça estoure por causa do jet lag. As pessoas não são masoquistas por prazer, mas por sobrevivência, para se unir à bendita massa.

Pelo visto, o Atrium só contratava gente com uma linguagem irrefreável. Em meus tempos de coca fui um arruinado por um prodígio desse tipo. Mallett continuou:

— Você viu as fotografias de multidões nuas do Spencer Tunick? É facílimo juntar cinquenta mil pessoas peladas, com os sexos encolhidos pelo frio da madrugada. Todos querem fazer parte de alguma coisa.

Fez uma pausa, como se esperasse que surgissem em minha mente cinquenta mil corpos desagradavelmente nus. Depois continuou, satisfeito de se ouvir:

— Toda espécie tem seus remédios para o desespero: os cavalos se atiram num desfiladeiro, as baleias encalham na praia, o ser humano faz as malas. No futuro não haverá guerras: haverá turistas, invasores cansados. Uma eutanásia em câmera lenta. Concorda? — sorriu, satisfeito, como se não houvesse forma de pensar diferente.

— Acho que sim — concedi.

— A Roxana me impressionou — falou, sem mais nem menos. — É incrivelmente eficiente. Coitada: se apaixonou pelo Mario Müller. Fica entediada com o marido, um estudioso de plânctons, pode haver coisa mais entediante?, mas seu amigo não lhe deu bola. Os fanáticos não têm tempo para se deixar amar. Ou ele se deixou amar?

— Por Roxana?

— Por quem mais? — disse, com uma curiosidade intensa.

Temi que ele soubesse alguma coisa sobre Camila, o albergue, a menina. Era estranha a velocidade com que Mallett entrava na vida dos outros.

— O Mario é um autista emocional. *Quite intriguing!* Não precisa de ninguém?

A segurança com que ele opinava, sua certeza de que meu amigo era indiferente aos outros, causou-me um prazer que eu não ia lhe confessar: Mario precisava de mim.

— Mas não foi para isso que marquei com você — continuou o inglês. — Quero lhe fazer uma oferta, Tony, um cargo de planejamento, especial para você, sem outros compromissos além dos que você propuser. *No strings attached* — finalmente entrávamos no assunto. — O Atrium fez doações a ONGs, tem sua fundação de Obra Social... *We are global players.* Seu país nos interessa, Tony. La Pirámide é o cenário ideal para um novo projeto.

Levantou a mão. Pediu um uísque de malte, Glennfidich. Era um alcoólatra competente; o álcool aumentava sua altivez:

— Tem uma palavra que até pouco tempo atrás era muito suja, uma palavra que os políticos pronunciam com desconfiança, mas que ainda tem futuro... La Pirámide nunca foi um lugar normal, não foi o clássico *vomitorium* cinco estrelas, com putas e cocaína no *room service*. Nós queremos mais. A palavra que nos interessa é "cultura". O que acha?

— Não acho nada.

— Você é músico, Tony! Temos apoios poderosos. O British Council está interessado. Os trópicos e os maias são uma cenografia excelente, mas precisamos de outro roteiro. Os escritores ingleses só leem uns aos outros, discutem entre si e gostam de estar juntos. Vão adorar vir para cá. O resto do mundo fica fascinado ao ouvi-los e comprovar que não aprenderam a língua deles em vão.

Mallett sorriu, com uma expressão maliciosa, adiantando-se a uma possível reprovação:

— Pode chamar de "colonialismo sustentável" ou de "imperialismo sutil". O plano não é mais pacífico que o de Mario Müller, apenas; é mais rentável. Podemos criar um projeto infantil, com um pavilhão dedicado a Harry Potter! A única coisa mais comercial que a cultura é a ecologia.

Pegou papel para enrolar um cigarro. Estávamos na área de não fumantes, mas um homem vestido com a *guayabera* de praxe se aproximou com um cinzeiro. A hierarquia de Mallett não estava em questão. Ele tinha a graça de ignorar as deferências das quais era objeto; encarava os privilégios com a elegância de quem nem os percebe.

— A culpa é um supernegócio — disse enquanto lambia o papel de arroz. — Os que mais contaminam são os que mais investem em comida orgânica e ecoturismo. La Pirámide ainda tem muito potencial: ecologia e cultura. Precisamos de um músico ambiental.

"Eles têm medo do Mario", pensei. "Não precisam de mim; precisam do melhor amigo dele para impedir que ele faça alguma coisa."

— Outra coisa, talvez a mais importante: com esse plano nos qualificamos para projetos de Ajuda ao Desenvolvimento. Sabe quanto dinheiro existe aí? — Bebeu um trago. — E uma coisa que sei que lhe interessa: nós vamos tratar bem o Mario. A melhor garantia disso é que você esteja com a gente.

Eu tinha caído na armadilha de Mallett: ele apresentava sua oferta como uma forma de proteger Mario. Olhou-me com simpatia.

— Preciso pensar — disse.

— Tire uns dois dias, não mais do que isso. Vou embora na quinta. Esse projeto me fascina. Tem um toque chauvinista, reconheço. Nós, ingleses, somos patriotas. Não importa se você é um *hooligan*, um punk ou um Lord: todos nós gostamos da bandeira, *the good old Union Jack*. Gente da ilha, patriotas que exportam símbolos: Peter Pan, os Beatles, Shakespeare, Mary Poppins, Harry Potter. Somos os maiores produtores de cultura num mundo que desconhecemos. Não é um paradoxo adorável? A arte pode purificar La Pirámide. Gostaria de conhecer Brian Eno?

Fiquei acordado até as seis da manhã. O céu estava carregado de nuvens. De repente se abriu um pouco e o mar se cobriu de círculos brilhantes. Umbigos de luz.

Vi a foto da filha de Mario. Não era parecida com ele. Um rosto suave, a pele cor de canela. Um sorriso pelo meio, talvez interrompido pela obrigação de se portar bem. Uma foto de documento.

Eu tomaria conta dessa menina. Que vida ela teria, que dores, esperanças, amantes, ofícios, desejos pulsavam naqueles olhos que olhavam para a câmera? Eu a acompanharia, seria Mario Müller para ela.

Mallett me tratara com curiosa deferência, como se eu fosse alguma coisa além de um musicalizador de peixes. Isso significava que Mario ainda era perigoso.

Era conveniente eu adiar minha resposta. Ninguém devia saber que a filha de Mario partiria comigo. Dois dias de espera.

No fim, tudo estava se ajeitando. Eu não conseguia dormir, mas tudo estava se ajeitando.

Os papéis da adoção tinham um X traçado a lápis, onde eu devia assinar. A menina se chamava Irene. Usava os dois sobrenomes de Mario: Müller Soares.

Assinei a última folha e liguei para um número de telefone que Mario me dera. A diretora do albergue respondeu no tom de quem deseja ser cortês mas teme ser gravada.

— Terá notícias nossas — disse.

Pouco depois me chegou uma mensagem de texto, de um número indecifrável. Dizia para eu ir ao albergue na manhã seguinte.

Mario me ligou pouco depois. Fui até a suíte dele. Nem mesmo a doença desorganizava aqueles quartos assépticos.

Encontrei-o reclinado num sofá cinza. Mordia uma vareta de bambu. Sem me cumprimentar, informou:

— Uma mulher do albergue vai para a capital com você e a menina. Consegui um voo na base militar.

— Um voo? Como conseguiu isso?

— Amigos de amigos. É importante que saiam sem registros. A mulher, é claro, conhece você.

— Quem é?

— Laura Ribas. Você a conheceu há séculos, num show de Los Extraditables. Naquela noite estava mal.

— Uma noite qualquer.

— Ela era menina.

— Eu devia me lembrar disso? — repeti a pergunta que havia marcado minha temporada no Caribe.

— Não sei. Ela se lembra de você. Era muito pequena quando o viu, mas você a impressionou.

— Não deve ter sido por meu virtuosismo no baixo.

— Passou por muitas coisas piores que você. Coisas que só uma mulher consegue aguentar. Mora num albergue há alguns meses. Foi esposa de um traficante de armas. Chegou muito maltratada. Apegou-se a Irene. Que estranho dizer esse nome! Nunca pensei que teria uma filha com esse nome.

— Como pensou que se chamaria?

— Nunca pensei em ter uma filha. É bom que a menina — Mario hesitou, era difícil para ele repetir seu nome, não queria se apropriar dele —, que a menina viaje com Laura.

Apontou para uma caixa de papelão que estava sobre um móvel com gavetas compridas.

— Um presente — disse. — Espero que não o queime.

Levantei-me para ver o que era. Mario parecia incapaz de se mover do sofá. Abri a caixa:

— Os sons de La Pirámide — explicou. — Gravei todo tipo de ruído. Às vezes eu os mando de volta para os quartos, na frequência FM. É desconcertante ouvir um cachorro quando não existe um cachorro. Esse som pode fazer com que você tenha uma ideia diferente. As sensações que provocamos têm consequências. O "efeito borboleta". Quem sabe um dia uma pessoa invente a cura para o câncer por causa de uma coisa que aconteceu com ela numa praia distante, quando um cachorro invisível latiu fora de hora. Gosto dessa cadeia de possibilidades, ainda que o cara que ouve um cachorro no quarto talvez só pense em matar a mulher ou o vizinho que tem um cachorro nojento. Controlamos as causas, não os efeitos.

— Você gravou dentro dos quartos?

— Não sou tão mórbido, Tony. Esses sons são como divindades maias: o Deus Oceano, o Deus Vento, o Deus Porta, o

Deus Sino, o Deus Pássaro, o Deus Cão. Também há tosses, claro. É o que os turistas deixam, sua gorjeta sonora. Imagino que você vai voltar para os estúdios de gravação. Lembra do que o Eric Clapton dizia? O virtuoso não é aquele que toca muitas notas, mas *a* nota. Você pode fazer maravilhas com esses sons. Está em forma.

O que eu menos queria nesse momento era pensar em música.

— Quem vai nos levar para o México? — perguntei.

— Fiz favores suficientes. Tem gente que gosta de nós e que gosta das mulheres do albergue. Têm uma coragem extraordinária. Vai dar tudo certo. Gravei os sons pra que você se lembre de mim junto com a Irene.

— Me ofereceram trabalho aqui — falei —, num novo projeto cultural.

— Você não vai aceitar.

— Como sabe?

— Vai aceitar?

— Não, obviamente.

— Eles fizeram essa oferta porque eu pedi. Foi uma condição para minha renúncia. Quero que pensem que estou resignado, que estou deixando um herdeiro.

— Não está resignado?

— Farei uma última viagenzinha — sorriu — com o Cruci/Ficção. Quero me jogar num mar que valha a pena, um mar enfurecido, um mar filho da puta. Mandei informações para Londres. O *Independent*, o *Guardian*, o *Times*, Deus e o mundo vão saber como La Pirámide se move. Há migalhas de pão suficientes para se chegar à casa da bruxa: investimentos na Jamaica e nas ilhas Caimán, pagamentos de proteção para os Conchos... Consegui fotocópias de transferências. Para que servem os "extraditáveis"? Para fazer denúncias de longe.

— Quem lhe deu as fotocópias? — perguntei.

— Um amigo que deixou de ser amigo.
— O Peterson?
— Ele mesmo.
— Por quê? Esses dados acabam com ele.
— Está com a água pelo pescoço e precisa de um traidor. Se eu denuncio o caso, ele pode me responsabilizar pelo que quiser depois que eu morrer. Isso não me afeta; posso ser aliado dele no fundo do mar. Prejudicará o Atrium sem se envolver. Receberá o seguro, irá ver corridas de cavalos.

Ouvi um barulho ao longe. O avião fumigador, talvez.

— Os *bacabs* quebram seus cântaros — disse Mario. — Bom tema para uma canção.

— O que o Gringo ganha com isso?

— Para maquiar o escândalo, os ingleses vão aceitar o que ele quer há muito tempo: ir à bancarrota e receber um bom seguro. Ele odeia tanto o Atrium quanto me odeia. Odeia ter dependido deles. Odeia que sejam ingleses. Odeia ter triunfado com um projeto no qual não confiava. Quer se mandar para algum hipódromo, sozinho, para sempre. Todos nós vamos embora, Tony. Os esquimós sem dentes se afastam do iglu para morrer no gelo: histórias comuns.

Começou a chover. O janelão que dava para a piscina vibrou, agitado pelo vento. Mario prosseguiu:

— Vou pegar um helicóptero, rumo a um clima desastroso, fantástico. Imagine ver a água agitada lá do céu. A drenagem do mundo! Você se livra das amarras e o resto é queda livre. É um sonho narcisista muito caro. Esperava outra coisa do seu cantor favorito? — bateu na mesa de centro com os nós dos dedos, num compasso quatro por quatro.

Levantou-se e caminhou até mim com dificuldade. Abriu os braços. Inquietou-me tocá-lo, respirar sua pele, sentir seus ossos, perceber, corpo a corpo, que ele estava um caco.

Fechei os olhos e suportei o afeto do meu melhor amigo.

* * *

Peguei um táxi até o entroncamento que levava da estrada federal até o albergue. Desci ali. "São só duzentos metros e é melhor você ir a pé; o carro pode atolar", aconselhara a diretora. O caminho de terra mantinha poças do dia anterior.
Um letreiro assinalava: Igreja do Sétimo Dia. "Não podem se anunciar como um esconderijo de mulheres perseguidas", explicara *Der Meister*, ainda capaz de fazer revelações.
Uma explosão no céu. Olhei para cima: o avião fumigador lançava fumaça cor-de-rosa. A tinta púrpura parecia ter desbotado. Esse alarde também não ia durar muito.
Caminhei pela trilha de terra em direção a uma casa branca, decorada com cruzes azuis. Havia tantas denominações religiosas na área que alguns templos pareciam videolocadoras.
Esse lugar fazia lembrar uma seita perseguida: no teto havia uma fileira tripla de arame farpado e duas câmeras de vigilância.
Toquei a campainha. A porta (uma sólida prancha de metal) se abriu, acionada por um controle remoto. Entrei num pequeno cômodo no qual havia um guichê espelhado. Dali saiu uma voz amplificada por um microfone.
— Sua identificação? — solicitou.
Abriu-se uma fresta que dava acesso a uma bandeja. Depositei ali meu título de eleitor.
— Vim ver a diretora, sobre a Irene Müller — falei diante de meu próprio rosto.
— Ponha seus objetos metálicos na bandeja — disse a voz.
Passei por um detector de metais.
Ao fundo, abriu-se outra porta elétrica.
Eu tinha feito uma ideia trágica do albergue, um lugar para vidas destroçadas. Fiquei surpreso com duas bolas quicando no pátio. Ouvi risadas, vi um mural multicolorido, carrinhos de plástico, uma mesa com sucos bebidos pela metade.

Minha chegada chamou a atenção. Era o único homem adulto no imóvel. As crianças pararam de jogar. Uma mulher loira se virou para mim, seguindo a direção dos outros olhares.

— Ah, é você — disse com desânimo. — Eu sou a Laura, Laura Ribas.

Eu a vira na estrada, sob a chuva, dias antes.

Outras três mulheres me observaram à distância, com olhares firmes. Eu era um intruso; podia ser olhado com descaramento sem que isso indicasse interesse ou falta de educação.

As mulheres usavam jeans muito justos, sandálias de plástico e collants com desenhos fantasiosos (uma teia de aranha, manchas de onça, células psicodélicas). Pareceram-me atraentes de um modo vulgar. Era uma ideia ruim, mas não pude evitá-la: outros homens as haviam torturado por pensarem a mesma coisa.

Em compensação, Laura usava uma camisola azul-royal, de doente de hospital. Conservava a crosta na comissura dos lábios, mas um pedaço já tinha se soltado. A nova pele, muito rosada, parecia irritada.

— Venha — disse.

Fomos até o segundo andar. No patamar da escada, desviamos de três colchões.

— Vão queimá-los — explicou. — Toda vez que levam uma refugiada, queimam sua cama para apagar seus sofrimentos. Ninguém mais poderia dormir ali.

Chegamos a um quarto com um letreiro de papelão: ACUPUNTURA.

Examinei o mobiliário exíguo: uma cama ao lado de um equipamento elétrico, uma cristaleira com instrumental, uma cadeira de madeira.

Eu me sentei na cadeira, ela na cama.

As paredes estavam decoradas com as silhuetas de um homem e de uma mulher e com as terminações nervosas que podiam ser afetadas. Linhas vermelhas, azuis, amarelas.

Laura passou a língua pelas gengivas. "Tem feridas", pensei. Mas foi ela quem perguntou:

— O que aconteceu com sua mão?

— Um rojão explodiu.

A explicação a deixou indiferente. Laura tinha um ponto vermelho no branco do olho e uma marca na borda do pescoço. Foi minha vez de perguntar:

— O que houve com você? — levei a mão ao pescoço para especificar o local a que me referia.

— Não vai querer saber — disse, com mais cansaço que agressividade.

Cruzou as pernas. Observei seus pés nas sandálias de plástico. Tinha as unhas lascadas de uma forma que eu nunca vira antes.

— Tem um cigarro? — perguntou.

— Não fumo.

Ela me fitou com seus olhos de um tom café-pálido.

— O Mario disse que eu vou com vocês?

— Sim.

— Você tem filhos?

— Não.

— Sabe por que eu estou aqui?

— Não.

Se me fizesse mais dez perguntas, eu daria mais dez negativas. Uma mecha caiu-lhe sobre a testa. Afastou-a e pensei distinguir uma crosta em seu couro cabeludo.

— Conheci o Tristán — disse.

— Quem é?

— Era. Foi morto. Era chamado de Bicolor.

Olhou para mim, como se estudasse meu grau de proximidade com o assunto, o que Mario podia ter me contado a respeito. Seus olhos se tornavam mais importantes: não queria dizer mais nada.

— E Camila, a mãe de Irene, você a conheceu? — perguntei.
— Sim.
— Também é bailarina?
— Pareço bailarina?
— Não.
— Pareço o quê? — sorriu e sua boca doeu.
— Alguém num albergue.
— Não seja idiota. Pareço o quê? De verdade?

Olhou-me, com seus olhos de um café-pálido. Vi novamente o ponto vermelho. Uma pinta, um derrame, uma lesão?

— Uma doente — respondi. — Por causa da blusa.
— É do hospital. Fiquei seis meses internada.

Desviei a vista para o desenho do corpo humano. Lá, os nervos eram circuitos coloridos. Um mapa de meu corpo. Talvez o de Laura já fosse diferente: circuitos rompidos.

— Como você conheceu o Bicolor? — perguntei.
— Quanto menos souber, melhor pra você.
— Tudo bem, não quero saber nada. Vim para ajudar.
— Não se ponha na defensiva. Não estou me sentindo bem. Não se lembra?
— Do quê?
— De mim.
— Sim, nos vimos naquele dia, na estrada — falei.
— Acha que isso me importa? Estou falando de outra coisa.

"Está louca. Mario também está louco: quer que eu viaje com uma maluca." O hospital do qual ela tinha saído seria um hospital psiquiátrico?

— Como está sua memória? — perguntou.
— Ruim.
— Ruim quanto?
— Perdi metade das minhas lembranças.
— Como sabe que foi a metade?

— Sinto isso. Uma metade é o suficiente, não acha?
— Você largou as drogas?
"O Mario falou de mim pra ela."
— Faz tempo. Junto com a droga metade das lembranças sumiu, ou algo que parece a metade.
— Eu era uma menina.
Olhou-me com olhos úmidos.
— Quando?
— Você desmaiou num show. Meu pai era baixista. Tocou com vocês uma vez — começou a repetir a história que Mario me contara —: tinham ligado para ele para o caso de você desabar. Meu pai não tinha com quem me deixar e eu fui junto. Vocês tocavam supermal — não sorriu ao dizer isso nem amenizou as palavras com um gesto —, as paredes retumbavam, pensei que fossem cair. Fiquei num quarto, atrás do palco, brincando com um bichinho de pelúcia. Um coelho que depois perdi, lembro muito bem disso. Levaram você para esse quarto. Tinha tido um desmaio ou um ataque. Foi colocado em cima de uma mesa. Os outros continuaram tocando, com uma balbúrdia cada vez pior. Teria sido melhor que todos desmaiassem. Você parecia morto. De repente abriu os olhos e me perguntou se tinha morrido.
— Era eu?
Esfregou o pulso antes de responder:
— Tinha quatro dedos, ainda tem quatro dedos. Eu não esqueço os rostos. Sabe o que eu respondi? Que você estava morto sim. "Obrigado", você disse. Gostou da notícia. *Queria* estar morto. Não se lembra?
— Não. Também não me lembro das outras vezes que morri.
— Tocavam supermal.
— E seu pai?
— Entrou para uma seita, em Tabasco.
Esfregou o pulso novamente.

— É um tique — explicou. — Fiquei muito tempo amarrada.

Laura parecia se lembrar de tudo. Talvez essa fosse sua maior tortura. Olhou-me com um olhar fixo, incômodo, feito das coisas que havia visto.

— O Mario está morrendo — disse —, está morrendo há meses.

— Você o viu?

A resposta me surpreendeu.

— Esteve aqui ontem. Está cadavérico. Não quis cumprimentar a Irene. Me falou de você, me lembrou a história do show, quando ficou deitado na mesa. Me disse que você não tinha memória. Não sabe como invejo isso. O Mario gosta de você. Gosta muito. Imagino que saiba disso, né? Embora às vezes não saiba o que isso significa. Um babaca que gostava de mim pacas tentou me fatiar viva. Tem gente que ama de um jeito estranho.

Pensei em Leopoldo Támez, protegendo Sandra de sua própria fúria. Laura sorriu com tristeza; tinha um dente quebrado:

— Você também não dorme?

— Sabia que o Mario não dorme?

— Eu me referia a mim: eu não durmo.

— Você vivia com um traficante? — olhei-a nos olhos; ela esfregou o punho.

— Que importa?

— Vou viajar com você. Quero saber se dessa vez vai me ver morto de verdade.

— Eu vivia com um de seus fornecedores. Ele compra armas em Israel, no Brasil, na África do Sul...

— Pode encontrá-la aqui?

Laura olhou para as unhas quebradas, como se procurasse ali uma resposta.

— Poder, ele pode.

— Soa tranquilizador.

— A Irene não vai embora sem mim — respondeu em tom ameaçador. — Precisa de mim. Não conhece você.

Laura brincava com um botão. Ele se soltou e caiu no chão. Ajoelhou-se para procurar. Sentiu dor ao se agachar. Pôs a mão sobre o rim. Virou-se para mim, ajoelhada, com o cabelo sobre o rosto.

— Como esperava que eu a reconhecesse? — perguntei.

— Do que está falando?

— Vi você quando era menina e séculos depois nos encontramos numa estrada debaixo de chuva. Não podia reconhecê-la.

— O Mario me falou de você. Pensei que tinha falado de mim também.

Mario brincava com minhas lembranças. Escolheu o que queria me dizer.

— Além disso, você disse que nunca me esqueceria. Disse que gostava de morrer do lado de um anjo. Me chamou de anjinho.

— Me esqueci — disse.

E me senti mal por isso.

Laura achou o botão. Ainda estava ajoelhada quando perguntou:

— Você quer que eu vá junto?

— Sim.

— Porque estou ajoelhada e sente raiva por terem me torturado?

— Tenho outros motivos.

— Me diga um que valha a pena.

— Porque não devia ter me esquecido de você.

Laura ficou em silêncio, como se desse tempo para que minhas palavras caíssem no chão.

— O que aconteceu com sua perna?

— Fui atropelado, quando era criança.

— E desde então você foge com mulheres fodidas?

Examinou as gengivas com a língua. Levantou-se. Era da minha altura. Olhei para o desenho na parede, percorrido por nervos amarelos. Dei um passo na direção dela. Laura estava concentrada no desconforto que sentia na boca. Parecia indiferente a minha proximidade. Tinha um cheiro suave, adocicado, como uma fruta que fermenta sob o sol.

— Doeu? — apontou para o meu dedo.
— Não.
— A dor dos outros o excita?
— Já me perguntou isso: pessoas torturadas não me excitam.
— Não quer mais estar morto?
— Por enquanto não.

Laura apontou para a porta.

Atravessamos o pátio do albergue. As crianças tinham desaparecido. O sol ardia, fazendo brilhar as bolas abandonadas. Aproximei-me da janela de uma sala. As crianças estavam desenhando.

— No fundo, na cadeira do canto — Laura me disse no ouvido.

Uma menina morena desenhava com um crayon lilás.

— Irene Müller — disse. — A diretora está à sua espera — acrescentou. — Não posso passar por essa porta — apontou para a parte do edifício onde estavam os escritórios, uma seção menos protegida.

Posicionei-me diante de uma câmera. A porta foi ativada.

Entreguei a uma mulher esbelta, de meia-idade, os documentos que Mario me dera. A secretária a interrompeu para avisar que já tinham terminado de pintar a caminhonete.

— Tivemos uma perseguição com tiros na semana passada — explicou a diretora, para que eu entendesse a conversa. —

Tentaram roubar uma das refugiadas. Pintamos a caminhonete para que não a reconheçam — seu tom era calmo, como se falasse de um contratempo comum.

Era preciso uma integridade muito especial para agir dessa maneira. Como podiam aguentar tudo isso? Perguntei-lhe e ela sorriu, de maneira aprazível, quase inverossímil. Respondeu o que eu menos esperava:

— Quando vemos alguém engordar lhe chamamos a atenção. Se alguém se abandona pode acabar muito mal. Aqui ninguém sobe de peso.

Suas palavras soaram como uma sentença moral, uma modesta e resistente forma de heroísmo. Num lugar perdido havia uma conduta rigorosa para salvar o mundo.

— A Irene e a Laura cumpriram seu ciclo — acrescentou.
— Não é bom as pessoas ficarem aqui por muito tempo. Devem voar com suas próprias asas.

O verbo "voar", que eu jamais usaria nesse sentido, pareceu-me típico do otimismo de quem vive para superar crises.

— Com quem a Laura vai morar? — perguntei.

— Ela tem conhecidos na capital. Vão ajudá-la a começar vida nova. O Mario Müller fez muito por nós. Acaba de nos fazer uma doação muito generosa. Peço que fique preparado para a operação. Podem ir buscá-lo a qualquer momento. Obrigada por ajudar. Seu táxi o espera.

Não sabia que tinham pedido um táxi para mim. O albergue funcionava com precisão. A palavra "operação" tinha saído dos lábios da mulher no tom técnico em que falou sobre não engordar. "O peso do mundo." Para as mulheres do albergue essa não era uma frase feita, mas uma prova de integridade. O lugar me impressionou primeiro por sua falta de sordidez, depois por sua disciplina. Uma fortaleza do autocontrole. Opor-se ao horror exigia outro tipo de sofrimento, válido, necessário, que estava além de minhas forças. Pensei em Irene. Será que lhe serviria alguém com quatro dedos, uma perna ruim e metade das lembranças? Lembrei-me do momento em que fui atrás da bola jogada por Mario Müller. Foi como se corresse às cegas. Não a alcancei porque o carro me atropelou, mas poderia ter conseguido. Não ia abandonar Irene Müller.

À uma da manhã fui ver Mario na suíte. Ele tinha deixado a porta destrancada. Estava na cama. Quis acender a luz, mas ele disse:

— Não quero que me olhe. Sou um monstro amarelo.

Contei-lhe da visita ao albergue. Perguntei sobre Laura.

— O pai dela o substituiu uma vez, agora você me substitui — respondeu. — Você foi feliz com Los Extraditables?

— Acho que sim.

— Anos gloriosos. Éramos tão otimistas que nos divertíamos nos destruindo. Quando recuperamos a sobriedade já não valia a pena estar lúcido. O país virou uma merda. Nossa insônia é geracional. É melhor viver de noite.

Mario se revirou na cama. Não conseguia vê-lo direito. Estaria procurando um travesseiro, uma bolsa de água quente? Acomodou-se com dificuldade. Alguma coisa se destacava na mesa de cabeceira, um copo de cristal. "Natureza-morta", pensei. Ele falou novamente:

— No período clássico maia chovia horrores. A água escorria pelas pirâmides, eram ímãs para a chuva. Depois veio a seca... sol e lagartixas até que chegaram os turistas! Agora chove de novo. Sabia que "furacão" é uma palavra maia?...

Era chato ouvi-lo divagar. Caminhei pelo quarto, tentando não tropeçar em nada.

— Fique quieto. Fico nervoso com você se mexendo desse jeito. Sinto que estou como um jaguar enjaulado. Já sentou?

— Sim — estou sentado na beira da cama.
— Está falando a verdade?
— Não percebe que estou sentado na cama?
— Quer que eu sinta a cama? Mal posso sentir a droga dos meus ossos e você quer que eu sinta um colchão?
— Precisamos chamar um médico.
— Ele já vem. Vai me levar de férias: "velocidade vertical", como são chamadas as viagens sem escalas.

Pareceu-me impossível que ele pudesse subir num helicóptero. A ideia de uma viagem pelo Cruci/Ficção era uma fantasia megalomaníaca.

— A que horas o médico vem? — perguntei.
— Num instantinho. Agora se cale e escute. Quero falar. Não consegue atender uma última vontade?
— Diga.
— A Laura Ribas vivia com um homem educado, que falava várias línguas, que fazia as vontades dela e a retalhava. Fora isso, ele era mais confiável do que o Ginger Oldenville.

Não respondi, esperando que prosseguisse. Mario tentou limpar a garganta. Servi-lhe água num copo. Não estava enxergando direito e enchi demais. Molhei os lençóis. Nem ele nem eu nos importamos. Isso não podia mais ser um incômodo. Deu um gole diminuto; depois disse:

— O Ginger era um louco de merda, um loiro com sardas de pão de centeio! Às vezes o diabo tem sardas de pão de centeio, já é hora de você aceitar isso. Não quero morrer pensando que você é bobo o bastante para acreditar nele. O Ginger não era inocente. Foi dublê de risco em *Tubarão III*, um lance perfeito para ele. Aqui os perigos não são de brincadeira: pensar que você é bom pode ser muito agressivo.

— Do que está falando? Meteram um arpão nas costas dele!

— Ferraram ele por ser um intrometido. Ele violou todas as regras, contra todo mundo. Era um messiânico com cara de anjo, achava que era um xerife aquático, um anjo vingador. Sentia-se bom! É uma coisa que eu não suporto, a felicidade feita em Hollywood: queria fazer o bem e fodeu com tudo.

— Quem o matou?

— Era conveniente para todos nós que ele morresse. Era bom demais para não prejudicar ninguém.

— Trabalhei com ele, não consigo vê-lo dessa forma. Você vai morrer como um cínico.

— O mais divertido desse lugar era o medo. O Ginger acabou com a fantasia. Queria realidade, esse era o vício dele. Um fanático pela verdade. Deu o GPS dos rios para o DEA, para a procuradoria, para o consulado... Acabou com o sonho. A única ficção que nos resta são os teco-tecos que voam como moscas com diarreia. Tem bichas que se comportam como *quakers*. O Ginger era um deles. Fico puto que o tenham matado. Queria dizer isso para que saiba que não sou indiferente, que a morte dele me doeu. Me doeu porque não serviu para nada. Se esfolá-lo fosse adiantar alguma coisa, eu mesmo teria feito isso. O "bom-mocismo" dele acabou com tudo. Não sabe a quantidade de gente que eu vi curtindo aqui. O que conseguimos fazer foi do caralho. O melhor show de Los Extraditables foi neste hotel. As crianças morrem de desidratação nessa região. Existiu um sonho onde antes havia insetos. Acha isso pouco?

— Quem matou o Ginger? — insisti.

Mario fez um esforço excessivo para imitar uma voz de radionovela:

— Se o assunto o preocupa tanto, inspetor, pode me culpar: posso afundar com mais outro pecado.

Tossiu. Tinha o peito congestionado pelo catarro. Expectorou sobre um lenço e me pediu uns lenços de papel. Tive trabalho para localizá-los na mesa de cabeceira. Por fim os entreguei. Ele escarrou.

— É isso que deixo, Tony: escarros. Mas não fique com má impressão de mim. Não vá pensar que eu *não* quis matar o Ginger Oldenville. Eu o teria estrangulado, mas tem coisas que só acontecem em sonhos. Eu também não transei com sua mãe.

Afundou o rosto no travesseiro. Começou a soluçar. Sentei-me ao lado dele. — Me perdoe, Tony, eu não consegui. Você me perdoa?

— Perdoo — toquei sua nuca e fiquei com uma mecha de cabelos nas mãos.

Estava febril. Fiz companhia a ele até que o médico chegou. Tinha passado uma hora ali. Meu amigo delirava:

— Menos manteiga, por favor — dizia, com voz muito suave, humilde.

— Tudo bem — disse o médico, com cortesia rotineira, sem se referir a nada.

Eu não conhecia esse médico. Continuávamos na penumbra, mas eu podia saber que ele era um estranho. Com certeza tinha vindo de Kukulcán. Segurava uma maleta quadrada, parecida com uma caixa de ferramentas. Será que o levaria para um hospital?

— Eu o acompanho — disse para o Mario.

Ele negou com a mão. O sorriso se congelou em seu rosto. Só então percebi que o médico estava lhe dando uma injeção.

— Tudo bem — repetiu a frase que lhe servia para demonstrar que a diferença entre a vida e a morte era um trâmite.

Eram duas horas da manhã e fui parado três vezes a caminho de meu quarto. Pessoal da segurança, que eu não conhecia, examinou meu bracelete púrpura. Em cada inspeção eu expliquei quem era. No último posto encontrei Leopoldo Támez. Ainda estava com o rosto inchado e cheio de hematomas. Pela primeira vez seus óculos escuros pareciam naturais.

— Mas que prazer — disse com falsidade, levando-me para um lado.

— Que foi?

— Novas medidas de segurança: falsificaram braceletes. Sinto pelo sr. Müller. Foi tirado da jogada, bem, todos nós fomos. Eu também vou embora. Isto aqui ficou perigoso — apontou para o rosto espancado; sorriu, com dentes que mereciam estar cariados ou manchados de toxinas. Era desagradável ele ter um sorriso perfeito. — Vou para outra segurança privada. Por sorte há trezentas corporações em Kukulcán. Os hotéis fecham e todo dia precisam de mais vigilantes.

— Cumprimente Bush e Fox por mim! — falei.

— Imagino que alguém lhe falou mal de mim. Mando um recado para essa pessoa: se não gosta do gosto do meu pau, que não venha chupá-lo.

Uma frase perfeita para sair de uma boca com os dentes podres. Detestei novamente o sorriso impecável de Leopoldo Támez.

"Ele fodia a Sandra", pensei, para me machucar e me encher de coragem: podia empurrá-lo pela janela do corredor. Ele merecia morrer. Imaginar que seus dedos grossos abriam Sandra me deu motivos para matá-lo. Mas não fiz isso.

Não era só Mario que se arrependia de não ter assassinado ninguém.

O contato com Támez, a sujeira que ele representava, o rosto corrompido da justiça, me fez pensar no inspetor Ríos. Precisava de um complemento para me colocar acima da sordidez do chefe de segurança.

Dormi das cinco às sete. Tomei um banho gelado, li um pouco (ou melhor, reli os grifos de Luciana em O *mestre de go*) e liguei para Ríos. Tinha urgência em vê-lo.

— Tem novidades?

— Sim — menti; na verdade queria que ele me dissesse alguma coisa, o que quer que fosse, algum dado para esquecer Támez e imaginar que os crimes se solucionam. Sabia que a justiça era impossível, mas ainda confiava que a lógica pudesse aparecer.

— Venha até o templo — sugeriu.

Só então percebi que tinha falado com ele no domingo, às sete da manhã. Pessoas que falam a essa hora me enojam. Eu tinha me transformado num deles.

A igreja de Ríos era um edifício de madeira, pintado de branco. Um lugar para conceber esperanças de baixo custo. Não precisei entrar para ouvir seu sermão. Lá do teto, um alto-falante espalhava as palavras.

O pregador falava em tom seguro, convincente, de quem já viu cadáveres, já segurou a mão de alguém prestes a se afogar, já recolheu a pulseira ensanguentada da mãe para entregá-la à filha, o tom de quem sabe que tudo se crispa, e se quebra, e ainda assim aguenta. Seu evangelho parecia uma forma extrema de resignação. Não me fez bem ouvi-lo. No momento eu precisava de um profeta flamejante, repleto de fúria, um enviado de Deus, um policial vingativo que pudesse finalmente acabar com os desastres que começaram com a bondade de Ginger Oldenville.

O sol se tornou incômodo depois de vinte minutos (era desde o começo, como sempre nesse litoral castigado pela luz, mas só então calou em meus pensamentos). Entrei na igreja justo quando um mulato atacava um órgão elétrico, acompanhado de três meninas (uma tocava as maracas, outra o violão acústico, outra um pandeiro).

Tive que ouvir aquela maçante contribuição musical ao evangelho: as preces de Roberto Carlos encheram o recinto.

Os paroquianos pareciam comerciantes, eletricistas, encanadores, mecânicos, especialistas em coisas práticas. Um rebanho artesanal que teria fascinado Cristo. Curiosamente, não havia marinheiros nem pescadores. O lote de Ríos era a pequena comunidade urbana de Punta Fermín, pessoas desarraigadas, dispostas a aceitar outra variante da fé.

Incomodou-me que o rito incluísse Roberto Carlos, principalmente porque meu pé direito começou a marcar o ritmo.

O viés distintivo de meu "chamado" para a música é minha incapacidade de impedir que meu pé siga o compasso. Os baixistas se reconhecem pela vibração dos sapatos. Talvez por isso Felipe Blue tenha me levado o paraíso numa caixa de sapatos.

Roberto Carlos queria ter "um coro de passarinhos". Para isso precisava de um milhão de amigos, esse imenso rebanho permitiria que ele cantasse. Meu pé vibrou com as preces do brasileiro. Que delícia seria receber nesse momento a blasfêmia obscura do Black Sabbath!

Justo quando eu estava polindo minha heresia, um homem me abraçou com ternura e me chamou de "irmão". A missa estava terminando. O silêncio voltou.

Ríos vestia um terno preto, diferente do que usava para trabalhar (que já fora cor de café e agora se diluía num tom de cortiça). Cumprimentou-me com afeto, contente de me ver naquele local. Sugeriu que fôssemos almoçar.

— Tenho uma surpresa para você — disse.

Caminhamos por uma beira-mar onde a prefeitura tinha colocado grandes coletores de lixo cor de manga, como se a maior prova de desenvolvimento fosse guardar resíduos.

Ríos teve tempo de fumar dois cigarros até chegarmos a uma cantina pintada em vinte tons de azul. Se o mar tivesse dermatite pareceria assim.

Curiosamente, o estabelecimento não exibia um nome marinho: chamava-se Bispo Manhoso. O letreiro tinha sido escrito sobre um fundo axadrezado.

Quando pusemos um pé lá, uma voz gritou:

— Desliguem as tevês! O inspetor está aí.

— Sabem que detesto essas fofocas — Ríos apontou para as telas que eram desligadas consecutivamente.

Uma rede pendia do teto, sustentando objetos estranhos.

— São coisas trazidas pelas ondas — disse Ríos.

Pensei na coleção de Sandra, não muito diferente das bolas, dos brinquedos quebrados, das nadadeiras de mergulhador que decoravam o lugar. Depois me lembrei do avião que caiu nos Andes submarinos. Talvez um de seus coletes salva-vidas fosse acabar nessa rede.

— Sua *campechana*? — uma garçonete perguntou a Ríos.

— Sim — o inspetor se virou para mim —: não comi nada de manhã. Quer alguma coisa? É por minha conta.

Pedi um taco de marlim para não destoar e uma cerveja. Fazia muito tempo que não bebia antes das onze da manhã. Um dia especial.

Ríos acompanhou seu coquetel de mariscos com um imenso copo de café com leite. A combinação parecia excessiva para seu corpo enxuto. Imaginei que não comeria mais nada até o dia seguinte. "A dieta do missionário", pensei.

— No que está pensando? — perguntou.

— Em você.

— Vejo que se interessou por meu sermão.

A cerveja estava morna. Mesmo assim, bebi depressa.

— Me disseram que vai gerenciar La Pirámide — Ríos acendeu outro cigarro, antes de dar uma mordida. — É verdade?

— Me ofereceram trabalho.
— Vai ficar com o cargo do Müller. Uma verdadeira honra. Você gostava muito do seu amigo.
— Gosto dele, ele não morreu.
— Desculpe. De segunda a sábado vejo mortos e aos domingos falo deles.

No fundo do salão, dois homens lutavam para manter o equilíbrio. Abraçaram-se para se apoiar mutuamente; caminharam em direção ao jukebox. Quando alcançaram a máquina, perderam o passo e caíram no chão de terra batida. Ficaram ali, tranquilos, abraçados.

— O dono deste lugar é enxadrista. Por isso ele se chama Bispo Manhoso.

Ríos apontou para as fotos nas paredes com a colher comprida do coquetel de mariscos.

— Spasky, Fisher, Capablanca, Kasparov, Karpov...

A combinação de motivos náuticos com heróis do tabuleiro era estranha.

Um homem entrou no local. Segurava uma barra de gelo com pinças enormes. Tarde demais para gelar minha cerveja. Mesmo assim, pedi outra Sol. Tinha começado a detestar esse nome no Caribe, mas também estava me acostumando com o que detestava.

— O Támez vai embora de La Pirámide — disse a ele.

Ríos falou com desprezo das corporações privadas que recrutavam policiais sem escrúpulos. Leopoldo Támez se daria bem ali.

— Neste país, fracassar num trabalho serve para que lhe deem outro trabalho. Ninguém averigua se você foi mandado embora ou não. O Támez tem centenas de trabalhos disponíveis. Vai morrer antes de ser demitido de todos eles.

Um vira-lata tinha entrado na cantina. Foi até os homens desabados. Lambeu seus rostos, abanando o rabo.

— O Támez estragou a câmera de vídeo. É cúmplice de assassinato — disse eu.

— As más notícias o deixaram esperto, meu amigo — elogiou Ríos.

Falei de Ginger. Cheguei a La Pirámide como um sobrevivente de mim mesmo e encontrei aquele otimista irrestrito, disposto a ajudar todo mundo, a considerar cada dia como um milagre. Alguém biologicamente alegre. Isso pode soar simples ou tedioso, mas não para quem vem de estúdios de gravação onde os operadores sofrem de estresse pós-traumático sem saber o motivo. Ginger não ia ao aquário para domar golfinhos, mas para me entusiasmar. Comemorava as sonorizações como se fossem bolas na cesta no basquete.

Segundo Mario, a bondade de Ginger desembocou num equívoco: viu o que não devia e quis consertar. Não entendeu os sinais de reticência, o receio de uma cultura centenária fundada na desconfiança; não soube que o paraíso é discreto.

Anos atrás, eu agira com uma ingenuidade pior que a dele. Pensei que o universo sintonizava com música e a dose adequada; pensei, com inaudito excesso, que alterar a mente era uma forma de arte e que isso mudaria a vida, o país, o próprio cosmos. Eu me arrependia menos de meu vício que do otimismo com que o assumi. O barato foi minha causa nobre e isso foi dar numa coisa muito diferente: o narcotráfico, os cadáveres que flutuavam nos rios explorados por Ginger. Não sei se ele pecou por "bom-mocismo", como dissera Mario, mas eu, sem dúvida, sim. Havia uma similaridade entre o entusiasmo destrutivo do mergulhador e o meu.

Ele decidiu agir, com uma fé no bem que machucou todo mundo. Acreditava nas histórias idiotas em que os heróis vencem.

— O Mario odiava o Ginger — disse ao Ríos.

— O suficiente para matá-lo?

— Seria perfeito que o assassino estivesse agonizando, uma confissão com o caixão aberto: o caso é encerrado ao mesmo tempo que a tampa.

— Você está se viciando em metáforas, meu amigo — sorriu Ríos —, bem-vindo ao clube. O Ginger Oldenville deve ter trabalhado num aquário da Disneylândia.

Olhei a rede no teto. Perguntei-me se o corpo de Mario seria levado pelas correntes até a praia ou afundaria até uma cripta impossível de se encontrar. Seria verdade que se jogaria de um helicóptero com pesos amarrados ao corpo para chegar ao fundo do oceano? A verdade é que ele queria ser lembrado de uma forma grandiloquente.

— O Mario não matou o Ginger — comentei. — Conheço ele desde pequeno. O Támez estragou o vídeo — insisti. — Não o interrogou?

— Claro que sim.

— E o que mais me diz? — caçoei dele.

— Tenho uma surpresinha — apontou para os fundos do local.

Pensei que diria alguma coisa sobre o crime, mas ele se referia a outra coisa.

Um homem de cabelo grisalho e rabo de cavalo se aproximou do jukebox. Chutou os bêbados e viu como se levantavam com dificuldade. Depois os empurrou para que saíssem do lugar. Ligou o jukebox.

As notas ferinas, inesquecíveis, sentimentais de "Reina de corazones" encheram o ar abafado do salão.

— Lembra de mim? — disse uma voz à distância.

Temi estar diante do incomparável Yoshio, o samurai da Canção.

Não: o homem barrigudo que caminhava em minha direção, com a camisa havaiana suficientemente aberta para mostrar uma cicatriz gorda e vermelha, era o produtor e prestamista de outros tempos, Ricky Ventura.

Levantei-me, desconcertado.

— Quanto tempo, irmãozinho! — abraçou-me com um carinho que não sabia que ele tinha por mim.

O longo tempo que ficamos sem nos ver, tudo o que tínhamos feito separadamente, encheu-nos de afeto.

Lembrei do paletó xadrez que ele usava como extravagante tabuleiro de xadrez em suas longas antessalas e as críticas referências a sistemas de defesa, roques e gambitos com que justificava sua instável carreira de produtor.

Sentou-se conosco e disse sem transição:

— Caí num buraco, meu irmão. Emprestei dinheiro para as pessoas erradas. Bem, não foi esse o meu erro; sempre gostei de investir no talento dos outros. Pra você eu dei seguros-desemprego suficientes, né? O problema foi que eu quis receber. Virei um chato, Tony. Você sabe que sou insistente, assim conseguia shows pra todo mundo. Você devia tê-lo visto — dirigiu-se a Ríos enquanto me apontava. — Tony era um monstro do baixo elétrico; adiantou-se a Jaco Pastorius, você ouviu bem — mentiu a meu favor com um descaramento feliz —, mas neste país todas as proezas são secretas. John Cale queria levá-lo como parceiro, mas o sacana do Lou Reed fez uma careta de caveira de feira: o Tony iria ofuscá-lo. Não sabe como ele arranhava aquelas cordas!

— Que aconteceu com os sujeitos de quem você queria receber? — perguntei, incomodado com sua tagarelice.

— Me deviam dinheiro grosso e simplesmente não me pagavam. Marquei presença em todos os lugares que você possa imaginar. Ricky Ventura pode ser tão leal quanto um retrovírus.

— Perguntei-me se antes ele também falava de si mesmo em terceira pessoa; não consegui lembrar. — De repente me mandaram um sinal: se eu continuasse enchendo eles iam acabar comigo — cortou a cabeça com o indicador e vi que conservava a unha comprida que era sua marca. — Ricky Ventura é pegajoso, você sabe. Insisti até que incendiaram El Cavernícola, um inferninho onde eu organizava uns shows. Fui preso como o responsável. Aqueles sonsos tinham amigos na polícia. Me levaram em cana. Cinco anos na Prisão Oriente. Isso é pior que ouvir Yoshio. Que prazer ver você, irmãozinho!

A confusão desse domingo, provocada pela visita ao templo, a cerveja fora de hora, a imagem dos bêbados lambidos pelos cães, condensou-se no rosto de Ricky Ventura, o desmedido organizador que soube enganar Andy Warhol, o prestamista em tempos sem caixas automáticos, o louco que nos levou ao prestigioso inferno de acompanhar o Velvet Underground, o mitômano que agora administrava o Bispo Manhoso.

— Ainda joga xadrez? — perguntei.

— Fui campeão na cadeia. Sou Grão-Mestre de Detentos — sorriu com dentes que sugeriam rixas na penitenciária —, defendi meu título mais vezes do que você tocou com Los Extraditables. Que grupaço, Tony! Nunca houve nada melhor no México, não no heavy metal asteca. É uma pena que ninguém saiba disso. Eu venerava vocês. Mario não esqueceu isso, nunca esquece nada. Ele é o chefe, o único que tive — disse de forma hermética; depois pôs as mãos no rosto; seus olhos se encheram de lágrimas: — Desculpe, Tony, com os anos fui ficando cafona — apanhou uns guardanapos de papel áspero, cor de presunto, e enxugou as lágrimas; sua pele se tornara tão ressecada que provavelmente os guardanapos lhe pareceram lisos. — O Mario montou este lugar. Em troca dos empréstimos que um dia fiz a vocês, ele me deu dinheiro. Isto aqui não é o Maxim's, mas eu me divirto horrores — estendeu o peito, apoiando-se no assento —, o inspetor é um de nossos melhores fregueses. O Carnitas também — apontou para um cara gorducho que entrava, vindo do sufocante esplendor da rua.

— Há quanto tempo está aqui? — perguntei.

— Cinco anos. O Mario resgatou todos nós. Lembra do Carnitas?

— Muito prazer — disse ao sujeito que aproximava uma cadeira para sentar-se à nossa mesa.

Usava uma camiseta da Señor Frogs. A rã adquiria um relevo surpreendente em sua barriga.

— Fui "secre" do Hangar Ambulante, do Sacudo Botas e do Fresa Gruesa — explicou. — Agora sou MP.

— *Member of Parliament* — brincou Ricky.

— Ministério Público — esclareceu Carnitas.

— Tem churrasco do bom — anunciou o dono do Bispo. — Somos um restaurante de frutos do mar, mas aos domingos vivemos do carneiro. As pessoas do litoral se cansam de camarão.

— Se cansam dos preços — disse Ríos.

— O sermão do domingo! Não abuso dos outros: sou prestamista, sou produtor, sou marisqueiro... — Ricky balançou a cabeça de um lado para o outro — preciso ganhar alguma coisa!

Perguntei sobre a cicatriz dele.

— Câncer. Me tiraram uma corrente de gânglios. Juro — beijou os dedos em cruz — que daria minha vida pela do Mario Müller: conte pra ele, Carnitas.

O gordo pediu uma porção de costeletas e falou dos muitos prófugos da cena do rock que Mario tinha ajudado.

— O engenheiro de som da Toncho Pilatos mora aqui: tem três táxis! Lembra do Chito Mendoza? Tocou com o Tinta Blanca. O Mario o pôs em contato com o Pemex. É um dos fornecedores das plataformas petroleiras.

— Fornecedor do quê? — perguntei, para continuar a conversa.

— Não deve ser de churrasco — disse Ricky Ventura —, esse sou eu.

— É fornecedor de gente: leva para eles velhas, um sacerdote, um médico, o que precisarem. Se você precisar de alguém com urgência, Chito é a conexão.

Der Meister recrutava prófugos da contracultura. Seu messianismo oferecia uma opção de aposentadoria para o rock nacional. Não precisava de dinheiro para esbanjar consigo mesmo, e sim para ajudar e controlar uma comunidade. A quantas pessoas ele teria feito donativos na região?

— Você rezou pelo Mario Müller no templo? — Ricky Ventura perguntou ao Ríos.

— Faço isso todo dia — respondeu solenemente o pregador.

Ricky me pegou pelo ombro:

— Às seis da tarde os veteranos do rock vão se reunir. Não sabe os porres que tomamos. Hoje temos ovos de tartaruga. Você vem?

— A Baby Bátiz vem — disse Carnitas, num tom de temerosa reverência, como se estivesse falando de uma sacerdotisa da magia negra.

— Ainda tem um vozeirão — disse Ricky.

Naquele instante entendi que o melhor do meu passado é que ele já havia passado. Com razão Mario não me falara desse lugar. Eu não voltaria ao Bispo Manhoso. O prazer de ver Ricardo López Ventura se devia aos anos que eu levara sem vê-lo.

— Preciso ir — disse.

— Já? — Ricky me abraçou novamente. — Nos vemos às seis.

— Sim — menti. — Posso falar um pouco com você? — dirigi-me a Ríos.

— Também quero falar com você — o inspetor se levantou. Acompanhou-me até a porta.

Do outro lado da rua, três garotas de minissaia e top se encostavam num carro. Talvez se prostituíssem. Talvez sua diversão de domingo consistisse em se apoiar com indolência sobre um carro.

— Que turma, hein? — Não soube se Ríos aludia às garotas que estavam na nossa frente ou às ruínas do rock nacional que tínhamos acabado de deixar para trás. — O Leopoldo Támez me deve um favor: fui eu que o indiquei para o novo trabalho. Não me olhe assim, ele é tão incompetente que não vai causar estrago. Aproveitei para lhe pedir uma coisa em troca, um detalhezinho que ele não tinha dito, uma coisa que interessa a você. É meu presente de domingo: sei quem pediu pra ele detonar o equipamento de vídeo.

Ríos se abrigou sob o beiral de uma casa. Detestava sol.

— O Támez obedeceu a ordens, sempre fez isso.

— Quem pediu isso a ele?

— James Mallett, de Londres — Ríos dirigiu o olhar para o céu, como se contasse gaivotas.

Soube quem tinha matado Ginger Oldenville.

Mario, Támez e Sandra tinham ido embora. Roxana Westerwood logo faria as malas. La Pirámide estava se esvaziando.

É difícil saber quando você vai ver uma pessoa pela última vez. Os dias, agora, tinham uma consistência de oportunidades finais. Soube que meu encontro com Peterson seria uma despedida.

Sentei numa cadeira aquecida por alguém que havia sentado ali minutos antes.

A secretária não estava no escritório. O Gringo tinha ido ao banheiro. Voltou esfregando as têmporas, com o cabelo molhado, algumas mechas formando uma crista sobre sua testa.

Fechou a porta com a trava. Depois foi até a mesinha onde ficavam suas garrafas de uísque. Serviu-me um trago de Four Roses e encheu novamente o seu copo.

— O Mallett faz o que pode para salvar a imagem da empresa — disse, como único cumprimento.

Bebi um trago. O líquido queimou minha garganta.

— Por que você fez isso? — perguntei.

— Do que você está falando?

Reclinou-se no assento, intrigado.

Surpreendeu-me entrar tão depressa no assunto. Eu ganhara uma curiosa confiança de Peterson, nos tratávamos informalmente, trocávamos histórias pessoais, nunca falávamos de trabalho. Meu nome não estava entre os funcionários do mês que decoravam seu escritório. Ele também não parecia me ver como um subordinado.

Quis acabar com minha ansiedade de uma vez por todas:

— Você matou o Ginger — disse sem ênfase, como se me referisse a um descuido. — Não vou delatá-lo, não posso fazer isso, só quero saber por quê.

— A lei existe, Tony, não sei por que se afasta dela. Se você tem alguma prova, apresente — seu tom não foi desafiador; aceitava o assunto como algo de baixa intensidade, um assunto interessante sobre o qual especular. Dois amigos conversando nos trópicos. Bebeu outro trago. — Não acredita na justiça? — sua curiosidade pareceu genuína. — Gosto de suas histórias, das alucinações com lagartixas coloridas, dos delírios de outros tempos. Meus amigos tiveram de ir para a guerra para passar por isso. Você se fodeu em tempos de paz. Este país não para de me maravilhar. Os mexicanos precisam se escangalhar para ficarem bem, por isso são tão bons nas Olimpíadas de paralíticos. Não pude salvar meu filho, Tony, contei isso mil vezes pra você. Vi o rosto dele na água: uma mancha rosa com um ponto branco (o algodão que ele usava no ouvido). Esses detalhes não se apagam.

Ele se afogou, depois minha mulher morreu. Eram motivos para se foder mesmo.

Voltava a tocar nesse assunto doloroso, talvez para impedir que eu fosse adiante. Não era típico dele ser chantagista, mas talvez eu o tenha pego desprevenido. Tinha de pressioná-lo; não muito, o suficiente para que se interessasse em dizer o que eu queria saber.

— "As responsabilidades solitárias" — citei a expressão que tanto o interessava. Ele me olhou com uma curiosidade objetiva, como se eu estivesse falando de um mecanismo importante, mas que não nos dizia respeito. — O Támez estragou o equipamento de vídeo. O Mallet pediu a ele. Cada um cuidou do seu lance. Se eles tinham essa função, nenhum dos dois podia disparar o arpão. Todos precisavam participar, mas cada um devia fazer isso separadamente. Aprendi bem sua teoria?

O Gringo sorriu de modo vago. Será que ele sentia prazer por não ter falado em vão, por ouvir em outra boca aquele modelo de conduta que tanto admirava, a resistente tática do adversário? Será que de repente ele estava achando que tinha falado demais, será que ia preferir, afinal, mentir para mim, romper o pacto de sinceridade dos que só se reúnem para conversar e sabem que não irão se encontrar noutro lugar? Difícil dizer. Olhou-me nos olhos, instando-me a completar meu argumento.

— O Mallett e o Támez participaram dos preparativos finais do assassinato, mas não sabiam o que ia acontecer. Isso os descarta como suspeitos. Só uma pessoa podia conhecer o plano inteiro.

— Eu não estava em La Pirámide.

— Um álibi perfeito. Talvez durante algumas noites você tenha sido John Smith ou Peter Jones, o hóspede que ninguém viu sair do quarto 1004. É fácil desaparecer dentro de La Pirámide.

— Fui aos funerais dos mergulhadores. Quer ver os carimbos no meu passaporte?

Não me ocorrera que ele também pudesse cuidar desse detalhe. Era fácil que outra pessoa saísse do aeroporto de Kukulcán com seu passaporte e ele o recuperasse nos Estados Unidos. Estava protegido por uma soma de delitos menores.

— Sabe que existe o "delírio de relação", Tony? Tem gente que pensa que tudo está conectado. Gente louca. Durante meses você me falou de lembranças desconexas. Agora quer conectar tudo. A sobriedade não é assim. Tem coisas que não se explicam, existem as casualidades...

Mantinha um tom afável, paciente.

— Faz anos que você tenta completar uma história, Mike — a menção a seu primeiro nome surpreendeu mais a mim do que a ele.

Eu o conhecia como só um desconhecido pode conhecer, alguém com quem se conversa longe de todo o resto. Ele sabia disso.

Olhou para o teto. Começou a falar sem deixar de olhar para cima, como se entrasse num transe suave, pesando as palavras, deixando-se levar por elas, admitindo, talvez, a possibilidade de concluir a história tantas vezes iniciada:

— Eu me alistei para ir ao Vietnã, mas não me aceitaram. O pior é que aceitaram meus amigos. Um deles voltou descerebrado, outro morreu carregando os intestinos. Fracassei, Tony, essa é a pura verdade. O que um Gringo faz quando fracassa? Ele se destrói, ou seja, vem para o México. Pouco a pouco me acostumei a não me prejudicar, quase tomei gosto pela vida. Tenho vergonha de dizer isso, mas fui feliz; não o tempo todo, só os cães são felizes o tempo todo, mas por momentos.

— E não quer se ferrar mais?

— A tentação continua. No meu país a derrota é uma tragédia; aqui é uma licença para que perdoem sua existência. Conversamos sobre muitos assuntos, Tony *dear*; fico espantado com o que conversamos. O calor une os estranhos. Falar com você me relaxa, seu temperamento é um bom ansiolítico. Um "homem de confiança"... Eu me pergunto se você também é um *con man*, alguém que cria confiança para depois enganar. Você me engana, Tony?

— Quem pergunta não está enganando: por que você matou o Ginger?

— Você diz que não pode me denunciar. Isso me interessa — soltou uma baforada de fumaça. — Me interessa muito. Por que não pode me denunciar?

— Posso, mas isso não importa. Todo mundo queria que o Ginger morresse.

— Quem é "todo mundo"?

— Você, o Mario, o Támez, o Atrium, o DEA, o consulado, os Conchos... Até os familiares dele estão conformados com a história do pacto gay.

— O Ríos não está na lista dos conformados?

Limpou um rastro de cinzas no peito. Usava uma camisa amarelo-pálido, de tecido barato, que deixava ver sua regata branca, com corte de jogador de basquete. Não se permitia outros luxos além do tabaco cubano. Assoviou o início inconfundível de "Fly Me to the Moon". Mike Peterson se divertia.

Simpatizei muito com ele desde que o conheci. Seu jeito melancólico de lidar com as ausências que determinaram sua vida o dignificava. Era invejável como administrara sua queda. Eu desperdicei a minha. Ele se castigava de maneira útil; ajudava as centenas de pessoas que decoravam seu escritório como funcionários do mês.

— O Ríos não quer escândalos — falei.

— E você: quer escândalos?

Eu gostava mais de respirar a fumaça do que de fumar. O ar atabacado tocou minha pele de uma forma agradável, luxuosa.

— Quero o motivo. Só isso.
— Por quê?
— Trabalhei com o Ginger. Tinha afeto por ele. Sou o único que não queria que ele morresse. Isso me intriga.
— E o Mario, como está? Tudo bem?
— Ajeitando as coisas. Ele tem pouco tempo.
Não esperava que Peterson dissesse:
— Vai divulgar as irregularidades de La Pirámide — olhou para o relógio, como se isso fosse acontecer de um momento para o outro. — Ele sabe o que faz, sempre soube.
— É conveniente pra você que ele faça as denúncias?
— Não existe felicidade absoluta, já lhe disse isso. Se a imprensa pressionar o Atrium, teremos de cair: bancarrota total. É a melhor coisa para um hotel como este. O Mallett ainda pensa que dá pra consertar as coisas. É outro fanático. Eu me pergunto se será possível reunir seis pessoas interessantes sem que apareça um fanático.

O Gringo parecia disposto a divagar, agora esse outro assunto o atraía, a proliferação dos fanáticos.
— O Roger Bacon era um mergulhador melhor que o Ginger — falei, para retomar o assunto. — Foi morto porque descobriu um carregamento de droga. Depois simularam que ele tinha morrido em alto-mar.
— Sim, ele morreu antes do Ginger. Essa foi a grande descoberta do Ríos. Não sei se o achado justifica seu cargo; pelo menos justifica seu sobrenome: morte em água doce. Aonde isso nos leva, Tony?

O humor de Peterson estava melhorando. Olhou-me com intensa curiosidade. Isso me ajudou a dizer:
— O primeiro assassinato foi feito para ser escondido, o segundo para ser visto. Mataram o Roger, mas isso não freou o Ginger. Mario o preveniu, mas ele foi ao consulado, agitou as águas...

— Não agitou as águas: pôs merda no ventilador, embosteou tudo, fez um chiqueiro.

— Ele tinha de morrer de forma exibicionista para que desse a impressão de um pacto. Depois apareceu o primeiro morto, com um nó no pênis.

— O lance do nó é um detalhe artístico — sorriu.

— Foi ideia do Mario, eu sei. Ele aceitou os fatos, não podia fazer outra coisa. Ajudou você, sempre fez isso. A tatuagem árabe encerrou o caso de vez: ninguém queria que isso fosse importante. A autópsia não foi divulgada até que o Ríos a localizou. Mas aí já era tarde demais: a morte do Ginger convinha a todo mundo. Só quero saber quem deu o tiro. Isso é "delírio de relação"?

Peterson aspirou com força, saboreando a fumaça:

— Se perguntar por aí vai saber que o candidato a governador, o líder da oposição, o secretário de turismo, as putas e o senhor bispo queriam que isso acontecesse. O calor existe pra isso. Quando as pedras queimam e o ar raspa a cara da gente, não é difícil concordar em fazer um sacrifício. Pergunte aos maias: o melhor deve morrer.

— Mas nem todos dispararam o arpão. Você planejou um eclipse, uma coisa bem maia: um momento de escuridão para ajeitar as coisas. Não queria que o Támez seguisse sua pista, precisava que a ordem viesse de Londres, sem que ninguém soubesse que na verdade a ordem vinha de você. Como conseguiu isso?

Peterson me olhou com renovada satisfação:

— Gosto que se interesse por mim.

— Pensei que você estivesse conformado, que aceitasse o hotel, mesmo sem gostar de vender medo.

— Um conformista, é isso que eu sou?

— Não, é alguém que aceita. Só isso.

— E o que faz uma pessoa que aceita?

— Como conseguiu que pedissem uma coisa tão estranha para o Támez?

Os olhos de Peterson brilharam, como tantas vezes em nossas conversas. Soube que ele não ia parar; o gosto de contar sua história se impunha por si mesmo, para além das consequências; entre outras coisas, porque nenhum efeito podia ser superior ao de organizar tudo isso, e lhe dar um sentido. Eu era, afinal de contas, o Homem de Confiança; a história nos tornava cúmplices.

— Às vezes o "delírio de relação" tem causas — concedeu, com um sorriso —; gosto do relato que você propõe, Tony, embora seja ficção. Podemos explorar isso, se quiser. Como você convence o Mallett a avariar uma câmera? Vejamos. Pra começo de conversa, é fácil convencer os europeus de um projeto cultural. Sabia que o Mallett é adepto da dianética?

— Não.

— A cientologia organiza recitais espirituais: "Poesia à luz de velas". Eu disse ao Mallett que vários membros-chave da igreja dianética eram nossos hóspedes. Isso era verdade. Queria fazer alguma coisa especial pra eles. É gente muito solidária, que nos apoiou muito. Tinha interesse em lhes fazer uma surpresa.

— E por que precisava quebrar a câmera?

— A lei anti-incêndio proíbe que se acendam velas em espaços internos. Neste país é mais fácil cortar o saco do vizinho que fumar numa área proibida. Era preciso danificar a câmera para que não houvesse registro. Um pequeno delito. Sempre me surpreendeu que em espanhol "delito" se pareça tanto com "deleite". Vou lhe contar uma coisa que mais ninguém investigou: também quebramos o alarme de fumaça.

O tom de Peterson tinha deixado de ser especulativo. Estava começando a confessar, com prazeroso descaramento:

— Ninguém pensou em fazer essa conexão. O Mallett adorou a ideia de "Poesia à luz de velas". Como você sabe, o recital não aconteceu. Às vezes a lírica é suspensa por um assassinato.

— O Mallett pode denunciá-lo.

— Não sei. Os dianéticos eram reais, os convites impressos que receberam eram reais, os preparativos para o recital foram reais. E eu não estava em La Pirámide. Houve um eclipse que alguém aproveitou. Os maias faziam isso maravilhosamente. É só ver o mural da Cruz Folhada.

Falava com mais intensidade. Havia se alterado de um modo que o favorecia. Um modo brioso, lúcido. Não tinha o rosto de um apostador. Tinha o rosto de um cavaleiro:

— Quis fazer um recital com hóspedes seletos do hotel (posso lhe dar os nomes), num lugar mágico como o aquário, mas o Ginger apareceu morto. Uma pena. É tarde demais para ser vingativo: vingança não é justiça. Não é o caso de fazer uma caçada aos culpados.

Ele tinha razão: ninguém queria procurar um culpado que favorecia a todos. Mesmo assim, disse:

— Matar alguém não é vingança?

— A guerra existe, Tony. Cada um tem a sua. Eu me arrisquei vivendo entre vocês. Ambroise Bierce sabia do que estava falando: "Ser um gringo no México: isso é eutanásia". Não à toa ele desapareceu aqui.

— O Mario ia demitir o Ginger.

— Demorou para fazer isso.

— Ele o odiava, mas não queria matá-lo.

— Ninguém queria matá-lo. É o lado poético da questão: todos o detestavam, mas ninguém queria sumir com ele.

— Alguém disparou o arpão.

— Era preciso um cara fodido, *a real player* — Peterson sorriu.

— E o que você me diz, *real player*?

— Não sei se tenho qualificações para o papel, Tony, não quero ficar me gabando. Acho que não sou essa espécie de caubói — baixou a vista; seu tom de orgulho se tornou azedo: —

Sabe onde o Ginger Oldenville se formou? Na equipe de resgate da guarda costeira. O governo lhe pagou um treinamento de elite; pertenceu a unidades especiais que são submetidas a uma disciplina brutal, passam horas em piscinas com gelo para enfrentar cenários de hipotermia, fazem resgates no Alasca... O Roger Bacon também esteve lá — falou, como se a boa formação de Oldenville fosse uma ofensa.

— Isso o incomoda? — perguntei.
— Ele foi convocado, queriam recrutá-lo...
— Para quê?
— A Guerra do Golfo.

O Gringo Peterson passou a mão na testa. Deixou o charuto cair. Demorou a perceber que estava queimando sobre sua escrivaninha. Jogou-o sobre uma pasta de plástico. Sentimos um cheiro químico. Finalmente ele atirou o charuto na lixeira.

— A vida particular dele nunca me importou. Nem a figura. É assim que se diz? *Striking good looks!* Um deus ariano, daqueles que Hitler adorava. A piscina genética o desenhou maravilhosamente bem. Mas ele não fez jus à piscina que devia preservar. Preparam-no para a guarda costeira, no maior corpo de resgate do mundo, e o cara se manda. Um *fucking defector*. Não foi para a guerra. O pacifismo pode ser muito imoral, Tony. Por isso o Ginger estava no México. Aqui ninguém examina seus papéis. Quando foi ao consulado, eles fizeram pesquisas que você não encontra no Google. Então soubemos quem ele era: um desertor. O Ginger quis trocar informações sobre o narcotráfico pelo perdão: propôs ao DEA negociar sua denúncia. Sabe o que o pai de um afogado pensa de um salva-vidas desertor? Pessoas que se acham boas devem adotar um cachorro.

Fez uma pausa; tinha passado da satisfação à raiva inesperada. Parecia incomodado por se sentir assim. Beliscou o braço, de forma dolorosa. Bebeu outro trago. Disse, num tom quase inaudível:

— Os maias eliminavam quem competia com os deuses — pouco a pouco, aumentou o volume da voz. — O Ginger pensava que estava combatendo o mal só porque tinha razão. A ingenuidade pode ser muito prejudicial. Se você não sabe o que faz, lutar contra o desastre ferra todo mundo. Quando a merda é jogada no ventilador, todo mundo sai respingado. Seu amiguinho não foi defender o país dele, e ainda por cima nos trouxe uma guerra. Dá pra ser mais filho da puta?

— Ir para a guerra e denunciar um crime são coisas diferentes.

— São coisas diferentes pra você! Eu queria ir para o Vietnã, daria qualquer coisa por isso.

— A pessoa que o matou, o *real player*, queria ir para o Vietnã?

— Isso é o de menos. E não existe carrasco, não nesse caso. Não há rastros, não há imagens. O processo foi encerrado. "Coisa julgada", Tony *dear*. É assim que se chama o esquecimento aqui no México.

Nunca vi um surto de vaidade no Gringo Peterson. Não podia esperar que alardeasse seus feitos. Estava satisfeito com a morte de Oldenville, mas não a assumiria só por orgulho. Se dissesse alguma coisa, talvez fosse por um princípio moral, para mostrar que fora instrumento da vontade coletiva, o elo que fechava uma corrente.

— Não estou pensando num culpado — falei —, isso não me interessa. Estou pensando em "responsabilidades solitárias". Qual foi a sua?

Peterson remexeu no lixo. Recuperou o charuto, acendeu-o de novo. Suas mãos tremiam, desperdiçou dois ou três fósforos.

— A Lei anti-incêndio não se aplica a este escritório?

— É a única zona livre. Está no meu contrato, posso fumar o que bem entender: até charutos proibidos pelo embargo norte-americano. Isto aqui é terra de ninguém.

Olhou-me nos olhos, protegido pela fumaça. Parecia avaliar a possibilidade de ter uma testemunha. Se continuasse falando podia se comprometer; ao mesmo tempo, podia justificar seus atos. Soube que não se calaria: gostava de estar certo.

— Você quer motivos? — afastou a fumaça com um safanão. — Alguém que nunca pôde purgar sua dor teve uma oportunidade. Uma segunda chance, Tony: o *comeback*. Um louco queria nos foder em nome do bem e, de quebra, ajeitar seus papéis. Um fundamentalista das boas intenções convencido de que as pessoas se amam e de que a vida é um comercial de granola: um imbecil, *a fucking asshole*! La Pirámide não é uma ala de pediatria: vendemos medo — de repente, falou como Mario Müller, seu odiado cúmplice. — Vivemos disso. O Ginger não entendeu nada; era um *boy scout* messiânico. Bem, todos os *boy scouts* são messiânicos. O redentor se encontrou com seu carrasco.

— Você não disse que não havia carrasco?

— Houve um, Tony: o destino, o destino...

Sorriu, meio desconcertado.

Era estranho ele falar assim. A vida de Peterson tinha sido uma aposta contra o destino, uma aposta perdida, naturalmente.

Olhou para a mão, como se estivesse se lembrando de alguma coisa, talvez da tensão com que estirou os elásticos e disparou em Ginger Oldenville, pelas costas; esse ultraje aperfeiçoava o assassinato, tornando-o pior e exemplar, um sacrifício que agora fazia Peterson sorrir:

— Vou dizer uma coisa: esse "alguém" me deixou feliz. Nenhuma morte me pareceu melhor que essa. Nunca um canalha mereceu tanto o seu destino. Você conhece as causas, deduz as ações.

Peterson tinha confessado sem confessar. De um modo casual e ao mesmo tempo cheio de cálculos exatos, tinha conquistado seu direito à calma. Não resgatou o filho, mas eliminou um socorrista frustrado. Aos sessenta e cinco anos podia aproveitar a extenuante alegria do dever cumprido. Sua vida fragmentada, dividida em quartos transitórios, marcada pela solidão, pelo trabalho duro que não lhe interessava, pelas apostas que nunca o lesavam o suficiente, tinha sido o rodeio labiríntico para atribuir-se esse dever.

Pensei que não diria mais nada. Mas ele não resistiu à tentação de retomar a cena:

— Pense no que aconteceu, Tony. Não houve vídeo, só nos resta a imaginação. Apague as luzes, projete as imagens: a ordem de Londres para avariar dois aparelhos (a câmera, o alarme de incêndio). Os passos do Támez no escuro (um subordinado que prefere fazer uma vistoria simples a averiguar razões), o Ceballos entretido nos vestiários por um representante de relações públicas que o interroga fora de hora como possível funcionário do mês, o encarregado do aquário se divertindo com a professora de ioga... Qual o saldo disso tudo? Um momento de solidão: o cenário para o responsável, alguém que não pode falhar, alguém que manda uma mensagem: um arpão nas costas, a marca do traidor. Sabe como isso foi comemorado nas redes sociais? Suponho que você não está no Facebook...

— É uma boa suposição.

— No blog dos *marines* foi *party time*: o traidor não voltaria para o mar.

Vi uma afiada lâmina de abrir cartas sobre a escrivaninha. Alguém como o Gringo Peterson, um *real player*, alguém *responsable* podia empunhar essa arma e enfiá-la no carrasco.

Peterson e Ginger eram parecidos numa coisa: agiram sem culpa, movidos pelo bem.

Ninguém iria depor contra o Gringo. A engrenagem do sacrifício funcionou como um relógio. Essa morte era conveniente para todos. Os maias não teriam feito melhor.

A lâmina recolhia o brilho da lâmpada halógena que pendia do teto. Peterson me olhou nos olhos, com uma doçura estranha, talvez se identificando com o que eu podia fazer. Por um momento pareceu me olhar com a admiração e o afeto de quem encontra alguém mais próximo que um cúmplice: uma alma gêmea. Talvez desejasse o sacrifício, purgar finalmente toda sua dor, permitir, suavemente, que eu liquidasse a impunidade com outro ato impune.

— Isto aqui é terra de ninguém — lembrou.

Sua mão se dirigiu à lâmina: empurrou-a para mim, com lenta insinuação. Encarou-me. O gume da faca estava ao meu alcance, mas eu não quis pegá-la.

O que mais lembro de meu último encontro com o Gringo foi a estranha sensação com que saí dali. Caminhei pelo corredor, confundido por um fato irremediável: eu simpatizava com o assassino.

Minha avaliação de Peterson não mudou muito quando eu soube de seu ato mais definitivo. O sacrifício de Ginger Oldenville me parecia sinistro, equivocado: ele não merecia isso. No entanto, alguma coisa me mantinha na periferia do carrasco. Quis detestá-lo e não consegui, não totalmente. Talvez tenha me comovido a dor acumulada, a solidão, a longa paciência para chegar ao momento em que cumpriu seu dever. Esse esforço delirante me impedia de odiá-lo e, acima de tudo, me fazia pensar, com um misto de asco, pânico e imerecido prazer, que se tivesse vivido mais tempo em La Pirámide, e sendo outra a vítima e outras as causas, talvez eu tivesse feito alguma coisa parecida.

Não voltei a ver Mario Müller. Fui mais uma vez à suíte dele. Bati à porta. Ninguém abriu. Lá dentro soava um despertador. Temi que tivesse morrido. Procurei uma camareira. Ela se comunicou pelo walkie-talkie e pediu autorização para usar a chave mestra. Consegui entrar.

 Os cômodos não mostravam sinais de nenhuma presença. Tampouco havia sinais de partida. Encontrei três malas no closet, perfeitamente alinhadas, com cheiro de novas.

 Mario partiu sem bagagem. Sobre o lavabo encontrei seus comprimidos, sua escova de dentes e a pasta sem a tampa. Na pia de porcelana vi um cabelo ondulado, como um til sobre o a.

 Liguei o computador na escrivaninha. Procurei sinais dele no portal do Cruci/Ficção. Mario Müller não estava lá. Depois digitei meu próprio nome. Com vaidade e espanto concebi uma hipótese: se inscrevera como Antonio Góngora para facilitar que eu me transformasse em Mario Müller. Também não tive sorte nessa pesquisa.

 Fechei a porta do quarto com cuidado, como se não quisesse despertar o hóspede.

 As palmeiras alinhadas em torno do passeio principal de La Pirámide balançavam com a brisa. Respirei o ar úmido, algodoado, do Caribe. Mario e eu tínhamos pensado em transformar a agitação das palmeiras em música ambiente. Olhei-as com a tristeza do que já pertence ao passado, mas ainda não é lembrança.

 James Mallett deixou várias mensagens em meu quarto. Imaginei desculpas para não aceitar seu trabalho, mas não precisei usá-las.

 Remigio, o jardineiro sem mão, parou-me junto a um maciço de tamareiras.

 — Estão procurando você ali — apontou para uma mulher a uns dez metros.

Caminhei até uma senhora de avental de plástico verde, como os que se usam nas cantinas.

— Venho da parte da doutora — estendeu-me a mão rosada, polida pelo esforço, a mão de alguém que trabalha com faxina.

Demorei a entender que se tratava da diretora do albergue.

— Precisamos ir agorinha — acrescentou.

— Vou buscar minhas coisas.

— Não dá tempo. Está com seus documentos?

— Sim.

— Isso basta — seus olhos impunham urgência. — Estou levando o necessário para o senhor.

Caminhou sem esperar resposta. Foi difícil seguir seu ritmo. Andamos até uma picape.

— Desculpe por não dizer meu nome — ligou o motor. — É melhor para todos.

"Amigos de amigos", pensei. "Responsabilidades solitárias."

Não me importei de deixar para trás os livros de Luciana. Já lera todos e repassava com excessiva atenção seus grifos, procurando conselhos que não soube ouvir na hora certa.

Em compensação, lamentei não levar a coleção de ruídos que Mario me dera. Ali havia um pouco dele, um pretexto para que Irene e eu o recordássemos. Teríamos de começar do zero. Outro tributo aos maias, inventores desse estranho número que não pesa, mas faz com que os outros pesem.

A caminhonete tinha um câmbio que roncava a cada troca de marcha. A mulher o manejava com firmeza. Não falou durante a maior parte do caminho. Sorria placidamente, como se a felicidade não precisasse de um motivo.

Passamos por uma pequena aldeia. Ela apontou para uma loja de tintas à beira da estrada:

— Comex — disse.

Um pouco adiante avistamos um posto de gasolina:

— Pemex.

Não leu outros letreiros. Pronunciou essas palavras como se espirrasse nomes. Não podia falar nada na minha frente, mas seu corpo lhe pedia que rompesse o silêncio: "Comex", "Pemex".

À medida que nos aproximávamos do albergue, aumentava minha ansiedade pelo encontro com Irene. Não tinha a menor ideia do que significava tomar conta de uma menina. Mario me impusera essa tarefa junto com suas lembranças.

Será que enquanto eu olhava o mato verde-pálido ele despontava na porta de um helicóptero, sobre um mar turbulento, em seu último episódio como *Der Meister*? Acho que não. Talvez estivesse morrendo sozinho, num quarto qualquer, imaginando sua outra morte, a de um deus sacrificado.

Perguntei-me se haveria alguém interessado em impedir a adoção. Nossos insondáveis adversários também tinham "amigos de amigos"? O Bicolor tinha morrido, mas o marido de Laura continuava vivo. Fugíamos dele ou de mais alguém? Não podia saber, e era melhor que não soubesse.

Estranhamente, senti que a confissão de Peterson me protegia: o Gringo não deixaria que prejudicassem o único que conhecia o motivo mais profundo de um ato que sem essa causa seria comum, assimilável à violência de todos os dias. Eu sabia que ele era *responsável*; entendia o que fez. Dizer isso seria inútil no campo na lei. Meu segredo existia para não ser revelado. Isso bastava. Alguém ouvira a confissão de Peterson: suas razões existiam. De uma forma absurda, violenta, orgulhosa, talvez ruim, senti-me imune pelo que sabia.

O Gringo administraria a falência com segurança; cooperaria com o Atrium com a lealdade do sócio que se arruína satisfatoriamente; repartiria as indenizações sem aumentar sua parte (a "parte do leão"), sairia a salvo dessa selva. Talvez voltasse para o pequeno povoado de Wallingford, Vermont, com o cansaço de quem cumpriu uma missão atroz, mas necessária, principalmente isto: necessária. Chegaria perto de alguma coisa parecida com a felicidade, um sossego trabalhado com esforço, os dias tranquilos do animal que soube assassinar a tempo.

A diretora me esperava na porta do albergue.
— Sou a Teresa — disse.
Só então percebi que na visita anterior ela não me dissera o nome.
Levou-me até o escritório. Falou do quanto apreciava Irene Müller, de como ela era inteligente, de como evoluíra bem.
— Por que confiam em mim? — perguntei.
— Não confia em você? — sorriu.
— Não muito.
— Nós confiamos. Temos informações. Este é um centro de alta segurança — falou com suficiência, no tom de uma especialista que não está disposta a comprometer a qualidade de seus dados.
Deu-me documentos e uma caderneta de vacinação, repassou o rendimento escolar de Irene, seu histórico clínico, tudo num ritmo vertiginoso, como se eu fosse dono de uma memória superior.
Depois acrescentou, com uma sabedoria benévola:
— Só há um conselho para a paternidade: improvisação total.
Laura apareceu na sala. Não cumprimentou. Apoiou-se no batente da porta. Usava um vestido de flores grandes, de tecido leve. Tinha o cabelo preso com uma fivela. Gostei, aquilo tinha um quê de inquietante, como essas mulheres perturbadas e bonitas do cinema francês que prometem que será perigoso amá-las: "Me ame e terei um surto psicótico".
Talvez, em outra época, Luciana tenha encontrado esse fascínio em mim. Teresa continuava dando instruções:
— Vão passar a noite no hangar de refugiados. O teco-teco irá apanhá-los pela manhã. Laura sabe tudo o que é preciso saber sobre a Irene.

Levantou-se. Saímos do escritório. Passamos pela porta elétrica. Chegamos a um vestíbulo onde havia uma mesa. Uma menina desenhava. Irene.

Sentei-me ao lado dela.

— Gosta de desenhar? — perguntou-me. — Vamos ver, que bicho é este? — apontou para algo que me pareceu um coelho, embora eu não tivesse muita certeza disso.

— Um filhote — arrisquei.

— De que raça?

— Coelho — respondi.

Irene riu sem fazer barulho, mostrando os dentes superiores e agitando um pouco o rosto. Uma risada muda, inocente, meio abobada. A risada de Mario Müller.

— O Tony trouxe isto pra você — a diretora lhe entregou um gato de pelúcia.

Agradeci o detalhe: Teresa me deixava generoso aos olhos da menina. Dirigi-lhe um olhar de apreço. Não o devolveu.

— Como ele se chama? — perguntou Irene.

— Yoshio — improvisei. — A família dele veio do Japão. Olhe os olhos dele.

— Yoshio — Irene levou o gato até a face. — E você, como se chama? — perguntou.

— Tony, mas me chamam de Mario.

— Mario é o apelido de Tony?

— Às vezes. Também pode me chamar de Antonio.

— Tia Laura, você gosta de Yoshio?

— Mais que de Siguifredo — respondeu, e se virou para mim para explicar. — Siguifredo é uma iguana, morou um tempo aqui no albergue. Era o único macho adulto deste lugar.

— Tinha mau hálito — disse Irene. — Dei um Sugus para acabar com o bafo, mas não funcionou.

Começava a conhecer minha nova vida: um lugar onde os répteis mascam chicletes.

* * *

Laura Ribas levava suas coisas numa sacola de Liverpool. Irene carregava uma mochila com orelhas de burro, de algum personagem de desenho animado que eu desconhecia.

Fomos até a caminhonete. A mulher de avental cuidou da bagagem. Colocou-a na parte traseira da picape e foi para o volante. Manteve de novo um silêncio hermético. Laura subiu na cabine devagar, antes de mim. Não queria ver suas pernas. Não queria gostar delas. Não tão depressa. Não queria porque era óbvio que gostava. Depressa demais.

Nos bons anos que passei com Luciana falávamos dos casais que podiam se separar; analisávamos "como estavam", estudávamos seus altos e baixos, nos divertíamos atribuindo-lhes temores, receios, coisas mal resolvidas. Fazíamos apostas sobre quem brigaria, sentíamos pena dos tristes, desconfiávamos dos muito felizes. Pensar nos outros casais e em seus ciclos inseguros era uma forma de nos convencer de que nossa relação seria eterna. Quase sempre nos enganávamos; os amigos tinham uma forma estranha de durar mais ou menos que o previsto. No entanto, intuir e antecipar a ruptura alheia nos ajudava a seguir em frente, com a estranha imunidade dos que conhecem os problemas dos outros e assim evitam os seus.

Só naqueles anos fui parte de um casal. Antes e depois minha vida foi uma confusão onde sempre tive menos mulheres que aquelas que desejava e mais que as que merecia.

Agora viajava na companhia de uma desconhecida que se lembrava do desmaio que tive em outra época e de uma menina que tinha se tornado "minha" pela urgência de ser salva. A senhora de avental de plástico e palmeiras vermelhas nos levava.

Meia hora mais tarde avistamos o teto curvo do hangar de refugiados.

— Aqui cabem quatro mil pessoas — disse a motorista, com orgulho. Um guarda abriu a grade de entrada e franqueou o acesso. Parecia esperar nossa chegada. Não pegou um livro de registros nem pediu documentos. "Amigos de amigos". A rede se estendia.

A motorista parou junto à porta do refúgio e desceu depressa. Na parte traseira da picape levava uma sacola do armazém Coppel. Entregou-a:

— Coisas para a viagem.

Abri a sacola. Consegui ver uma pasta de dentes, um barbeador de plástico, algumas cuecas, algumas meias recém-compradas, o necessário para um dia. Eu tinha saído de La Pirámide com a roupa do corpo.

A mulher se despediu:

— Que dê tudo certo — apertou minha mão.

Deu um beijo em Irene, outro em Laura.

Arrancou com a tranquila celeridade com que nos levara.

Entardecia. O céu ia ficando esverdeado.

Éramos os únicos hóspedes do hangar. Ia ser estranho dormir entre quatro mil camas. Havia uma pequena cozinha embutida numa parede, com um fogão, uma geladeira que fazia mais barulho que o necessário, um guarda-comida decorado com decalcomanias de times de futebol.

Laura remexeu nas gavetas, pegou uma caixa de cereal, cheirou-a. Torceu o nariz.

Saí para caminhar.

— Não se afaste muito — advertiu o guarda.

Fui até uns arbustos onde zumbiam insetos. Por alguma razão pensei em meu pai, em suas mãos grandes, seu cheiro de água-de-colônia e couro cru, a pressão sobre meu peito antes de dormir, a inveja que seus cálculos exatos despertavam, a foto no parque onde sorria com a alegria simples de quem oferece um algodão-doce.

Não conseguimos amá-lo. Depois de sua partida, minha mãe foi amada por um ou vários homens dos quais só conheci a silhueta, a sombra que, do apartamento, eu avistava, quando a esperava às duas da manhã, odiando que chegasse tão tarde, aliviado de que finalmente chegasse.

Mario Müller foi seu mascote amoroso, um dos admiradores de que precisou para se sentir jovem e desejada. Quando sentiu que a velhice estava chegando (muito antes do esperado e numa época em que a ideia de juventude se prolongava cada vez mais), renunciou a seus dois empregos como terapeuta da audição, como se, não podendo escutar galanteios, não pudesse ouvir mais nada. Aposentou-se com a mesma decisão com que arrumava o apartamento em que nunca houve convidados; afundou devagar, sem nunca chorar — uma coisa estranha, na verdade, o mais arrepiante para mim —; pouco a pouco, o Valium se pareceu cada vez menos com uma cura, cada vez mais com uma condenação.

Às vezes, quando a esperava de madrugada, pensava que tinha morrido e me angustiava não saber o que fazer. Como devia reagir perante sua ausência? No dia seguinte, quando ela acendia o primeiro cigarro, queria perguntar: "O que eu faço se você morrer?". Precisava de instruções, de um número de telefone, do nome de uma pessoa com ofício definido, de alguma coisa para continuar. Nunca fiz essa pergunta. Limitei-me a esperar o ruído todas as noites, a chegada de um carro cinco andares abaixo, o impacto metálico e seco da porta, da lataria contundente que anunciava que minha mãe não tinha morrido.

Talvez isso tenha me predisposto à insônia e aos sons do ambiente.

Décadas depois, *Der Meister* inventou minha paternidade. Diante do zumbido dos insetos, suando pela última vez no Caribe, pensei em procurar os irmãos e irmãs de Müller, a família à qual sempre quis pertencer, para dizer que tinham uma sobrinha.

Anoitecia. Os arbustos exalaram um cheiro forte. Um cheiro de remédio.

Caminhei até o hangar.

A alguns metros do lugar onde dormiríamos, ouvi vozes: Irene e Laura conversavam. Parei: palavras soltas, retalhos de sons. De repente recuperei algo da casa de Mario Müller: as vozes num quarto vizinho. Enquanto eu tentava dormir sob um cobertor insuficiente, me chegavam frases soltas, como um rangido da atmosfera. Em minha casa eu podia ouvir os passos de minha mãe ou o tilintar de uma colher num copo, nunca um diálogo. Faltava outro para isso. A mesma coisa aconteceu no tempo que passei com Luciana. Só na casa de Mario houve conversas sem conteúdo, que não significavam nada além de atmosfera humana, a marca dos que falam, uma companhia imprecisa, a maior felicidade da minha infância.

Perto da porta ouvi uma frase:

— Olhe: parece um conto.

Era Irene. Sua mão apontava para a lua.

"Havia uma lua grande no meio do mundo." Onde tinha lido isso? Luciana sublinhou aquela frase? Onde existiam essas palavras?

Tinha medo de entrar naquele quarto de quatro mil camas. Fiquei um tempo ao ar livre. Vi a lua como um homem primitivo veria: como uma tela de pedra, o primeiro cinema da história. Vi nuvens sem formas, crateras. Pensei em meu pai. Em outra época um pai era uma pessoa que precisava de alguma coisa remota — de uma guerra, de um trabalho, de outro corpo —, uma pessoa que de repente não voltava mais. Durante séculos os corpos se trançaram para que os pais se fossem. Mario soube tarde demais de sua filha, numa época diferente, talvez fugaz, em que os pais permanecem.

    Não queria pensar, mas pensava. Era a lua. Sua tela me dava ideias confusas, o cinema dos que não têm cinema.

    Entrei no hangar. O recinto de teto curvo estremecia com a grandeza de um lugar previsto para uma multidão que não chegou.
    Irene abraçava o gato que eu supostamente lhe dera.
    — Tem Nutella? — perguntou.
    Laura estava dobrando uma blusa. Fui até a cozinha. Achei Nutella, mas nenhum pão. Havia tortilhas de farinha, da marca Tía Rosa.
    Besuntei uma e dei-a para Irene.
    — Você tem quatro dedos. Como os Simpson — comentou.
    — Cozinha bem — acrescentou.
    Era esperta, eu não tinha cozinhado nada: sabia brincar carinhosamente.
    Comeu com apetite. Laura se aproximou quando a viu terminar.
    — Os dentes — disse.
    Estavam acostumadas a se entender com poucas palavras. Irene foi até o banheiro. Foi um alívio que não demorasse. Laura e eu não tínhamos nada a dizer.
    — Lê uma história pra mim? — perguntou.
    Recostou-se na cama onde deixara o gato de pelúcia. Tirou um livro da mochila: *La peor señora del mundo*.
    Li essa história na qual a luta entre o bem e o mal faz sentido. Irene riu e percebi que lhe faltavam dentes. Sua expressão não estava nesse hangar, estava em outro lugar, no lugar da história.

Fechou os olhos; acariciei seus cabelos.

Ela dormiu depressa, como se dispusesse de um cansaço especial para isso. Imaginei que era uma virtude de toda criança.

A luz da lua modificou seus lábios; parecia degustar alguma coisa no sonho. Que anseios, fúrias, dores, desejos selvagens provocaria essa boca? Seus lábios se abriram um pouco, como se experimentassem a noite.

Fui até a cozinha.

— Quer um crepe de Nutella? — perguntei a Laura.

— Não sabe fazer outra coisa? — ela mordeu os lábios. — Desculpe, digo coisas que não quero dizer.

Sentou-se numa cama, cruzou as pernas, brincou com a sandália, ficou descalça. Pude ver suas unhas quebradas.

A noite se tornara mais densa. O teto de alumínio fazia com que a umidade se concentrasse de outra forma.

Mordi uma tortilha fria, desagradável; mas continuei comendo.

— É verdade que me conheceu quando era menina? — perguntei a Laura. — É muito estranho.

— Estranho o suficiente para ser verdade.

— O Mario pediu pra você me dizer isso?

— Por que ele faria uma coisa dessas?

— Para que tivéssemos um vínculo. Ele gostava disso: de criar vínculos. Não me lembro de você.

— Eu sim. Mas tanto faz se você se lembra ou não. Estava morto.

— Você era próxima do Mario?

— Eu o conheci quando era menina, por causa do meu pai. Quando cheguei a Kukulcán ele me ajudou. Estava muito perdida. Além disso, eu era amiga da Camila. Ele me levou ao albergue. Às vezes me mandava chocolates, como se eu adorasse isso.

— Não gosta?

— Sim, mas ele nunca me mandou outra coisa: "Laura igual a chocolate", Mario pensava assim.

— Ele gostava de ajeitar as coisas. Cresceu numa casa que era um caos. Fugiu para arrumar milhares de quartos.

As palavras subiam até o teto e pareciam ficar lá. Talvez com quatro mil pessoas a acústica ficasse normal. Agora era como nos bares onde eu tocava com Los Extraditables.

Laura falou novamente:

— Não vou ser seu pior pesadelo, juro. Vou me comportar bem — sorriu, como se isso fosse impossível.

Um brilho azulado entrava pela janela. Arrotei e respirei o aroma da Nutella.

Aproximei-me da cama de Irene. Ela respirava compassadamente. Dormi com uma estranha confiança, uma confiança que me doía, como o nervo rompido de minha perna.

Em algum momento, sua mão tocou minhas costas.

— Vai dar tudo certo — disse Laura.

Segurei sua mão. Seus dedos estavam ásperos.

— Boa noite — disse ela.

Foi até uma cama. Deitou-se vestida sobre o lençol.

Tive trabalho para conciliar o sono. Mas, para um insone consumado, dormi melhor que em outras noites.

Acordei atordoado com o calor e o zumbido dos mosquitos. Laura preparava o café da manhã. Eu tinha me enrolado nos lençóis de uma forma absurda, como sempre que durmo num lugar quente.

Fui até a cozinha. Laura usava uma blusa que deixava ver uma parte de suas costas, cruzada por uma cicatriz avermelhada.

— Meu café ficou horrível — avisou.

Era verdade. Disse isso a ela.

— Outras coisas dão mais errado ainda — sorriu.

* * *

Uma hora depois ouvimos um motor. O teco-teco.

O guarda veio nos procurar. Pegamos nossa bagagem.

Fomos até a pista de pouso, mais curta que a da base militar.

O teco-teco era azul-celeste. Sua pintura estava descascada: antes a nave tinha sido amarela.

Perguntei-me se realmente chegaríamos à capital naquele trambolho. Talvez fizéssemos escalas. O piloto tinha descido e nos cumprimentava à distância.

O avião estava a uns cem metros.

De repente falei uma coisa que não falava havia quarenta anos:

— Vamos ver quem ganha.

Largamos as sacolas no chão.

Irene abriu os braços, o corpo levemente inclinado para a frente. Começou a correr. Eu tinha pensado em deixá-la ganhar de mim, mas não tive de me esforçar muito. Laura também corria mais rápido que eu.

Corremos com os braços estendidos, como aviões em terra.

— Ganhei! — exclamou Irene ao tocar o teco-teco.

Cheguei em terceiro lugar.

— Ei, família! — o piloto cumprimentou como o animador de uma festa.

Era um homem de bigode grosso, olhos muito brilhantes, dentes brancos. Transpirava energia. O teco-teco desmantelado parecia fortalecê-lo.

Deu-me um forte aperto de mão. Fez um gesto distante para as mulheres. Uma pessoa respeitosa, arcaica, que ao tocar o chefe de família pensa que já tocou os demais.

Aparentemente éramos isso: "família". A expressão não pareceu inexata, não nesse momento. Se não, como se chamam os que correm para que o menor ganhe?

Virei-me para Laura. Ela me olhou como se me entendesse de outra forma. Ameaçou sorrir, mas ocultou o gesto. Alguma coisa a divertia de uma forma estranha, mas não quis dizer o que era. Eu também não ia dizer o que sentia, não no momento.

— Precisamos voltar para pegar as coisas — Laura apontou para as bagagens na beira da pista.

— Volte você — queixou-se Irene.

Laura deu alguns passos na direção das sacolas. Depois parou e se virou para mim, interrogando-me com o olhar.

— Estou morto — disse a ela.

— De novo? — sorriu.

— Para sempre — respondi, e fui com ela.

ESTA OBRA FOI COMPOSTA EM ELECTRA PELO ACQUA ESTÚDIO E IMPRESSA PELA GRÁFICA BARTIRA EM OFSETE SOBRE PAPEL PÓLEN SOFT DA SUZANO PAPEL E CELULOSE PARA A EDITORA SCHWARCZ EM JUNHO DE 2014